마트료시카의 밤

마트료시카의 밤

人形細工の夜

아쓰카와 다쓰미 지음 | 이재원 옮김

READbie

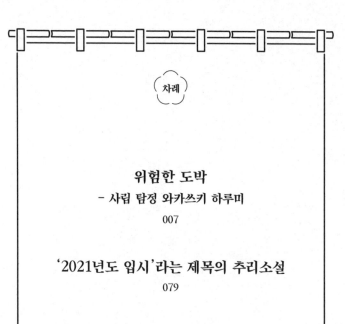

차례

위험한 도박

- 사립 탐정 와카쓰키 하루미

"원하던 것을 찾으면 의욕이 생기는 것은 탐정 일도 고서점 순례도 마찬가지다. 다만 가출한 딸을 발견했을 때만큼의 희열은 없었다."

와카타케 나나미, 《이별의 수법》, 문승준 역

1

찻집 내부는 어두컴컴했다.

평일 대낮인데도 안에 있는 사람은 나와 찻집 사장 둘뿐이었다.

백발이 눈에 띄는 사장은 동그란 안경을 밀어 올리며, 내가 내민 명함에 얼굴을 바짝 갖다 댔다. 코로나 시국이라 부직포 마스크를 쓰고 있다 보니 안경에 살짝 김이 서렸다.

"와카쓰키 하루미 씨? 여자 같은 이름이네요."

사장은 울퉁불퉁한 손으로 들고 있던 명함을 카운터에 내려놓았다.

"그런 말 자주 듣습니다."

나는 마치 수백 번은 되풀이한 몸짓인 양 어깨를 으쓱하며 대답했다. 하루미라는 이름은 남자나 여자나 많이 있을 텐데, 아무래도 이 사장님은 옛날 사람인가 보다.

"그래, 사립 탐정께서 저희 가게엔 무슨 일로."

"이 사진 속 남자의 행적을 쫓는 중입니다. 이름은 마키무라 신이치, 35세고요, 프리랜서 잡지 기자입니다."

얄팍한 서류 가방에서 사진을 꺼내 카운터 위에 놓았다. 마키무라의 사진이었다. 대학 시절 골프 동아리 친구들과 찍은 것으로, 마키무라가 나온 부분을 확대하여 프린트한 것이었다.

사장은 사진에 눈길 한 번 주지 않고, 내 얼굴을 뚫어지게 바라봤다. 무언가를 찾는 듯했다. 마스크 때문에 내 표정을 읽기 어렵겠지. K역 앞 아케이드를 빠져나와 번화하면서도 잘 정리된 거리에서 길 하나를 사이에 두고 떨어져 있는 곳. 이곳에 찻집 '카아무'가 있다. 목조 인테리어로 차분한 가게 분위기에 동그란 안경을 쓴 완고해 보이는 남자 사장. 옛날 영화 속에서 튀어나온 듯한 느낌의 찻집이다. 카운터와 탁자 위에 놓인 플라스틱 칸막이가 가게 분위기와 어울리지 않았다. 테이블 위에 놓인 명함 크기 가게 카드와 가게 이름이 적힌 성냥에서도 옛 정취가 느껴졌다. 2020년 12월, 달콤한 향기가 나는 화려한 거리에서, 이곳만이 쇼와*시대에 머물러 있었다. 이런 찻집 카운터에 사립 탐정으로서 앉아 있

● 1926년 12월 25일부터 1989년 1월 7일까지 일본에서 사용된 연호

으니, 마치 나도 영화 속 등장인물이 된 듯한 기분이 들었다. 늙다리 같다고 할지도 모르지만, 흑백영화 속 험프리 보가트가 내가 꿈꾸는 모습이다.

"글쎄요."

사장이 말했다. 그 이상 말을 덧붙일 생각은 없어 보였다. 영화 같던 순간은 그렇게 곧 끝나 버렸다. 나는 천천히 카운터에 몸을 내밀었다. 그러고는 사장 코앞에 사진을 들이댔다.

"그저께 오후 3시경, 혼자서 여기 왔을 텐데요."

"너무 다가오진 말고. 거리두기 지켜 줘요."

사장은 눈을 마주치지 않았다.

"찻집에서 나간 건 4시 4분. 테이블은 4인용밖에 없으니, 혼자 왔다면 카운터에 앉았을 거라 생각됩니다만."

"……시간까지 그렇게 정확히 알고 있구먼."

"마키무라의 집에서 영수증이 발견돼서요."

흥미가 가는지, 사장이 처음으로 고개를 들었다.

"실종인가?"

나는 고개를 저었다.

"살인입니다. 마키무라 신이치는 이 가게를 방문한 날 밤, 자택에서 살해당했습니다."

"그래서 탐정이 오셨군."

사장은 눈을 가늘게 떴다.

"하지만, 살인 사건이면 경찰 일이잖아. 어째서 사립 탐정 같은 사람이 수사를 하고 돌아다니는 거지?"

"그건, 비밀 유지 의무가 있어서."

딱 잘라 대답을 거부하자, 사장은 콧방귀를 뀌었다.

그래도 좋은 조짐이었다. 처음으로 먼저 흥미를 보였으니까.

사실 내가 추적 중인 건 살인 사건 그 자체가 아니라, 피해자가 가지고 있던 **어떤 소지품**이다. 그러나 제삼자에게 전부 얘기할 수는 없다. 나는 가지고 있는 정보를 잘 골라서, 사장이 덥석 물 만한 미끼를 신중하게 골랐다.

"마키무라는 등 뒤에서 머리를 세게 얻어맞아 사망했습니다. 시신 옆에 피 묻은 골프채가 떨어져 있어서, 그게 흉기로 쓰였다고 보고 있죠. 일요일 낮, 취재 약속 시간이 되어도 마키무라가 나타나지 않자, 동료가 이상하게 여기고 집으로 찾아가 시신을 발견했습니다. 토요일 밤에 살해당한 것으로 보입니다."

아직 사장에게서 반응은 없다. 나는 낚싯바늘에 미끼를 더 끼웠다.

"집 안에는 마구 뒤진 흔적이 있었는데요, 특히 책상 위에 놓인 가방은 내용물이 몽땅 쏟아져 나와 있었습니다. 마키무라는 그날 밤 누군가와 만나기로 한 것 같아요. 탁상 달력에 '친구와 집에서 한잔'이라고 적은 메모가 남아 있었거든요."

나는 여기까지 말하고 입을 다물었다.

침묵을 견디지 못하는 듯, 사장은 싱크대에 유리컵을 옮겨 놓았다. 떨그렁, 하는 소리가 유난히 크게 울렸다.

"어제 시신이 발견됐는데, 벌써 탐정이 움직이는 건가. 그야 뭐, 성미 급한 의뢰인도 있으니까."

그는 손이 비어 허전한지 카운터 위에 놓인 명함 끝을 문지르며 접힌 자국을 만들고 있었다. 사장은 천천히 쥐어짜듯 숨을 토해 내더니, 나를, 그리고 무엇보다 자기 자신을 납득시키려는 듯 정성이 담긴 어조로 말했다.

"……이것만은 알아줬으면 하는데, 나는 손님에 대해 마구 떠벌리는 걸 좋아하지 않아요."

사장은 내 눈을 보고는 다시 시선을 피했다.

"이곳에 오는 사람들은, 잠시 휴식을 위해 들르는 거예요. 내 집 같은 편안함이라고까지는 말 못 하지만, 여기 오면 편안하게 마음을 놓지. 저녁에는 바가 되는데, 술이 들어가면 평소에 털어 놓기 힘든 이야기를 술술 하는 사람도 있고요. 그건 어디까지나 나와의 관계가 그때뿐이기 때문이에요. 이 도시에서 아주 잠깐 같은 시간, 같은 장소에 있다가, 금세 서로 잊어버리는 거지. 여기에서의 일은 다른 곳에 옮기지 않는다고 서로서로 양해가 되어 있으니까. 요즘 가게 매출이 눈에 띄게 줄어서, 방문해 주시는 한 분 한 분을 소중히 여기고픈 마음이에요. 그러니까……."

그러니까, 경찰이나 나 같은 사람에게 손님 이야기를 하면, 모처럼 마음을 털어놓은 손님을 배신하는 기분이 든다는 얘기일 것이다. 올곧은 사람이다. 그게 바로 이 사람의 긍지였다. 문득, 이 영화 같은 찻집이 수족관과 닮았다는 생각이 들었다. 어슴푸레한 조명 아래, 느긋하게 시간이 흐르는 곳. 도시의 소란스러움에 지칠 때 숨어들 수 있는 곳. 닳아서 광택이 사라진 목재 카운터를 어루만지며 나는 천천히 입을 열었다.

"캄(calm), 영어로 '고요하다'라는 뜻이죠. 이 찻집 이름은 거기서 따왔겠고요."

올곧고 고지식한 사장과 잘 어울리는 이름이다. 도심의 번잡함 속에서 잠시 날개를 쉴 수 있는, 무풍지대.

사장은 어쩐지 마음이 맞는 동료라도 발견한 듯한 눈빛으로 나를 바라봤다.

"여기서 들은 얘기는 누구에게도 말하지 않겠습니다. 약속 드릴게요."

사장은 천천히 숨을 뱉었다.

"……사진 속 남자, 기억합니다. 그저께 좀 인상적인 일이 있었거든요."

사장은 천천히 고개를 끄덕였다.

"지금 앉아 계신 바로 그 자리 말이에요. 거기에 남자 손님이 혼자 앉아 있었거든. 근처 헌책방 쇼핑백을 여러 개 끌어안고서, 무릎 위에 놔둔 가방 속을 정리하고 있었어요. 그리고."

사장은 내 옆에 있는 자리를 가리켰다. 맨 끝에 있는 자리였다.

"저기에 사진 속 남자가 앉아 있었어요. 요즘 거리두기인지 뭔지 난리라서, 한 자리씩 띄어 앉게 하고 있거든. 플라스틱 칸막이로 경계를 나누고요. 카운터는 두 자리마다 칸막이를 두니까, 한 사람이 두 자리를 쓰게 하는 셈이죠. 당연히 손님도 반으로 줄었고. 우울하기 짝이 없어."

"저 끝자리는 한 칸뿐인 것 같네요."

"카운터 자리가 일곱 개라서요. 그래서 두 칸씩 나누면 한 자리가 남게 되죠. 뭐, 저 끝자리는 다른 자리보다 살짝 넓어서 그걸로 양해를 구하고 있네요."

사장은 미간을 톡톡 두드렸다.

"토요일 3시면…… 점심시간이 마무리되고 딱 케이크 세트가 팔릴 시간이네. 영국식 애프터눈 티 말이에요."

그는 천천히 안쪽 사무실로 가더니 전표 다발을 모아 둔 파일을 들고 왔다. 한 장 한 장 넘겨 보다가 "아, 이거다." 하고 크게 고개를 끄덕였다.

"토요일 14시 56분. 커피와 파운드케이크 세트. 이게 사진 속 남자예요."

사진 속 남자는 한 시간 정도 머물렀다가 16시 4분에 찻집을 나갔다. 영수증에 찍힌 시각과도 일치한다.

"그리고 여기. 토요일 15시 2분. 아이스티와 치즈 케이크 세트. 이게 또 다른 남자예요. 계산한 시각이 15시 35분이니까, 꽤 급하게 움직였네. 헌책방 쇼핑백 속에 있는 걸 가방에 담느라 적당한 찻집을 찾은 거지."

그는 탁 소리를 내며 전표 파일을 덮었다.

"내가 이 두 사람을 기억하는 건, 당신이 말한 그 가방 때문이에요. 사실 그 두 사람이 공교롭게도 똑같은 가방을 들고 있었거든."

나는 아이스커피가 든 유리잔을 손에 든 채로 굳어 버렸다.

"똑같은 가방요?"

"그래요. 디자인도 색깔도 완전히 똑같은 가방이었어. 먼저 와 있던 쪽…… 그러니까 당신이 마키무라라고 한 남자가 빈 의자 위에 가방을 놓고…… 나중에 온 사람은 그 의자 밑에 있는 공간에 가방을 놨지."

"밑……? 그럼 그때 카운터는 자리가 꽉 차 있었단 말씀인가요?"

"확실히 그랬었죠. 나중에 온 사람 자리는 직전에 손님이 나가서 막 소독한 참이었으니까. 그 정도로 혼자 온 손님이 많았어요."

나는 그 당시 상황을 머릿속에 그려 봤다. 내가 앉아 있는 위치에 '나중에 온 남자'가 있었다. 여기서 두 칸 떨어진 끝자리에 마키무라가 있었고.

마키무라가 앉은 끝자리는 한 칸이다 보니, 옆에 있는 빈 의자 위에 짐을 놓으려고 했을 거다. 그러나 플라스틱 칸막이로 나뉜 구역 때문에, 그 의자는 '나중에 온 남자'가 가방을 놓는 게 맞다.

그날, 카운터는 만석이었다. '나중에 온 남자'는 가방을 놓을 자리를 빼앗겼으니 의자 밑에 놓을 수밖에 없었던 것이다. 영화관 음료수 홀더와 같은 경우다. 좌우에 앉은 사람의 행동에 따라 한 가운데 있는 사람에게 불행이 닥칠 수도 있다. 물론 '나중에 온 남자'는 자기 의자 밑에 가방을 놓을 수도 있었지만, 발밑 공간에 뭘 놔두는 게 불편했나 보다.

"아무튼 가방이 똑같다니 희한하네요."

"서로 그걸 알아채고 재밌다는 듯 얘기를 주고받더라고요."

나중에 온 남자가 헌책방 봉투 여러 장을 카운터에 올려놓고는 잠시 숨을 고르고 나서 "아, 우리 가방이 똑같네요."라고 말했다.

그러자 마키무라도 뜻밖이라는 듯 눈이 커지더니 "이야, 이런 일도 있군요. 그나저나, 많이도 사셨네요." 하며 헌책방 봉투를 가리켰다.

그 말에 남자는 기분이 좋아져 자기가 산 책에 대해 얘기하기 시작했다고 한다. 마키무라는 차츰 흥미를 잃었다. 때마침 남자 가 주문한 게 나왔고, 치즈 케이크 먹는 데 정신이 팔리면서 마키 무라와의 대화가 자연스레 끊겼다.

이상, 사장이 재현한 두 사람의 대략적인 대화 내용이다.

"요즘 같은 시기엔, 처음 만난 사람들끼리 이야기를 나누는 것 도 부쩍 줄었잖아요. 가방이 똑같은 것도 그렇고, 인상에 많이 남 았어."

"그리고 나중에 온 남자가 먼저 가게를 나갔다고요."

내가 정리해서 말하자, 사장이 크게 고개를 끄덕였다.

"어떤 사람이었습니까?"

"몸집이 작은 남자였네요. 다리가 짧은데 게다가 새우등이어서 더 그렇게 보였어. 가게에 들어왔을 땐 목도리에 장갑을 끼고 있었는데 그 모습이 꼭 눈사람 같더라고. 마키무라라는 사람에게 말을 걸 때도 그렇고, 어두워 보였지만 의외로 밝은 사람이었죠. 아니, 자기가 관심 있는 분야만 그런 걸지도 모르지만."

그 남자와 안면이 있는 사람을 찾을 단서는 현재 헌책방뿐이다. 자주 찾는 가게가 있다면 그를 알고 있을지도 모른다.

"그 남자가 갖고 있던 헌책방 봉투 말인데요, 기억하는 특징은 없습니까?"

"두 개는 어느 책방인지 알아요."

기대 이상이었다.

"하나는 갈색 종이봉투였고, 가게 스탬프가 찍혀 있어요. '구단도 책방'이라는 곳인데, 이 근방에서는 다 아는 곳이지. 가게 안에 책이 빽빽하게 쌓여 있어서, 좋은 물건이 많다고 마니아들 사이에선 유명한 것 같더군요. 우리 집 단골손님 중에도 '구단도' 팬이 있고."

헌책방에도 팬이 생기는구나. 나는 신기해하며 듣고 있었다.

"또 하나는 평범한 하얀 비닐봉지였는데, 책 사이에 끼워져 있던 책갈피가 낯익은 거라서. '온도리 서점'이에요. N역 쪽에 있는 곳인데, 책을 사면 서점 주인이 직접 만든 책갈피를 끼워 줘요."

"N역…… 이웃 동네 서점까지 잘 알고 계시네요."

"단골손님 영향이지. 이 동네도 그렇지만, 그쪽 동네도 좋은 헌책방이 여러 개 있거든요. 다들 전철을 타지 않고 다음 역까지 일부러 걸어가면서 헌책방 순례를 하는 모양이더라고."

"아, 그렇군요."

사장은 백발을 쓸어 올렸다.

"다만, 세 번째 집은 전혀 모르겠어요."

"어떤 봉투였는지 기억하시나요?"

"그것도 별 특징 없는 하얀 비닐봉지였어요. 안에는 문고본과 신서*가 한 권씩 있었고. 뒷면에는 테두리 없는 하얀 스티커로 된 가격표가 붙어 있었을 거예요."

"특징이 미미한 단서로군요. 범위를 좁히기가 어렵네요."

나는 우선 사장이 말한 두 서점의 이름을 수첩에 적어 두었다.

"이 근처에 헌책방이 몇 개쯤 있습니까?"

"다음 역까지 포함하면 열두세 개 있을 거예요. 최근에 문을 닫은 가게가 있을지도 모르지만."

십여 군데. 이 잡듯 뒤진다고 해도, 오늘 안으로는 다 끝낼 수 있을 듯한 숫자다.

● B6판보다 약간 작고, A6사이즈인 문고본보다는 조금 큰 판형. 가볍게 읽을 내용을 수록한, 총서가 주로 이 판형으로 간행된다.

"그러고 보니, 그 남자가 명함 지갑을 갖고 있었네."

"명함 지갑……?"

"음. 커피를 한 모금 마시고는 '오' 하면서 입가에 웃음을 띠고 눈을 동그랗게 뜨더니 말이죠, 두세 번 고개를 *끄덕끄덕*하고는 우리 가게 카드를 한 장 집더라고."

나는 테이블 위에 놓인 명함 모양 카드를 집어 들고 "이거 말입니까?" 하며 카운터 위에 올려놓았다. 카드 앞면에는 가게 이름과 로고, 주소와 전화번호, 일요일 정기 휴무 등의 기본 정보가, 뒷면에는 지도가 인쇄되어 있었다.

"맞아요. 가방에서 검은색 가죽 명함 지갑을 꺼내서, 카드를 집어넣었어요. 우리 집 커피가 맘에 들었구나, 하는 생각에 나는 기분 좋았지."

사장이 고개를 저었다.

"초면에 별 얘길 다 했네. 아무튼, 그걸 보고 토요일에도 명함 지갑을 가지고 다니는 직업이구나 생각한 거죠. 토요일도 일이 있는지, 원래 휴일 같은 건 관계가 없는 직업인지."

나는 고개를 끄덕였다.

"마지막으로 하나만 더 여쭤도 될까요?"

나는 수첩을 덮으며 말했다.

"마키무라 말인데요, 그 사람도 뭔가 사 온 듯한 기미가 있었나요?"

사장은 턱 언저리에 손을 갖다 댔다.

"……그러고 보니, 잡화를 산 것 같네. 마음에 드는 그릇 같은 거라든가. 이 동네에는 세련된 잡화점도 많거든."

"역시 그랬군. 그러면, 마키무라의 가방에도 무거운 짐이 가득 들어 있었겠네."

내가 혼잣말로 중얼거리자 사장이 갑자기 헛, 하며 숨을 들이켰다.

"설마, 그때 가방이 뒤바뀐 건가?"

나는 아무 말도 하지 않았다. 사장은 콧김을 거칠게 뿜으며 계속 말했다.

"나중에 온 남자의 가방에는 헌책방 세 곳에서 산 책이 잔뜩 들어 있었어요. 마키무라의 가방에는 식기류가 들어 있었고. 두 사람의 가방은 똑같은 디자인에 똑같은 색깔 그리고 무게도 비슷했어. 게다가 먼저 가게를 나선 건, 번잡스럽게 덜렁대던, 나중에 온 남자였지. 카운터는 만석이라 마키무라는 옆자리 의자 위에, 나중에 온 남자는 같은 의자 밑에 가방을 놔뒀는데, 먼저 나간 '나중에 온 남자'는 당연히 자기 가방이라 생각하고 의자 위에 있던 가방을 들고 가 버린 거지."

나는 표정을 바꾸지 않고, 카운터 위의 명함만 응시하고 있었다.

"가만."

사장이 계속해서 말했다.

"그 일이 일어난 직후에 마키무라가 살해당했다면…… **마키무**

라는, 뭔가를 봐 버린 게 아닐까? 나중에 온 남자의 가방 속에서 말이야……. 당신은 그 남자를…… 살인범을 뒤쫓고 있는 건가?"

"그건, 비밀 유지 의무가 있어서요."

나는 미지근해진 아이스커피가 담긴 잔을 깨끗이 비우고는, 전표를 카운터 위에 올려놓고 손을 짚으며 자리에서 일어섰다.

2

사실, 가방이 바뀌었다고 한 사장의 추측은 정확하게 들어맞았다.

살해 당시, 마키무라의 가방 속에는 헌책 여러 권과 그 남자의 명함 지갑, 장갑, 목도리 등이 들어 있었다. 카아무 사장이 또 다른 남자의 소지품에 대해 증언한 내용과 일치한다. 카아무에서 두 사람의 가방이 뒤바뀐 것은 틀림없다. 가방 속에는 지갑이 없었으므로, 남자는 주머니에 지갑을 넣고 있었을 것이다. 마키무라의 시신 주머니에도 지갑이 있었으니, 카아무에서 계산할 때 가방이 바뀐 걸 알아차리지 못한 채 집으로 돌아가 버렸을 거다. 그렇게 된 거다.

조금 전 사장이 언급한 헌책방 봉투는 가방에 달린 주머니 안에 잘 접힌 채 정리되어 있었다. 나중에 온 남자가 가게에 들어와 봉투에서 책을 꺼내고, 어딘가에 버릴 생각으로 접어 둔 거겠지. 사장에게서 봉투에 대한 정보를 들을 수 있었던 건 고마운 일이었다.

마키무라에게는 인상 좋은 어머니와 풍채 좋고 기운찬 아버지가 있고, 두 사람은 함께 대학가에서 중식당을 운영하고 있다.

마키무라는 대학 시절부터 부모와 소원해졌다고 한다. 고향에 있는 대학에 진학하지 않고, 굳이 도쿄에 있는 대학을 선택했다. 아까 사장에게 보여 준 골프 동아리 사진은 그 대학에 다닐 때 찍은 것이다.

카아무 사장 앞에서는 비밀 유지 의무라며 딱 잘라 거절했지만, 내가 찾고 있는 것은 마키무라의 가방, 그 속에 있는 책 한 권이었다.

쇼와 시대 하드보일드 작가인 유가미 유즈루의 두 번째 장편 소설 《얼룩무늬 눈밭》 양장본. 마키무라는 살해당한 날, 애독서인 《얼룩무늬 눈밭》을 가방에 넣어 가지고 다녔다. 그러나 찻집에서 가방이 뒤바뀌면서, 이제 《얼룩무늬 눈밭》은 마키무라가 만났던 그 남자에게 있을 것이다.

남자의 이동 경로를 알 수 있는 단서는, 헌책방 세 곳의 정보뿐. 혹시 그중에 단골손님의 얼굴을 잘 아는 점원이 있다면, 사람 찾는 건 금방 해결된다. 확실히 승산이 낮은 도박이긴 하지만 닥치는 대로 하는 수밖에 없었다.

나는 카아무를 나서자 사장이 알려 준 서점의 위치를 스마트폰으로 검색했다. 정보를 쉽게 찾는 건 재미없지만, 하루에 끝낼 일이라면 얼른 끝내고 싶다.

첫 번째 헌책방 '구단도 책방'은 도보로 오 분 정도 거리에 있었다. 두 번째 '온도리 서점'은 '구단도'와 반대 방향으로 삼십 분 정도 거리에 있어서, 은근히 산책이 될 것 같다. 다음 역인 N역에서 걸어가면 십 분 정도 거리여서, 전철을 타는 것도 방법이다.

문제는 세 번째 가게인데, 여기만은 단서가 없다. 근처의 헌책방을 샅샅이 뒤져서 찾아내는 수밖에.

'구단도 책방'은 역 앞 상점가 아케이드를 벗어나, 한적한 주택가 입구에 위치한 밝은 분위기의 매장이다.

점포 밖에는 널찍한 균일가 매대가 놓여 있어, 지금도 검은색 헝겊 마스크를 쓴 남자 한 명이 한 권 한 권 천천히 음미하듯 구경하고 있다. 저렴하게 살 수 있어서이기도 하겠지만, 저 정도로 필사적으로 보고 있는 걸 보니, 진귀한 물건이 나오는 가게인 듯하다.

매장 안으로 들어서자, 통로가 세 갈래로 나뉘어 바닥에서 천장까지 닿는 높이의 커다란 서가에 책들이 빈틈없이 꽂혀 있었다. 통로 폭은 좁아서, 한 사람이 겨우 지나갈 정도였다. 위쪽 서가를 보려면 접이식 사다리를 타고 올라가야 한다.

마치 책으로 지은 거대한 요새 같았다.

매장 앞에 놓인 손 소독제 자동 분사기에 손을 가져다 댔다. 손소독제를 묻힌 손으로 귀중한 책을 만져도 될까 망설여졌지만, 그곳에 있다는 건 어쩔 수 없이 허용하는 것이겠지. 소독제를 손바닥 위에서 최대한 싹싹 비벼서, 조금이라도 더 말렸다.

문고본, 단행본, 영화 · 연극 · 미술 도서 등이 카테고리별로 깔끔하게 정리되어 있어, 볼거리가 있는 서가였다. 미스터리나 SF 등도 국내 도서와 외국 도서로 구분해서 넓은 공간을 차지하고 있었다. 도쿄소겐샤에서 나온 '크라임 클럽 총서'가 갖춰져 있고, 하야카와쇼보의 '포켓 미스터리'도 '파커 시리즈'나 《금요일, 랍비는 늦잠을 잤다》로 시작하는 '랍비 스몰 시리즈'뿐 아니라, 《파코를 기억하는가》, 《병든 대형견들의 밤》 등 희귀본들이 떡하니 꽂혀 있었다. 무심코 한 권을 꺼내 가격표를 보니 너무 비싸지도, 너무 싸지도 않은 절묘한 가격이라 저절로 고민이 됐다.

책으로 지은 요새의 주인은 가운데 통로 가장 안쪽에 자리를 잡고 앉아 있었다. 사장 앞에는 초라한 행색의 남자가 서서 책을 들고 보여 주고 있었다.

"얼마를 줘도 상관없다고, 좀 사 달라니까."

남자는 한 손으로 책을 들고 사장 코앞에 들이댔다. 편의점에서 파는 저렴한 만화책이었다.

사장의 미간에 와락 주름이 잡혔다.

"우리 집은 만화는 취급 안 해. 가져갈 거면, 헌책방 체인에라도 가져가 봐."

"그런 데는, 터무니없는 가격으로 후려쳐서 산단 말이야. 저기

저 책장에도 만화책 꽂혀 있구먼. 그건 되고, 이건 왜 안 되는데?"

"저기 있는 만화들은 고전 희귀 작품만 엄선해서 놔둔 거라고. 데즈카 오사무의 초기 작품 초판본이라든가, 후지코 후지오가 '아시즈카 후지오' 이름으로 낸 작품 같은 거 말이야."

"문고본 만화 같은 것도 있더만. 그건 꽤 요즘 책이라고."

"그건 괜찮지. 하기오 모토라고. 고전 중의 고전이라고 무조건 읽어야 하는 거라 생각해서 갖다 놓은 거야. 와이프가 말이야."

마지막에 말한 책은 정말 자신의 취향이라서 갖다 놓은 듯하다.

남자는 "뭐야, 젠장." 하고 내뱉고는 어깨를 늘어뜨리더니 성큼성큼 가게를 나갔다.

사장은 내게 시선을 옮기고는 겸연쩍은 듯 어깨를 으쓱하며 말했다.

"재미없는 걸 보여 줘 버렸네요."

사장이 말했다. 눈꼬리에 주름이 잡히며 사람 좋은 노인 같은 표정을 지어 보인다.

"아닙니다. 저런 물건도 들어오고, 힘드시겠네요."

"손님을 응대하는 일이다 보니까. 좋아하는 책을 판다고 해도, 그게 마냥 즐겁지만은 않아요. 요즘엔 손님 발길도 뜸해져서, 한 사람 한 사람 소중하게 대하고 싶다고 생각하지만, 내 입장에서도 양보할 수 없는 선이 있으니까 말이죠."

나는 동의하듯 웃어 보였다.

"처음 보는 얼굴이네요. 해외 미스터리를 좋아하나 보죠? 그것도 상당히 딥(deep)한 걸로."

"왜 그렇게 생각하시죠?"

"《병든 대형견들의 밤》을 들고 있잖아요. 그거 좋은 책이지."

쭉 보고 있었던 건가. 과연, 요새의 주인은 빈틈이 없구나.

"대학생 때 읽었어요. 벌써 이십 년 가까이 됐네요. 1인칭 복수 시점으로 서술한 방식이 생소해서, 200페이지가 채 안 되는데도 다 읽는 데 시간이 걸렸어요. 그렇지만, 좋은 책이죠."

"응, 좋은 책이지."

사장은 만족스러운 듯 고개를 끄덕였다.

나는 카운터에 다가가 명함을 내밀었다.

"사실은 이 매장에 왔던 손님을 찾는 중입니다. 가족에게 의뢰를 받아서."

사장은 명함을 한번 쓱 보고는 흠, 콧방귀를 뀌며 명함을 휙 내던졌다. 명함은 허공에 날리며 팔랑거리다가 바닥에 떨어졌고, 근처에 있던 손님 발에 무심코 짓밟혔다.

"책 사러 온 거 아니면 나가 줘요."

사장은 내뱉듯 말하고는 눈앞에 있던 작업에 몰두하기 시작했다. 햇볕에 변색된 고서에 반투명한 보호지를 씌우는 작업이었다. 마디가 굵어진 울퉁불퉁한 손이 섬세하게 움직이고 있었다. 나도 모르게 숨을 죽이게 되는 진지한 표정에, 일종의 장인 기질이 드러나 있었다.

사장의 관찰력은 상당했다. 처음 만나는 내가 손에 들고 있던 책을 보고 있었던 것도 그 증거다. 이야기를 꼭 듣고 싶지만, 마음의 문은 굳게 닫힌 것 같았다.

나는 다음 방법을 고민하면서 그 자리에 쭈그리고 앉았다. 바닥에 떨어진 명함을 주워 먼지를 털어 냈다. 카운터에 다시 올려놓을까 하다가, 주머니에 넣었다.

주위에 있는 서가로 눈길을 돌렸다. 그러다가 꽂혀 있는 미스터리 문고본 중에서, 추억의 책이 문득 눈에 들어왔다.

하야카와 미스터리 문고 중 한 권으로, 책등이 노란 《붉은 수확》이었다. 대실 해밋이 쓰고, 고다카 노부미쓰가 번역한 책이다. 갱들의 지배로 황폐해진 마을 '포이즌빌'을 무대로, 마을의 정화를 위해 호출된 탐정 콘티넨털 옵의 활약을 그린 책. 정화는커녕 피로써 피를 씻는 항쟁에 휘말리는 하드한 전개와 어딘가 냉정한 느낌의 문체에 도취되어 푹 빠져서 읽었던 책이다. 생각해 보니, 내가 하드보일드 소설에 입문한 계기였는지도 모르겠다.

《붉은 수확》을 집어 사장 앞에 내밀었다. 사장은 책을 흘끗 보더니, "살 건가?" 하고 물었다.

나는 살짝 고개를 끄덕였다.

"작년 5월에 새로운 번역본이 나왔는데. 《피의 수확》이라고 제목을 다르게 붙였더라고."

"그건 그거대로 사려고요. 이 판본을 갖고 싶어서요."

사장은 내 대답이 만족스러운지, 작업하던 손을 멈추고 내 손에서 책과 동전을 받아 재빨리 계산기를 두드렸다.

"자, 이걸로 나랑 당신은 점주와 고객이 됐어. 손님이라면 이야기를 들어 줘야지. 그래, 알고 싶은 게 뭐죠?"

"이틀 전 이곳을 방문한 남자 손님과 그 사람이 가지고 있을 《얼룩무늬 눈밭》이라는 책을 찾고 있습니다."

나는 남자의 특징을 전했다. '아아' 하고 사장이 고개를 끄덕였다.

"자주 오는 손님이에요. 가끔 얘기도 주고받는데, 이름을 들어 본 적은 없네. 취향이 좋아서 기억하고 있지."

"그저께는 무슨 책을 사 갔나요? 어떤 자료 같은 거?"

사장은 미간을 톡톡 두드렸다.

"분명...... 《13의 판결》이랑 《병조림 아내》였어요. 《13의 판결》은 고단샤 문고에서 나온 해외 법정 미스터리 앤솔러지, 《병조림 아내》는 이색 작가 단편집 18권인데 개정판이 나올 때 제외돼서 가격이 비싸게 매겨지거든. 비교적 약간 저렴하게 내놨더니, '이 가격에 사도 되려나.' 하면서 기뻐하며 사 갔어요."

그렇게 말하는 사장의 말투야말로 기쁜 듯이 들렸다. 어딘가 자랑스러운 눈치였다.

"맞다. 《13의 판결》을 살 때, 분명 그렇게 말했지. 일에 필요한 자료라고 했던가....... 아마도 작가거나, 편집자거나, 그런 쪽 아닐까."

"작가나, 편집자……."

"변호사가 법정 미스터리를 자료로 활용하지는 않겠죠."

사장은 자기가 한 농담에 자기가 웃었다.

"그 남자가 책을 팔러 온 적은 없었나요?"

"없네요. 늘 사 가기만 했어. 그리고 그 사람이 나에게 뭘 팔았다면 이름을 기억했겠지. 출장 매수라도 하려면 주소도 물어봐야 하고. 뭐, 당신 같은 사립 탐정한테 조잘조잘 떠들어 대지는 않겠지만."

나는 어깨를 으쓱했다.

"물론, 저도 사장님이 그런 분이라고는 생각하지 않습니다. 다만, 그 남자가 제가 찾고 있는《얼룩무늬 눈밭》을 다른 헌책방에 팔아 버리기라도 했다면 곤란해서요."

"흠, 당신이 찾고 있는 건 그 남자라기보다는 그 사람이 갖고 있는《얼룩무늬 눈밭》이고, 그 책이 뭔가 특별한 것인가 보군."

"의뢰인의 가족에게는, 추억의 책이라고 합니다. 착오가 생겨서 의뢰인의 아들 손에서 그 남자 손으로 넘어가 버려서요."

이 정도는 얘기해도 될 거라고 생각했다. 카아무 사장이 구경꾼처럼 가볍게 떠들어 대던 것과 달리, 요새의 사장은 무심하게 대답하며 뒤편 창고로 모습을 감췄다.

그러고는 책 한 권을 들고 돌아왔다.

나도 모르게 숨을 죽였다.

그것은 종이 케이스에 들어 있는 양장본으로, 흰 종이에 검은 글자로 제목과 작가 이름이 새겨져 있었다. 마치 길 위의 눈이 녹아서 아스팔트 바닥이 노출된 듯한 모습이었다.

"쇼와 시대에 유행하던 장정인데, 그 시절에 미스터리 작품을 많이 출판하던 K사에서 나온 거요. 작가 열 명이 참가한 '신시대 미스터리'라는 기획 중 한 권이지. 이건 파는 물건은 아니지만."

사장은 그렇게 말하며 아기를 남의 품에 안기듯 정중한 손길로 나에게 책을 건넸다.

"수수께끼 풀이를 메인으로 하는 본격 미스터리부터, 스파이 소설, 서스펜스, 관능 미스터리 이런 식으로 열 명의 작가로 시리즈를 기획했어요. 유가미 유즈루도 그중 한 명으로, 하드보일드를 맡았고."

케이스에서 책을 꺼내, 한가운데를 펼쳤다가 페이지를 넘겨 서두로 거슬러 올라왔다. '도시의 눈은 하루 만에 그쳤다.' 냉랭한 문장이다.

"재미있나요?"

"글쎄요, 좀 별론데. 도쿄를 무대로 한 가출 소녀 추적극이고요. 소녀가 사라진 날 도쿄에 첫눈이 왔고, 사립 탐정인 마미야가 조사를 시작하는 날은 그 표지처럼 눈이 얇게 남은 부분과 아스팔트가 드러난 부분이 혼재하죠. 그래서 제목이 '얼룩무늬 눈밭'이에요. 마지막까지 읽어 보면, 머릿속에 그려지는 풍경과도 일치하는 제목이라서, 뭐 그 부분은 나도 맘에 드네요."

사장은 숱 없는 머리를 쓰다듬었다.

"미국 작가 로스 맥도널드의 영향을 받은 건 명백한데, 이쪽은 데뷔 후 두 번째 작품이라서요. 전성기 로스 맥도널드의 풍부한 비유적 표현이라든가, 화자의 투명성과 비교하면 글쎄요. 어딘지 어설픈 작품이죠."

사장은 손가락 네 개를 펼쳤다.

"유가미는 이《얼룩무늬 눈밭》을 시작으로 사립 탐정 마미야를 주인공으로 한 작품을 네 편 발표했어요. 장편이《얼룩무늬 눈밭》,《그림자 없는 까마귀》,《바람이 멈춘 날》이렇게 세 편, 단편집으로《지우고 싶은 정몽正夢》이 있고요.《바람이 멈춘 날》만 문고본으로 만들어지지 않았어요.《지우고 싶은 정몽》은 다른 출판사에서 가져가서 문고본을 냈고."

사장은 서지 정보를 줄줄 읊었다.

"《얼룩무늬 눈밭》을 읽고 싶으면 문고본이 나아요. 시리즈 세 번째 이야기까지 쓰고 성숙해진 작가가 다시 손을 대서, 양장본보다 읽기 편해졌거든. 문고 3쇄본에는 그때까지 성만 알려져 있던 마미야의 이름을 알 수 있는 선물이 딸려 있어요. 그게 독자들의 노여움을 샀는지, 아니면 작가 스스로 지나치다 싶었는지 4쇄부터는 싹 지워졌고요."

별로라고 말한 책을 세세하게 잘도 조사해 놨다. 그래도 기본적인 정보 덕에 그 책이나 작가의 윤곽이 뚜렷해졌다.

"시세는 어느 정도 되나요?"

"우리 집에서는 양장본은 2천 엔 매겨 놨어요. 뭐 그렇게 비싼 물건은 아니에요. 최근에는 단편집 《지우고 싶은 정몽》이 문고로 복간됐는데, 미수록 작품 세 편쯤 보너스로 포함됐어요. 그게 쇼와 시대 미스터리 복간본 팬들한테 먹혔지. 그걸 계기로 양장본의 시장 가격이 조금 올랐어요. 그래 봤자 2천 엔이지만. 매입가는 그거보다 더 싸고요. 여기 자금 사정이 어지간히 나쁜 게 아니라면, 팔렸을까 봐 걱정할 건 없어요."

나는 고개를 끄덕였다.

"그렇다고 해도 희한한 얘기네요. 사립 탐정이 어째서 책 같은 걸 찾아다니는 걸까. 가장 가능성 있는 건, 지금 쫓고 있는 남자가 어떤 사건의 범인이거나 하는 건데."

"글쎄요, 저는 의뢰받은 일을 처리할 뿐이라서요."

"그럴 생각이 없더라도, 결국엔 살인범과 맞닥뜨릴지도 모르겠구먼."

"뭐, 위험한 일이 처음은 아니라서."

나는 어깨를 으쓱해 보였다.

이 가게에서 들을 수 있는 건 이 정도겠지.

문득, 나는 카운터 끝부분에 시선이 멈췄다. 잡지꽂이에 B5사이즈로 접힌 지도가 있었다.

지도를 집어 들어 펼쳤다. K역과 그다음 역인 N역 주변의 헌책방 정보가 정리된 지도였다. 각 서점의 위치가 지도에 표시되어 있고, '온도리 서점'의 이름도 보였다.

"이건 무슨 지도인가요?"

"일 년 반 전에 이 주변 헌책방들과 협력해서 만든 거예요. 지역 활성화의 일환이랄까. 조금 지난 정보라 지금은 문을 닫은 가게도 있지만, 필요하면 가져가요."

"진짜 도움이 되겠는데요."

나는 지도를 품에 넣었다. 사장에게 감사 인사를 하고, 매장을 나왔다.

3

'구단도 책방'에서 K역으로 돌아가, 전철을 타고 한 정거장을 지나 N역에 내렸다. 이웃한 역에 왔을 뿐인데 분위기가 완전히 달랐다. 조금 전까지 화려하던 분위기와 비교하면, 잡다하고 너저분한 인상을 주는 곳이었다. 역 앞에는 찻집과 잡화점, 선술집이 뒤섞여 있고, 상점가 입구의 아케이드도 활기가 없었다. 언제 매달아 놨는지 알 수 없는 코뿔소 장식이, 녹슬어 일그러진 눈으로 텅 빈 점포의 셔터를 바라보고 있었다.

역에서 아케이드를 벗어나, 다시 오 분 정도 걸었지만 가게가 보이지 않았다.

문득 지도를 보고, 조금 전 지나온 곳이었구나 싶어서 되돌아가니, '온도리 서점'의 셔터가 내려져 있었다.

셔터에는 '월요일 정기 휴무'라고 적힌 종이가 붙어 있었다.

계획이 틀어졌다. 오늘 마무리할 줄 알았는데, 순조롭지 않다. 셔터 안쪽에서 소리가 들려오는 걸 보니 안에 주인이 있을지 모르나, 재고를 관리하거나 매장을 정리하는 작업이 한창일 것이다. 갑자기 들이닥친 사람에게 흔쾌히 이야기를 들려줄 것 같지도 않다.

하는 수 없이 세 번째 헌책방을 찾기로 했다.

단서는 세 가지. 하얀 비닐봉지에 책을 담아 준다는 것, 테두리 없는 하얀 스티커로 가격표를 붙인다는 것, 토요일에도 문을 연다는 것. 시험 삼아 토요일에 휴업하는 가게를 제외시키니 지도에 있는 열두 개 점포 가운데 두 개가 빠졌다.

'구단도 책방', '온도리 서점'. 두 군데를 더 제외하고 남은 여덟 곳은 '온도리 서점'에서 K역으로 걸어가는 길에 흩어져 있었다. 나는 가게 앞에서 하나하나 엿보며 균일가 매대의 가격표 스티커, 매장에서 나오는 손님이 들고 있는 봉투를 확인하며 지도에 × 표시를 그려 나갔다.

헌책방 다섯 군데 정도를 통과하고 주택가로 접어들었다. 길 오른편에 '책의 뱃머리'라고 쓰인 흰색과 초록색의 단조로운 조명 입간판이 보였다. '뱃머리' 글자의 왼쪽 아래에 큼직하게 금이 가 있었다. 지금 이 동네에서 숨을 쉬고 있는 건 나와 저 낡은 입간판뿐인 듯한 기분이 들었다. 가게 자체가 이 동네에서 잊혀 가는 것 같았다.

아까 받은 지도에는 '책의 뱃머리'라는 이름이 없다. 헌책방 거리는 정면에 있는 길로 이어져 있었다. 오른쪽 길이 주택가로 접어드는 길이라, 딱 그 부분에서 지도가 끊겨 있었던 것이다. 세상에 배신당한 듯 섭섭한 기분이 들었다.

나는 '책의 뱃머리' 앞에 섰다. 자그마한 가게였다. 매대에 놓인 균일가 도서들은 먼지를 뒤집어쓰고 있었다. 매장 입구에는 이번 주에 나온 주간지, 주간 만화 잡지의 중고 도서, 에로 잡지 등이 진열되어 있었다. 어수선한 동네에 반드시 하나는 있을 것 같은 흔한 헌책방이었다. 아마도 주된 수입은 주간지나 에로 도서겠지. 매대에는 헌책이 어지러이 놓여 있었다.

나는 별생각 없이 매대를 흘긋 들여다봤다. 커버가 없는 책과 오염으로 얼룩진 낙질* 무더기 속에, 자연스레 시선을 끌어당기는 책이 있었다. 내가 책을 발견했다기보다 책이 나를 불러들였다는 기분마저 들었다. 노란색 책등의 가도카와 문고, 조 고어스의 《맨 헌터》였다. 표지 중앙에는 선글라스를 끼고 검은 모자에 검은

● 한 질을 이루는 여러 권의 책 중에서 빠진 권이 있음. 또는 그런 책

재킷을 입은 남자의 사진이 있다. 시대를 초월한 느끼함과 쿨함이 느껴진다. 숨 막히는 추적극을 맛볼 수 있는 통속적인 하드보일드일 거라고 생각했다가는 큰코다친다. 좋은 책이다.

나는 문고본의 뒷면을 봤다.

테두리 없는 흰색 스티커에 '100'이라고 찍혀 있었다. 나는 《맨헌터》를 들고 매장으로 들어갔다.

내부에는 코를 훅 찌르는 듯한 냄새가 났다. 남자들 땀 냄새와 곰팡이 냄새가 뒤섞인 헌책의 향기였다.

카운터가 안쪽에 있던 '구단도 책방'과 대조적으로, 이곳의 주인은 입구에 카운터를 두고 있었다. 도난에 대응하기 위함일 것이다. 찾아오는 손님에 맞추어 헌책방의 모양새도 달라진다.

사장은 초로의 남자로, 백발이 눈에 띄었다. 그는 부어서 푸석한 눈꺼풀을 올려 내 손에 들린 것을 보았다. 눈이 반짝 빛나는 것 같았다.

내가 그대로 서 있자, 사장은 손을 내밀었다.

"계산 안 하세요?"

"네? 아······."

나는 지갑을 꺼내 100엔짜리 동전을 트레이에 놓았다.

"보물을 찾으셨네요."

"보물요?"

'구단도 책방'에서는 너무 단도직입적으로 얘기해서 주인이 경계했다. 이번에는 사장이 먼저 대화의 실마리를 던져 주어 기뻤다.

"그거 저도 좋아하는 책이거든요. 가끔 그런 걸 발견해 주는 손님이 있으면 너무 기뻐서요."

"그렇군요. 그러면 매장 안쪽 서가에 진열해서 가격이라도 높게 붙이시지."

"그렇게 비싼 책이랑은 또 달라요. 손님이 산 책은 요즘엔 균일가 매대에서 팔거나, 가격을 많이 붙여도 500엔, 그 정도거든요."

가게 겉모습만 보고 선입견을 가진 것 같다. 가격을 대충 매겨서 균일가 매대에 아무렇게나 던져 놓은 거라고 생각했었다. 보물찾기 같은 놀이가 마련되어 있다면, 사는 쪽이나 파는 쪽이나 모두 소득이 있는 거래이다.

"사장님이 숨겨 놓은 '보물'을 발견해 주는 손님들은 많이 있나요?"

"극히 일부 고객들만요. 그래도 최근엔 운이 좋아요. 지난주에도 한 명 있었고, 오늘도 손님이 발견하셨으니, 두 주 연속이네요."

"지난주요?"

"네. 지난 주말…… 토요일이었던가. 그분도 손님처럼 미스터리를 사 갔어요. 스탠리 엘린의 《제8지옥》 포켓 미스터리판과 맥스 앨런 콜린스의 《검은 옷의 달리아》였죠."

"《제8지옥》은 훌륭한 작품이지요. 가게 앞 매대에서 찾아낸다고 생각하면 꿈만 같은 일이네요. 《검은 옷의 달리아》라는 건 읽어 본 적이 없네요. 《블랙 달리아》와는 다른 작품인가요?"

"제임스 엘로이 작품 말이로군요. 둘 다 실제 일어났던 동일한 살인 사건을 소재로 하고 있는데, 콜린스의 작품은 네이선 헬러라는 사립 탐정이 등장하는 수사물이에요."

흥미가 끌렸지만, 나는 본래 이야기로 돌아갔다.

"지난주 왔다는 그 손님과 취향이 맞는 것 같네요. 어떤 분이었나요? 처음 온 손님이었나요?"

"처음 오신 분이었어요. 이쪽 길에도 헌책방이 있었네요, 하고 꾸밈없이 말했거든요. 삼십 대 정도 되려나. 키가 작고, 애교가 있는 사람이었어요."

처음 온 손님이라면, 여기에도 단서는 없다. 서점을 발견했을 땐 느낌이 좋았는데, 아무래도 역시 허탕을 친 듯하다.

"그건 그렇고, 《얼룩무늬 눈밭》이라는 책을 찾고 있는데…….."

책 제목을 말한 순간, 또다시 사장의 눈이 빛났다.

"아아, 그거 좋은 책이죠. 최고예요."

"그 작가 작품은 아직 한 권도 읽어 본 적이 없지만요."

"그렇다면 딱 좋네요. 그 초기 장편에는 유가미 유즈루라는 작가의 모든 것이 가득 담겨 있거든요. 가족의 슬픔을 건조한 필치로 엮어 나가는 것도 좋지만, 존재감이 별로 없다고 느꼈던 시점 인물인 마미야가 조금씩 뚜렷해지면서, 감정이 흘러나오는 구성도 좋죠. 게다가, 그건 하드보일드라기보다는 신본격 미스터리의 출발점이라고 불러야 할 것 같은 작품이에요. 트릭이 아주 훌륭해요. 처음부터 다시 읽으면서 유가미의 줄타기를 간접 체험하면 또 다른 재미가 있고요.

유가미는 문체가 다양하다는 평을 많이 듣는 작가입니다만, 제 의견을 말하자면, 그 정도 절제된 문장으로도 작가의 특성이 각인된다는 건, 유가미라는 작가가 천재이기 때문이라고 생각합니다. '도시의 눈은 하루 만에 그쳤다.' 이렇게 무심한 문장으로 빠밤, 하고 이야기를 시작하다니, 도무지 데뷔 후 두 번째 작품이라고 생각되지 않아요. 당당한 느낌이죠. 나중에 나온 작품들 속의 부드러운 문장이 더 깊은 맛이 있다느니 그렇게 말하는 사람들도 있습니다만, 저는 누가 뭐래도 칼로 베는 듯한 초기의 문장이 더……."

지금 막지 않으면 사장의 장황한 말이 계속될 것만 같았다. 작품 자체는 '별로'라고 툭 내뱉던 '구단도'의 사장과 대조적이었다.

"저기……."

"앗, 아이고, 제가 말이 너무 많았네요. 어쩌나, 이래서는 손님이 실제로 읽을 때 저를 원망하겠는걸요."

사장은 겸연쩍은 듯 눈을 가늘게 뜨며 뒤통수를 긁었다.

"맞다, 재고가 들어오면 손님 거 따로 챙겨서 보관해 둘게요. 그게 좋겠네."

"아뇨, 저는 이 근처에 살지 않아서요. 책이 들어오면 또 다음 '보물'로 만들어 주세요."

이곳에 또 방문한다는 건 상상이 되지 않았다. 그럴 필요도 없었다.

그러나, 마음 한구석에서는 또 한 번 보물찾기를 하러 오고 싶었다.

"제가 직접 찾아보겠습니다. 그럼 이만."

4

'책의 뱃머리'의 위치는 두 역 사이 딱 중간이었다. 어느 역으로 걸어가도 상관없었지만, 더는 헌책방 탐색을 할 필요는 없으니 집에서 더 가까운 N역 쪽으로 가기로 했다.

남자와 책을 연결하는 단서가 모두 끊겨 버렸다. 다음은 고작해야 '온도리 서점'이 영업하는 날 한 번 더 가 보는 것뿐이다. 그러나 이제껏 두 집에서 들은 내용을 되새겨 보면, 희망이 거의 없는 것 같다. 나 자신이 수사의 방향에서 너무 벗어나 버렸다. 다른 방법을 고민해야 한다.

'온도리 서점'이 가까워졌다.

나는 발걸음을 멈췄다.

서점의 셔터가 열려 있었던 것이다.

길에 서서 엿보니, 가게 안에 여자 한 명이 보였다. 앞치마를 두른 걸 보니 서점 관계자일 것이다. 매장 내 작업을 한참 하다가

환기를 하려는지, 매장 앞에서 무슨 작업을 하려는지, 잠시 셔터를 올린 것 같았다.

오늘이 휴무일이라는 건 모른 척하면 된다. 셔터가 올라가 있으니 영업 중이라고 생각하고, 지나가다 들른 손님. 상황 설정은 이정도로 충분하다. 망설인 건 잠깐이었다.

"저……."

나는 가게의 쪽문으로 몸을 숙이고 들어가, 조심스레 말했다.

여자가 돌아보았다. 동작 하나하나가 조용했다. 날씬한 체구에, 키도 큰 여자였다. 긴 앞머리가 눈가를 덮어서 조금 어두운 인상이었다. 우레탄 소재 마스크 위에 부직포 마스크를 덧쓰고 있었다.

"아, 죄송합니다. 오늘은 영업하지 않거든요."

활기차고 맑은 음성이었다.

"앗, 그런가요."

나는 다음 수를 생각하면서 매장 안을 쓱 둘러봤다.

매장은 로프트 구조로 지어진 2층 건물이었다. 2층에는 천창에서 따스한 빛이 비쳐 들고 있었다. 먼저 방문한 두 집은 헌책 냄새가 스며 있었지만, 이곳은 원목 책장의 신선한 나무 냄새가 강했다. 핸드메이드 느낌이 물씬 나는 피오피, 알록달록한 색깔의 책등이 겨울의 저녁노을 속에 빛나고 있었다. 나뭇잎 사이로 비쳐드는 햇빛 아래 있는 듯한 기분이 드는 가게였다.

"저기……."

여자는 긴 앞머리 뒤로 눈을 가늘게 뜨고 거의 노려보는 듯한 눈길로 말하더니, 유선 전화기가 있는 쪽으로 다가갔다.

하긴 그녀가 보기에 나는 영락없이 수상한 사람이었다. 영업하지 않는다고 말했는데도 마구 들어와서는 아무 말도 없이 서가를 바라보고 있으니 말이다. 게다가 매장 안에는 단둘뿐. 경찰을 부를지도 모른다. 지체할 겨를이 없었다.

"저 사실은, 이런 사람입니다."

나는 명함을 내밀었다.

그녀는 명함을 건네받고는 미인형 얼굴을 찡그렸다.

"사립 탐정?"

"어떤 남자를 찾고 있습니다. 이곳에 왔던 손님인 것 같아서, 좀 여쭈려고."

그녀는 내 얼굴을 쳐다보고는 손에 든 명함으로 눈길을 돌렸다.

"아, 그러세요……. 이 명함, 끝부분이 접힌 데다가 뭐가 좀 묻었네요. 꽤나 야무지지 못한 사립 탐정 같으신데. 깨끗한 걸로 좀 바꿔 주시겠어요?"

서점 주인의 비꼬는 듯 쌀쌀맞은 말투에 나도 냉랭하게 대응했다.

"죄송합니다. 지금은 명함이 다 떨어져서요. 그게 마지막 남은 한 장이에요."

사장은 '그래요.' 하고 짧게 대답하며 아무래도 상관없다는 듯한 태도로 명함을 테이블 위에 올려놓았다.

"지난주 토요일에, 서점에 왔던 남자인데요……."

"그런 거, 일일이 기억 못 하죠."

"키가 작고 다리가 짧고요, 직업은 작가 아니면 편집자. 짐작 가는 사람 없습니까?"

"작가? 혹시 히루마……."

그녀는 거기까지 말하고 입을 다물었다.

너무 단도직입적으로 얘기했나 싶었지만, 기습의 효과가 있었다. 싱겁고 맥 빠지는 느낌도 있지만, 사립 탐정이 사건을 해결할 때 이렇게 얻어걸리는 경우도 있다.

"아시는군요. 성 말고 이름은 어떻게 되죠?"

"……안 돼요."

그녀는 고개를 저었다.

"당신의 목적이 뭔지 모르는 이상, 얘기해 줄 수 없어요."

그녀는 그렇게 말하고는 조개처럼 입을 꽉 다물어 버렸다.

나는 무슨 말을 할지 생각하면서, 여기저기로 시선을 돌렸다.

그때 서가에 《얼룩무늬 눈밭》양장본이 보였다. 케이스도 끼워져 있었다.

나도 모르게 숨을 삼켰다.

나는 책을 집어 케이스에서 끄집어냈다. 책은 투명한 필름에 싸여 있었고, 끝부분이 조금씩 뜯겨 있었다.

"앗, 저기요."

사장이 제지하는 소리도 듣지 못 한 채, 손바닥에 착 달라붙는 필름의 감촉을 느꼈다. 책을 펼치니 카드 같은 게 한 장 끼워져 있었다. 무심결에 집어 들어 보니, 평범한 엽서, 오래된 독자 카드였다. 3×5사이즈 사진과 같은 크기다. 독자 카드는 가장자리가 누래졌고, 'M사'라는 회사 이름이 인쇄돼 있었다.

"저기요, 그러니까, 오늘은 영업 안 한다고 했······."

"아, 죄송합니다. 마침 제가 찾던 책이어서."

사장은 의아한 표정을 지었다.

책이 늘어서 있던 선반은 '개가 등장하는 책' 코너였다. 애거사 크리스티의 《벙어리 목격자》, 로이 비커스의 《백만분의 일의 우연》, 마이클 Z. 르윈의 《들개 로버, 마을을 다니다》, 딘 R. 쿤츠의 《왓처스》, 아이작 아시모프가 엮은 《개는 미스터리》 같은 오래된 책부터, 로버트 크레이스의 《서스펙트》, 보스턴 테란의 《어떤 강아지의 시간》, 폴 오스터의 《동행》 같은 최근 작품까지, 마음에 드는 작품을 골라잡는 선반이었다. 《세계에서 가장 아름다운 개 도감》 같은 큰 판형 책도 꽂혀 있었다. 영화 〈존 윅〉의 팸플릿까지 꽂혀 있었는데, 이 영화는 살인 청부업자 얘기 아니었나. 개가 어느 장면에서 나오지?

그 밖에도 '경찰 소설의 세계', '도서 미스터리° 특집', '돼지가

° 범행과 범인을 밝히고 시작하는 미스터리 소설

나오는 소설', '주말에는 종말 SF 어떠세요?' 같은 특별 코너로 꾸며진 서가가 빼곡하게 들어차 있었다. 모두 궁금했다. 손글씨로 꾹꾹 눌러쓴 피오피는 투박한 맛이 느껴졌다. 색깔 펜도 거의 사용하지 않았다.

특별 코너 중에 '본격 미스터리 작가 히루마 다카하루가 사랑하는 미스터리!'라고 쓰인 피오피가 시선을 사로잡았다. 국내외 명작이 줄지어 있고, 각각의 작품에 대한 '히루마 다카하루'의 코멘트가 적힌 종이가 놓여 있었다. 나는 아까 여자가 말한 '히루마'라는 이름과 저 이름이 일치한다는 것에 주목했다.

'구단도'는 투박한 전문점, '책의 뱃머리'는 잡다한 동네 헌책방이었다면, 이곳은 인테리어부터 세련됐고, 서가를 구경하는 것만으로도 재미가 쏠쏠하다. 특별 코너에 있는 책들을 모두 읽은 이가 보더라도, 하나의 주제로 정리되어 있으니 이루 말할 수 없는 행복감을 느낄 것이다.

"서가를 잘 꾸미셨네요."

엉겁결에 이렇게 말했다.

사장은 의외라는 듯 눈을 크게 떴다. 그러고는 긴 한숨을 내뱉었다.

"아무튼, 책은 서가에 도로 올려놔 주세요. 하실 얘기가 있으면 들어 줄 테니."

나는 순순히 《얼룩무늬 눈밭》을 제자리에 놓았다.

"《얼룩무늬 눈밭》에 개가 나오나요?"

'구단도 책방' 주인, '책의 뱃머리'의 주인과 나눈 대화를 떠올려 봐도, 그런 얘기는 없었다.

별 뜻 없이 던진 질문이었는데, 사장의 반응은 놀라웠다.

"네, 그게 진짜! 제일 중요한 장면이라고 해도 과언이 아니에요!"

그녀는 마치 내가 오랜 친구라도 되는 듯이 친한 척을 하며 흥분한 말투로 이야기하기 시작했다.

"저는 그 장면 하나 때문에 《얼룩무늬 눈밭》이라는 소설을 잊을 수가 없거든요. 사립 탐정 마미야가 개를 기르는 노인을 방문하는 장면이에요. 이야기의 중반, 14장이네요. '그의 몸에서는 달짝지근한 시취(屍臭)가 감돌았다.'라는 문장으로 시작되는 서두에서부터 임팩트가 있어요. 이 노인은 살아 있으면서도 죽은 듯한 사람으로, 아내를 잃고 애견에게만 마음을 열 수 있거든요."

"저도, 삼 년 전에 아내가 죽었습니다."

그럴 필요도 없는데, 내 이야기를 털어놓았다.

"그러셨어요? 젊은 나이에."

"자살이었습니다. 유서를 남기고 차 안에서 연탄불을 피워서 죽었어요."

그녀는 숨을 죽였다.

"그래서 가족을 떠나보낸 사람의 불안과 고독을 잘 알죠."

"그러면 《얼룩무늬 눈밭》의 그 장면은 마음 아플 거예요."

그녀는 이렇게 말하며, 나를 위로하듯 부드럽게 말했다.

"개와 자신 중 어느 쪽이 먼저 죽을지, 그 불안감을 조용한 대화 속에서 풀어내는데, 그 필치가 도저히 신인 작가라고는 할 수 없는 경지예요. 어딘지 외국 소설을 모방한 듯한 전체 플롯에서, 그 장면만은 독자적인 빛을 발하고 있거든요. 이 남자는 개가 먼저 죽어서 자신이 혼자 남게 되는 걸 견딜 수 없어요. 그래서 먹지 않은 약이 잔뜩 남았고, 라면 봉지 쓰레기가 쓰레기통에 쌓여 있죠. 자기 몸을 약하게 만들고 싶은 거예요. 하지만 그게 어중간한 시도라는 걸, 마미야는 곧 알아차리고 말죠. 죽고 싶다, 죽고 싶다고 말하면서도 죽음에서조차 도망칠 사람이라는 것을.

개는 살아갈 기력이 차고 넘쳐서, 노인을 두고 떠날 것처럼 보여요. 마미야는 그 개를, 삶을 갈망하는 노인의 기분을 대변하는 존재로 보고요. 노인에게 남아 있는 살고자 하는 마음이 모두 개에게 투영되고 있는 게 아닐까 하고요. 그렇기 때문에 개가 신나게 뛰어다니는 모습이 마미야의 눈에는 '죽음을 향한 느릿한 질주'로 보이죠."

나는 터지듯 쏟아 내는 그녀의 말에 압도당했다.

"흥미롭네요. 그걸 보고 마미야가 그런 표현을 한다는 게, 흥미로워요."

그녀가 고개를 끄덕이는 걸 보고 나는 말을 이었다.

"그 장면은 미스터리로서 중요한 대목과 연관이 있나요? 어떤 힌트라든가……?"

내 질문에 그녀는 입을 다물었다.

"아, 아닙니다, 아니에요. 관두죠. 나중에 읽을 때 재미가 없어
져 버리니까."

나는 팔짱을 꼈다.

"하지만, 지금 얘기하신 건 다 한 장면이죠?"

"전체 300페이지 중 고작 16쪽에 해당하는 내용이에요."

"말하자면, 겨우 그만큼이라는 거잖아요. 그것 말고도 전체적인
구성이라든지, 결말이라든지, 그런 데에는 흥미가 없으신가요?"

그녀는 얼굴을 찌푸리며, 밀어내듯 강한 어조로 말했다.

"단 한 줄짜리 표현만으로도 평생 잊지 못하는 책이 있다고요."

나는 입을 꾹 닫았다.

"《얼룩무늬 눈밭》은 저에게 있어서, 노견과 남자에 대한 소설이
에요. 저는 제가 읽는 방법이 절대적으로 옳다느니 그런 얘기를
하려는 건 아니지만, 저는요, 제가 읽는 방법이 좋아요."

그녀는 거기까지 단숨에 말하더니, 갑자기 얼굴을 붉히며 고개
를 떨구었다.

"……지금 한 말은 잊어 주세요. 손님을 상대로 발끈해서는……."

나는 그제야 숨을 쉴 수 있을 것 같았다.

"아뇨, 저야말로 괜히 부추겼네요. 그래도 그 책에 관심이 더욱
생겨났어요."

그녀는 나를 물끄러미 바라보더니 풉, 하고 웃었다. 둘 사이에 갑작스레 달콤하고 친밀한 공기가 흘렀다.

"손님은 그다지 사립 탐정스럽지가 않네요."

그녀의 솔직한 말에 내가 웃으며 "왜 그렇게 생각하시죠?" 하고 물었다. 눈앞에 드리워진 앞머리 사이로 나를 꿰뚫어 보는 듯한 눈이 보였다.

"행동거지라든가, 말씨라든가. 굳이 말하자면 마치 소설 속 세계에서 튀어나온 느낌이라, 진짜 같지가 않아요."

"그거 고맙네요."

나는 어깨를 으쓱했다.

"그래, 이런 거." 하고 그녀가 말했다.

"그런 몸짓 하나하나 말이에요. 지금도 본인이 조사하는 내용과 전혀 상관없을 것 같은 《얼룩무늬 눈밭》에 대해서만 흥미진진해하고 있잖아요."

"그렇게 보이나요?"

"글쎄, 제가 아까 개 이야기를 할 땐 제 쪽으로 고꾸라지실 것 같았다니까요."

그녀는 자기 앞머리를 검지와 엄지손가락으로 집어서는 두 손가락을 비볐다. 손가락 너머로, 나를 바라보는 빈틈없는 눈빛.

아니, 그 눈은 나를 보는 게 아니었다. 그녀는 하이에나 앞에 있는 작은 동물처럼 필사적인 눈빛을, 출입구를 향해 보내고 있었다.

출입구 쪽을 돌아보니, 문틈으로 누군가의 발이 보였다.

나는 그녀에게 다급하게 인사를 하고, 그곳을 떠나려 했다.

"잠깐만요. 《얼룩무늬 눈밭》에 대해 한 가지 더 재미있는 게 생각났어요."

"괜찮습니다. 실례했습니다."

나는 따라나서는 그녀를 뿌리치고 서점 밖으로 나왔다.

남자의 뒷모습을 눈으로 좇았다. 그의 등이 역 쪽으로 사라졌다.

5

그가 누군지 뒷모습으로 알아 봤다. 새우등에 짧은 다리. 조급한 발걸음은 원래 습관일까, 아니면 뒤에 있는 나를 알아차린 걸까.

조금 전 '온도리 서점'의 주인은 히루마가 문 앞에 있는 걸 알아챈 것이다. 히루마와 서점 주인이 아는 사이라는 건 '히루마'라는 이름을 얼결에 입밖에 낸 것, '히루마 다카하루가 사랑하는 미스터리' 같은 코너와 그의 코멘트를 적은 종이를 놓아둔 걸 보면 확실하다. 사립 탐정이 뒤를 캐고 있다는 사실이 심상치 않게 느껴졌을 거다. 그래서 눈빛으로 히루마에게 '도망쳐!'라는 신호를 보냈다. 얼마나 위기감을 느꼈는지는 모르지만, 어쨌든 그는 그 자리를 피했다.

문득, 히루마는 왜 서점이 쉬는 날 '온도리 서점'을 찾아온 걸까 하는 의문이 들었다.

단골손님이라면 휴일을 착각할 리 있을까.

아니, 지금은 그런 사소한 의문 따위 중요하지 않다. 가방 속에 있던 걸 바로 저 사람이 갖고 있다. 나는 히루마를 뒤쫓았다. '온도리 서점'에서 가장 가까운 역에서 전철을 타고 종착역까지 간 후 갈아탔다. 시선 끝에 히루마를 계속 붙잡아 둔 채 '히루마 다카하루'를 스마트폰 검색창에 입력해 정보를 불러왔다. 추적 중인 남자의 사진이 떴다. 십오 년 전 데뷔한 38세의 작가. 이십 대에 데뷔했다는 얘기다. 작품으로는 수수께끼 풀이를 메인으로 한 본격 미스터리와 하드보일드 사립 탐정물을 번갈아 낸다고 한다. 잘 나간다고 할 순 없지만, 중견 작가 정도의 지위를 유지하고 있는 듯하다.

히루마는 변두리 지역인 R역에서 내려, 주택가를 향해 걸어갔다. 겨울이라 오후 6시가 넘으니 이미 컴컴했다. 간간이 서 있는 가로등 외에는 불빛 하나 없는 길이 이어졌다.

히루마는 찻집 '카아무'에서 마키무라와 접촉했던 사람이다.

그에게, 내가 찾는 물건이 있다.

바로 그, 《얼룩무늬 눈밭》이.

그는 주머니를 뒤졌다. 가로등 불빛에 그의 손끝이 반짝 빛났다. 열쇠였다. 어느새 눈앞에 그의 집이 있는 것이다. 이때를 기다려 왔다.

그는 단독주택 현관 앞에서 걸음을 멈췄다.

나는 가방에서 전기 충격기를 꺼내 그에게 겨눴다.

"그만 멈춰."

번쩍 치켜든 내 손목을 누군가 붙잡았다.

"살인미수 현행범. 여기까지 왔으니 발뺌은 못 하겠지."

머뭇머뭇 돌아보니, 여자 한 명이 있었다.

"반가워. 내 이름은 ―야."

그녀가 자기 이름을 말했다. 나는 정신이 아득해졌다.

"너지? 마키무라 신이치를 살해한 사람."

그녀가, **와카쓰키 하루미**가, **나**를 가리켰다.

6

어안이 벙벙해진 내 눈앞에서 히루마가 바닥에 털썩 주저앉았다.

"와카쓰키, 늦었잖아……. 바로 뒤에서 바싹 쫓아올 땐 진짜 어떻게 되는 줄 알았다고. 물론 미끼 작전에 찬성한 건 나였지만……."

"구라하타, 글쎄 미안하다니까. 아, 구라하타는 저기 있는 저 사람 본명이야. 어쨌든 이젠 안심이네. 이렇게 무사히 범인을 잡았잖아?"

와카쓰키 하루미가 마스크 속에서 킥킥 소리를 내며 웃었다. 쇼트커트 머리에 멜빵바지를 입고 천진하게 웃는 그녀는 마치 소년처럼 보였다. 선이 가는 몸매가 중성적인 매력을 더욱 돋보이게 해 준다. ……이게 진짜 '와카쓰키 하루미'였다.

"……당신, 대체 어떻게."

나는 와카쓰키를 노려봤다.

와카쓰키가 내 눈앞에 얼굴을 들이밀었다.

"근처에 경찰도 대기시켜 놨어. 너를 곧 넘길 거니까, 그 전에 살짝 얘기 좀 할까. 처음부터, 순서대로."

◆

나는 이틀 전 밤, 마키무라를 살해했다.

대학 시절부터 친한 친구였던 마키무라에게 협박받고 있었다. 삼 년 전 죽은 내 아내와 관련된 일이었다.

나는 아내를 살해하고 자살한 것처럼 꾸몄다. 아내의 불륜을 눈치챈 건 사 년 전 일이다. 처음엔 보고도 못 본 척 둔감하게 살자고 생각했다. 그러나 그럴 수 없었다. 내가 없는 곳에서 아내와 그 상대가 나를 비웃을 걸 생각하니 자존심이 몹시 상했다. 나를 바보로 만든 두 사람을 죽이고, 내 인생을 다시 시작하자. 머릿속에 이런 계획을 세운 건, 삼 년 반 전의 일이었다.

아내와 불륜 상대의 동반 자살로 위장한 살인이었다. 두 사람이 산속 여관으로 여행 가는 날을 알아내어, 차 안에서 연탄을 피워 자살한 것처럼 꾸민 뒤, 그 상태로 산속에 유기했다. 아내가 평소 마음에 든 드라마 대사를 적어 두던 수첩에서 유서로 보일 만한 페이지를 뜯어내어 현장에 놔두었다. 나는 집으로 돌아와 경찰에 실종 신고를 했고, 아내에게 버림받은 미련한 남편을 연기하여 동정을 얻으려 애썼다.

경찰은 자살로 결론 내렸고, 살인은 드러나지 않았다.

사회면에 두 사람의 사망 기사가 짤막하고 건조하게 실렸을 뿐, 심지어 사망자의 이름도 밝히지 않은 기사가 있을 정도였다.

아내가 죽고 두 달 뒤, 대학 시절 친구이자 잡지 기자인 마키무라가 우리 집에 찾아왔다.

그런데 마키무라가 꺼내 보인 것은 유가미 유즈루의 《얼룩무늬 눈밭》. 케이스에 들어 있는 양장본이었다.

"여기 재밌는 게 끼워져 있는데, 뭔지 알겠어?"

그는 이렇게 말하며 한 장의 사진을 꺼냈다. 3×5사이즈로 인화된 사진에는 산속에서 나오는 내 모습이 찍혀 있었다. 두 사람의 시신을 유기한 뒤 다른 장소에 세워 둔 차로 가려던 참이었다. 사진에는 날짜와 시간이 찍혀 있을 뿐 아니라 그날 벌어진 여름 축제 전단지가 붙은 게시판이 있어서, 도쿄에 있었다고 했던 내 알리바이를 무너뜨리기에 충분했다.

"네 와이프 불륜 상대 말이야, 그…… 유명한 의원 아들이거든. 2세 의원을 목표로 출마한다는 얘기가 돌 때라, 기삿거리라도 건질 만한 거 없나 쫓아다니던 중이었어. 두 사람이 처음 만난 사교 파티 자리에 마침 나도 있었어. 네 와이프라는 건 취재하던 중에 알게 된 거고. 그래서 그날, 산속 여관에서의 밀회를 뒤쫓고 있는데 너까지 나타났으니 말이야. 이거 재밌는 일이 생기겠다 싶어서 지켜봤지. 그랬더니, 진짜로 대박을 건진 거야……."

그는 그 사진을 《얼룩무늬 눈밭》 한가운데에 끼워 넣었다.

"알고 있었으면 왜 좀 더 일찍 얘기하지 않았지?"

"두 달이 지났으니, 경찰도 더 이상 따라붙지 않아서 한시름 놓고 있을 때겠구나 싶어서."

마키무라는 쿡쿡 웃었다.

"《얼룩무늬 눈밭》, 이 제목이 무슨 뜻인지 알아? 눈이 녹지 않고 남아 있는 부분과 눈이 녹아서 드러난 아스팔트 바닥의 검은 부분. 모든 비밀은 결국 드러나게 된다는 뜻이야. 그리고 너도 살인자이지만 그렇다고 전부 어두운 면만 있는 건 아니잖아. 사교성도 있고, 평범하게 행동하는 것도 가능하지. 그렇게 얼룩덜룩한 모습을 한 살인자인 거야. 하지만 언젠가는 모든 게 밝혀지게 돼 있어. 네 마음에 씌워진 '도금'이 벗겨지고, 결국 시커먼 부분만 백일하에 드러나는 거지……."

마키무라는 책 표지에 입을 맞추고는, 마치 자기 여자를 자랑하듯 으스대는 얼굴로 나를 향해 책을 내밀었다.

"넌 그렇게 되지 않도록, 나에게 최선을 다해야 할 거야."

그날 이후, 나는 마키무라의 노예, 아니 '개'가 되었다.

나는 신기하게도, 아까 '온도리 서점'에서 만난 여자 사장에게 들은 '노인과 개의 한 장면'에 나 자신을 겹치고 있었다. 나 역시 아내를 살해한 이후, 빨리 죽고 싶다고 바라던 중이었다. 배신당한 슬픔에 마음은 닳아 없어졌고, 유일한 자극은 마키무라와 대치하는 것뿐이었다.

돈을 건네고, 마키무라가 요구하면 어떤 장소든 다 나갔다. 그렇다. 나는 마키무라의 '개'였다. '온도리 서점' 주인의 말이 떠오른다. 내 마음은 죽음을 향해 천천히 질주하고 있었다. 감정을 느끼는 건 포기하고 견뎌 냈다. 그러나 참는 것이 슬슬 한계에 이르렀다.

아내를 죽인 이후부터 사귀던 여자에게 다른 남자가 있다는 걸 알게 됐다. 마키무라의 '개'가 되어 쉽게 시간을 내지 못하는 나에게 정이 떨어져, 나를 버린 것이다.

나는 그제야 눈이 떠졌다. 이런 상태로는 안 된다. 나는 내 인생을 되돌려 놓아야 한다고 생각했다.

토요일, 나는 마키무라의 집에 가기로 되어 있었다. 말로 나를 괴롭히고, 잡담을 하면서 술을 마시는 게, 가학을 즐기는 그놈이 가장 즐거워하는 일이었다.

그는 마치 무슨 면허증이라도 되는 듯이 《얼룩무늬 눈밭》을 늘 지니고 다녔다. 사진에 담긴 의미는 사정을 아는 사람 외에는 알아볼 수 없으니, 다른 사람이 그 사진을 본다고 해도 딱히 위험하진 않다는 건 마키무라도 알았을 것이다. 오히려 굳이 가지고 다님으로써 나의 불안을 부채질하려던 게 틀림없다.

내가 집에 도착하자마자 마키무라는 시시한 이야기를 늘어놓기 시작했다.

"오늘 잡화를 사고 돌아오는 길에 찻집에 들렀다가, 짜증 나는 일이 있었거든. 옆자리에 앉았던 웬 쪼끄만 손님이 나랑 가방이 똑같아서 말이야. 이런 시기에 굳이 친한 척 말을 걸어오는데, 내용도 어찌나 재미없던지. 다른 사람이랑 똑같은 옷이나 가방일 때 그 민망한 기분이란. 게다가 상대방이 눈치도 없는 꼬맹이라면 기분도 최악……."

나는 그 얘기를 끝까지 들을 것도 없이 마키무라를 때려 살해했다.

살인도 세 명째가 되다 보니, 뭘 해야 하는지 바로 알았다. 장갑을 끼고, 내 손이 닿았던 곳은 전부 닦아 냈다. 입을 댄 유리컵은 꼼꼼하게 씻어 찬장에 도로 놔두고, 컴퓨터를 비롯한 기록 매체에 남아 있는 내 사진을 전부 지웠다.

마지막으로, 마키무라가 늘 지니고 다니던 가방 속에서 《얼룩무늬 눈밭》에 끼워 둔 사진을 가져가면, 계획은 완수……였을 텐데.

마키무라의 가방 속에는 헌책 다발과 머플러, 장갑, 명함 지갑이 들어 있었다. 《얼룩무늬 눈밭》은 어디에도 없었다.

혼란스러운 내 머릿속에 조금 전 마키무라가 했던 얘기가 떠올랐다.

똑같은 가방을 가진 또 한 명의 남자.

가방이 뒤바뀌었다는 무시무시한 가능성을 깨달았다. 《얼룩무늬 눈밭》은 찻집에 있던 또 한 명의 손님, 마키무라가 말한 '꼬맹이'가 가지고 있다.

쓰디쓴 맛이 입안에서 번져 갔다.

후회는 곧 사라지고, 나는 잔혹한 결심을 굳혔다. 세 명을 죽이든, 네 명을 죽이든 똑같다. 그 남자를 찾아내어, 죽일 것이다. 사진을 되찾고, 내 인생을 되찾는다. 할 일은 달라지지 않았다. 사진 데이터는 모두 삭제했다. 집 안을 뒤져 인화된 사진도 찾아 봤지만, 내 사진은 나오지 않았다. 나의 범죄 증거는 가방이 뒤바뀐 남자의 손에 있는 단 한 장의 사진뿐이었다.

나는 장갑 낀 손으로 가방 속 물건들을 하나하나 살폈다. 남자의 신원을 알 만한 게 없을까 하면서.

지갑은 들어 있지 않았다. 호주머니에 넣었나 보다. 헌책에는 당연히 단서가 없었고, 머플러나 장갑에도 이름이 새겨져 있진 않았다.

유일한 희망은 검은색 가죽 명함 지갑이었지만, 본인의 명함을 넣는 공간에는 아무것도 들어 있지 않았다. 마침 다 쓴 모양이다.

나는 혀를 차며, 남자가 받은 명함 20매 분량을 차례차례 확인했다. 모두 편집자와 작가의 명함이었다. 틀림없이 출판 관계자이고, 출판사와 작가의 경향으로 보면 미스터리 쪽이다. 하지만 그것만으로는 도저히 범위를 좁힐 수 없다. 너무 막연하다.

그때 한 장의 명함을 집어 들었다.

와카쓰키 탐정 사무소
사립 탐정 와카쓰키 하루미

컬러 명함으로, 와카쓰키 탐정 사무소의 로고가 새겨져 있었다.

어째서 사립 탐정의 명함이 들어 있는지 희한했지만, 뭔가 취재가 필요해서 만났을 것이다.

나는 왠지 신경 쓰이는 그 명함을 책상 위에 두고, 이번에는 죽은 마키무라의 주머니를 뒤졌다. 주머니 속에 찻집 '카아무'의 영수증이 들어 있었다. 시각은 토요일 오후 4시 4분. 마키무라의 이야기와 일치한다. 여기가 그 남자와 접촉한 그 찻집이 틀림없다.

나는 '카아무'에 있었던 남자의 행방을 알아내야만 했다.

그러나 나는 평범한 회사원이다. 남의 주변을 캐고 다닐 권한은 없다. 그냥 평범한 손님으로 간다면 수상하게 보일 테고 아무것도 알아내지 못할 거다.

나는 와카쓰키 하루미의 명함을 주머니에 넣었다.

이 명함만 있으면, 사립 탐정 행세가 가능하다.

사립 탐정을 자처하면, 남자의 행방을 조사할 구실이 된다. 물론 여전히 수상한 건 마찬가지지만, 맨몸으로 들이대는 것보다는 가능성이 있어 보였다.

집을 뒤져 보았지만, 마키무라는 자기 사진이 별로 없었다. 대학 시절부터 아는 사이니, 동아리에서 찍은 마키무라의 사진이라면 나한테도 있다. 십수 년 전 사진이긴 하지만, 부모가 제공한 사진이라고 하면 어물쩍 넘어갈 수 있지 않을까. 마키무라는 부모와 소원하게 지냈다. 시신이 발견되면 중식당을 운영하는 부모가 사는 본가에 경찰이 드나들 것이므로 만나러 갈 수 없지만, 대학 시절 그곳에 딱 한 번 가 본 적이 있다. 그들이 어떤 사람들인지는 안다. 마키무라의 부모를 의뢰인으로 하자. 부모에게 의뢰를 받아 책을 찾고 있다. 사립 탐정에게 의뢰한 사람들과 의뢰 내용으로서 그 정도 선은 있을 법하겠지.

시신 곁에서 거기까지 생각하고는 내일이라도 당장 움직이자고 결심했으나, 휴대폰으로 '카아무'에 대한 정보를 찾아보니 일요일은 정기 휴무라고 나와 있다. 일각을 다투는 상황에서, 하루를 헛되이 흘려보내는 게 답답했지만, 내게는 '카아무' 외에는 단서가 없었다.

그것은 궁지에 몰린 내가 생각해 낸, 위험한 도박이었다.

내게 의뢰인은 없다.

나는, **책을 찾고 그 남자를 죽이기 위해, 탐정 행세를 시작한 것이다.**

◆

와카쓰키 하루미는 나를 마주 보며, 조용한 목소리로 이야기를 계속했다.

"히루마에게서 연락을 받았을 땐, 나도 놀랐어. 저 사람과는 오래전부터 친구였고, 작가가 된 뒤부터는 취재니 뭐니 해서 자주 이야기를 나누곤 했지."

명함은 '사립 탐정의 명함이 보고 싶다.'고 말한 히루마에게 참고용으로 건네준 것이었다고 한다.

"어젯밤이었어. '찻집에서 가방이 바뀐 것 같아. 거기에 살인의 증거물이 들어 있어.' 히루마는 우선 전화로 이렇게 전했어. 확실히 당황했더라고. 얘기를 들어 보니, 찻집에서 똑같은 가방을 가진 남자가 옆자리에 있었는데 집에 돌아가서 보니 자기 가방이 아니었다는 거야. 뭐, 잘못해서 가방이 바뀔 순 있지. 그런데, 살인의 증거라니."

"사실."

그녀는 이야기를 계속했다.

"책에 끼워져 있던 건 기껏해야 사진이야. 그래도, 책갈피에 끼워 두기엔 확실히 좀 희한한 사진이긴 하지. 어둠침침한 곳에서 찍힌 걸 보니, 아무래도 무슨 의미가 있을 것 같단 말이지. 보통은 이쯤에서 관두겠지만, 유감스럽게도 이걸 처음 본 사람이 저 사람이었다는 게 문제지."

와카쓰키는 옆에 서 있는 히루마를 가리켰다. 히루마는 겸연쩍다는 듯 뒤통수를 긁었다.

"이 사람 말이야, 일 년 내내 미스터리 생각만 하고 살거든. 상상력도 보통 사람보다 두 배는 풍부하고. 히루마는 여름 축제 포스터를 보고 사진 속 산이 어딘지 특정해서, 사진에 새겨진 날짜에 무슨 사건이 일어났는지 조사해 봤다고. 그랬더니, 빙고. 차 안에서 남녀가 동반 자살한 사건이 있었던 거지.

그렇긴 해도, 이것만으로는 단순히 우연일지도 몰라. 히루마가 말한 '살인의 증거'로서는 조금 약한 것 같았지. 그래서 나는 신경 쓰지 않았는데, 오늘 아침에 상황이 바뀌었어."

"······마키무라의 시신 말이군요."

내가 말하자, 와카쓰키가 고개를 끄덕였다.

"맞아. 그 뉴스가 나오자, 히루마는 다시 한 번 내게 연락했지. 히루마는 마키무라의 얼굴 사진을 보니 찻집에서 만난 그 남자라고 확신했어. 사진이 살인의 증거물이고, 범인의 목적은 마키무라에게서 이 책을 빼앗는 것이 아니었을까, 하는 추리가 나왔지. 히루마의 망상은 이때부터 중대한 의미를 갖게 된 거야."

히루마가 멋쩍은 듯 머뭇머뭇 양손을 마주 비볐다.

"그래도, 그건 살인의 증거물이니까 말이야. 만약 경찰에 신고하면 내가 훔친 걸로 의심받지 않을까 하는 생각에……."

와카쓰키는 억지웃음을 띠며 말했다.

"본인이 맨날 불경한 소설만 쓰니까, 그렇게 필요 이상으로 걱정하는 거야. 뭐 나도 이 의뢰는 꽤 재밌어 보여서, 기꺼이 맡기로 했지만."

"일이 없어서 한가하니까 그런 거잖아."

히루마의 야유에 와카쓰키는 돌아보지도 않았다.

"그랬더니, 사건이 금방 흥미롭게 흘러가더라고. 우선 가방이 뒤바뀐 찻집에서 조사를 시작해서, 사건 직전 마키무라의 모습을 확인해 보기로 했는데……. 그곳 사장이 내가 건넨 명함을 보고 의외의 반응을 보였단 말이지. '여자 같은 이름이라고 생각은 했는데, 진짜로 여자였네?'라면서."

나는 침을 꿀꺽 삼켰다.

"그래서 물어봤더니, 내 명함을 내보이며 히루마에 대해 꼬치꼬치 캐묻던 남자가 있었다잖아. 게다가 건네받은 명함이 어느새 사라졌다는 거야. 뒤가 구린 게 있으니까, 명함을 가져간 거지. 나는 생각지 못한 엄청난 수확에 흥분했어. 우리는 **마치 거울처럼, 서로를 찾아서 동시에 조사를 시작한 거야.**"

와카쓰키는 후훗, 하고 간지러운 목소리로 웃었다.

"나는 사장에게 물어서 당신의 특징을 알아내고, 당신이 알아간 내용을 전부 확인했어. 그랬더니 당신은 헌책방 정보를 자세히 물어봤다더라고. 아마도 히루마가 들른 서점 중에 단골 가게가 있다고 보고, 가서 히루마에 대해 알아내려고 한 거겠지. 단순하지만, 아주 그럴듯한 판단이야. 실제로 '온도리 서점' 주인은 히루마와 친한 사이니까.

히루마가 '온도리는 오늘 쉬는 날이야.'라고 해서, 우리는 가까운 '구단도 책방'으로 향했어. 그랬더니 거기도 당신이 다녀간 흔적이 있더군."

"그다음은? 어떻게 해서 내가 여기 있을 거란 걸 안 거죠?"

"우리는 '구단도'와 '온도리' 외 또 한 곳의 헌책방은 제외시켰어. 작은 가게고, 히루마도 슬쩍 들렀다 나온 곳이라 이름도 기억 못 하고 말이야."

"'책의 뱃머리'예요."

"뭐?"

"'책의 뱃머리.' 히루마 씨가 다녀간 나머지 한 곳의 헌책방 이름요."

내 말에 히루마가 감탄하며 목소리를 높였다.

"그럼 당신은 거길 찾아냈다는 거네. 고마운걸. 균일가 코너가 의외로 괜찮아서, 또 가고 싶었거든."

"사장과 이야기도 나눠 보면 좋아요. 재미있는 사람이에요."

내 말에 와카쓰키가 웃었다.

"진짜 당신 희한한 사람이네. 잔인한 판단을 내릴 만큼 냉혹함도 있고, 책을 진심으로 좋아하는 따뜻함도 동시에 갖고 있으니 말이야."

"대학 때 하드보일드나 사립 탐정 소설을 자주 읽었습니다. 나도 찻집의 고풍스러운 분위기에 휩쓸려 마치 내가 영화 속 인물, 동경했던 사립 탐정이 된 기분이 들었던 거예요."

이렇게 말하고 나서야 깨달았다.

나는 이 탐정 행세를 즐기고 있었던 것이다.

"그렇군⋯⋯. 그게, 당신이 사립 탐정답지 않았던 이유였나."

나는 그 말을 듣고 나도 모르게 숨을 멈췄다.

"⋯⋯당신이랑은 처음 만난 것 같지 않네요."

"이제 깨달은 건가?"

그녀가 손에 들고 있던 봉투에서 가발을 꺼내 머리에 썼다. 긴 앞머리가 눈가를 덮었다. 표정과 분위기까지 달라져 마치 다른 사람 같았다.

"'온도리 서점'의 여자⋯⋯ 그게 당신이었나."

"맞아. 나머지 한 곳 헌책방, 그러니까 '책의 뱃머리', 그곳을 버리기로 한 우리는 '온도리 서점'에서 당신이 오길 기다리기로 했어. 휴무일이라 당신이 먼저 올 일은 없고, 휴무여도 매장 내 작업 때문에 사장은 가게에 있었지. 그리고, '온도리 서점'에 히루마

코너가 있는 건 당신도 봤지. 서점 주인과 친하다는 건, 우리가 무리한 부탁을 해도 통한다는 거지. 나는 히루마를 통해 사장에게 간곡히 부탁해서, 가게 사용을 허락받았어."

"진짜 사장은 남자인가요?"

"어째서 그렇게 생각하지?"

"매장에 손으로 쓴 피오피 글자 때문에요. 필압이 강하고, 거친 글씨체였어요. 당신이 썼다고 생각하면 그것도 나름대로 맛이 있지만 그게 아니라면, 남자가 아닐까 하고."

그녀가 씩 웃었다.

"그래. 나는 당신의 그 관찰력을 믿었어. 내가 내뱉은 '히루마'라는 노골적인 힌트를 받고, 당신 눈은 곧장 이벤트 코너로 향하더라고. 그걸 보고 작전이 성공했다고 확신했지. 히루마에게 신호를 보내 출입구에 서게 했어. 당신은 내 시선을 좇아 히루마가 문 앞에 선 걸 반드시 알아챌 테니. 내가 당신을 경계하고 있는 걸 알아차렸다면, 히루마에게 달아나라고 신호를 보낸 것도 반드시 알아차릴 거고. 당신은 내 생각대로 움직여 줬어……."

"생각해 보니, 그곳에 《얼룩무늬 눈밭》을 놓아둔 것도 당신이 만든 함정이었네. 책을 펼쳤을 때 무심코 안에 있는 독자 카드를 확인하고 말았어요. **3×5사이즈 사진과 사이즈가 비슷했으니까요.** 하지만, 그 독자 카드는 M사 것이었지. '구단도'에서 들었지만, 《얼룩무늬 눈밭》을 낸 출판사는 K사예요. 당신은 내 반응을 보려고 다른 책에서 사진과 크기가 비슷한 독자 카드를 빼내 끼워 둔 거였어."

"그래, 맞아. 어쨌든 나와 히루마는 사진을 미리 봤으니까. 그리고 당신은 기대했던 반응을 보였지."

나는 한숨을 쉬었다. 그때는 내가 두 책방 주인과 《얼룩무늬 눈밭》 이야기를 하면서 그 책에 관심이 생기기 시작한 때였다.

"가방이 뒤바뀌었다는 우연에 의해 손에 들어간 내 명함…… '와카쓰키 하루미'라는 이름의 명함이야말로, 당신 탐정 행세의 주역이었던 거지. 당신이 손에 넣은 명함은 단 한 장. 따라서, 당신은 다소 무리해서 **그 한 장을 계속해서 재사용할 수밖에 없었어.**

먼저, 찻집 '카아무'에서 사장에게 건넨 명함을 회수해야 했어. 그래서 테이블 위에 있던 명함 모양 점포 카드를 카운터 위에 꺼내 놨지. 그리고 일어날 때 전표를 카운터 위에 올려서, 명함과 카드를 전표 밑으로 숨겼어. 그렇게 해서, 재빠르게 명함만 빼낸 거지. 카아무 사장이 알아차렸을 땐 이미 명함은 당신 손안에 있었던 거고.

다음은 '구단도 책방'이야. 당신 명함은 서점 주인이 내던지는 바람에, 근처에 있던 다른 손님 발에 밟혔지. 명함을 주워서 먼지를 털어 내긴 했지만, 한 장뿐인 명함은 너덜너덜해졌어. '책의 뱃머리'에서는 명함을 꺼내지 않아도 문제없도록 이야기를 이어 나갔겠지.

게다가 당신은 '구단도'에서 히루마가 뭘 샀는지 물어보면서 '그 저께는 무슨 책을 사 갔나요? 어떤 자료 같은 거?'라고 했다더군. 이건 실수한 거야. 결론을 먼저 내 버린 거나 마찬가지잖아. 그러 니까, 히루마가 작가나 편집자가 아닐까 하는 건, '구단도' 주인 에게 무슨 책을 사 갔는지 듣고 난 다음에야 할 수 있는 추측이라 고. 당신은 히루마의 명함 지갑을 미리 보고 직업을 짐작하고 있 었으니, 성급하게 말이 나와 버린 거지.

마지막으로 '온도리 서점'에서 기다리고 있던 내 앞에 나타났을 때도, 당신은 지나가다 들른 손님인 척하면서 명함을 꺼내지 않고 넘어갈 방법을 찾고 있었어. 내가 경찰을 부르려고 전화기에 다가 가는 걸 보고 할 수 없이 명함을 보여 줬지. 나는 원하는 걸 끄집 어낸 셈이야. 명함 한쪽 끝이 접힌 건, '카아무' 사장이 무료하게 만지작거리다 만든 자국이겠지. 우리가 그 사람 이야기를 들을 때 도 자기 가게 카드를 똑같은 모양으로 접고 있더라고. 버릇인가 봐. '구단도'에서 먼지는 털어 냈지만, 그래도 신발 자국은 남았 어. 그래서 나는 다른 명함으로 바꿔 달라고 슬쩍 떠본 거지. 그 때 당신은 내심 조마조마했을 거야."

와카쓰키는 득의양양한 표정이었다.

"그렇게 된 거였군."

나는 고개를 떨구었다.

"당신이 뭘 말하는지 알겠어요. 우리는 거울에 비친 형상과 그

본체와도 같은 대칭이었네요. 내가 있는 곳에 당신이 나타나고, 당신이 있는 곳에 내가 나타났다……. 내가 여자인 당신을 연기하고, 당신은 남자인 서점 주인을 연기하고…….”

“알아주니 기쁘네.”

마침내 죗값을 받을 때가 왔다.

내 욕심 때문에 세 사람을 죽였다. 아내가 불륜을 저질렀든, 마키무라가 어떤 인간이든, 사람을 죽인 죄의 무게는 달라지지 않는다. 그 대가를 받아들여야만 한다.

빨간 불빛이 아스팔트 도로를 물들였다. 최후의 순간은 막상 찾아오니 싱거웠다. 내 인생을 빼앗겼다는, 그 처절한 마음은 안개처럼 흩어져 어디론가 사라졌다. 내 마음은 신기할 정도로 만족스러웠다. 다른 사람 행세를 함으로써 잊고 있던 자신의 마음을 솔직히 이야기할 수 있었다.

설령 그녀가 가짜였다고 해도, 그때 그 가게에서 나눈 이야기에 거짓은 없었다고 생각하고 싶었다.

“이제 시간이 됐어.”

와카쓰키는 흘끗 쏘아보며 냉담한 목소리로 말했다.

“고마워. 즐거운 **사냥**이었어.”

와카쓰키의 말을 들었을 때, 으스스한 기운이 등줄기를 훑었지만, 아직 그 위화감의 정체는 알 수 없었다.

나는 양손을 내밀었다.

7

이걸로 내 이야기는 끝이다.

자신이 사립 탐정이라는 착각에 빠질 수 있어 행복했던 하루의 이야기. 황홀한 대화도, 소박하면서도 착실한 수사도, 탐정과의 대결도……. 교도소에 들어오기 전까지, 즐겁게 보낸 하루.

그것으로 다 끝난 일이라 생각했다.

그러나 이 이야기에는 딱 하나 석연치 않은 부분이 있다.

교도소 도서관에서 유가미 유즈루의 작품, 특히 그 《얼룩무늬 눈밭》의 문고판을 발견했을 때, 나는 심장이 뛰었다. 그 책은 언제까지나 내 인생을 얽매는 악마와도 같았지만, 두 명의 헌책방 주인과 와카쓰키와의 대화를 거치면서 나는 어쩔 수 없이 《얼룩무늬 눈밭》을 읽고 싶어졌던 것이다.

과연, 상당히 흥미로운 하드보일드였다. 로스 맥도널드의 영향을 받았다는 '구단도' 서점 주인의 말대로, 확실히 트릭을 다루는 방식이나 복선은 로스 맥도널드의 그것이었고, 가정의 비극을 묘사하는 방식도 뛰어났다.

그러나, 결정적으로 이상한 점이 하나 있었다.

와카쓰키 하루미가 얘기한, 노인과 개가 등장하는 장면이 어디에도 없었던 것이다.

그녀가 착각했을지도 모른다고 생각하며 나는 이어지는 두 작품도 읽었다. 《그림자 없는 까마귀》와 《바람이 멈춘 날》. 전자는 더욱 세련된 트릭이 훌륭했고 쇼와 시대 가요를 사용한 부분이 좋았으며, 후자는 노년에 접어든 마미야의 심리 묘사가 술술 읽히는 매력이 있었으나…… 개가 등장하는 장면은 없었다. 《지우고 싶은 정몽》은 기획이 훌륭한 단편집으로, 지금까지 나온 마미야 시리즈를 단편 분량으로 맛볼 수 있고, 장편을 쓰기 위한 프로토타입으로 보이는 작품도 있었으나…… 개가 등장하는 장면은 없었다. 그 밖에 유가미의 작품 중 하드보일드로 알려진 작품을 찾아 읽어 보니, 역시 캐릭터의 매력이라는 면에서는 마미야 시리즈보다는 조금 못한 느낌이었으나…… 개가 등장하는 장면은 없었다.

개가 등장하는 장면은 어디에도 없다.

설령 그녀가 가짜였다고 해도, 그때 그 가게에서 나눈 이야기에 거짓은 없었다고 생각하고 싶었다.

그때 나는 그렇게 생각했다. 그랬는데.

나는 문득 어떤 생각이 들어 메모지에 이름을 적었다.

히루마 다카하루 Hiruma Takaharu

나는 떨리는 손으로, 성과 이름을 이리저리 조합해 보았다.

Hiruma → Harumi 하루미

Takaharu → Kurahata 구라하타

분명, 그 남자. 히루마 다카하루로서 얼굴 사진도 돌아다니는, 그 남자의 본명이 구라하타라고 하지 않았던가.

나는 감방 안에서 멍해진 채로 고개를 떨궜다.

그때 그 서점 안에서 나눈 이야기에, 진실은 하나도 없었단 말인가.

◆

"와카쓰키…… 너 말이야, 이제 그만두는 게 좋겠어, 그거."

히루마, 즉 구라하타는 컴퓨터 키보드를 두드리며 충고했다.

"그거라니 뭐 말이야?"

"뭐냐니, 네가 용의자한테 하는 일 말이야. '요전에 읽은 소설에 이런 장면이 있는데' 하고 얘기하는 그거 말이야."

구라하타는 타자를 멈추고 와카쓰키를 돌아 봤다.

"넌 눈앞에 있는 범인을 모델 삼아서, 다음 소설에 쓸 장면을 생각해 내지. 그걸 네가 읽은 소설에 나오는 장면인 양 꾸며서는 범인 앞에서 떠들어 대잖아."

"무슨 얘긴가 했네. 그건 범인을 동요하게 만드는 일종의 테크

닉이라고. 범인들은 대부분 자기 얘기를 하는 게 아닌가 하고 화를 내거나, 왠지 섬뜩해하거나 둘 중 하나야. 어느 쪽이든 약점을 드러내기 쉬운 심리 상태로 몰고 갈 수 있지."

와카쓰키 하루미와 구라하타는 둘이 하나의 이름으로 활동하는 작가다. 서로의 이름 철자를 조합한 '히루마 다카하루'라는 필명을 사용하고, 사립 탐정으로 알려진 와카쓰키 대신, 얼굴 사진 같이 대외적인 활동은 구라하타가 맡고 있다.

구라하타가 집필 담당, 와카쓰키는 플롯 담당이다. 본격 미스터리를 쓸 땐 순조롭게 진행되지만, 하드보일드 작업을 할 때 와카쓰키에게는 도무지 고쳐지지 않는 나쁜 습관이 있었다. 그것은, 자신이 잡은 범인의 미니어처를 소설 속 한 장면으로 만들어 집어넣어 버리는 것이다. 그런 장면에 나오는 인물은 뒤에 이어지는 전개나 사건의 진상과는 전혀 관련이 없다. 하드보일드 소설에서는 흔한 일이지만, 이렇게 지나가는 사람으로 묘사된 인물이 유난히 인상에 남는 경우가 있다. 그녀가 미니어처를 집어넣는 것도, 소설에 등장하곤 하는 그런 장면을 위한 것이다.

그녀는 종종 말한다. 탐정 활동은 '인간 사냥'이라고.

곤충을 잡아 표본으로 만들어 장식하는 것처럼, 그녀는 사람을 미니어처로 만들어 자기 소설 속에 가두어 버리는 건지도 모른다.

"이번 작품 제14장…… 이 장면 말이야, 마키무라를 죽인 그 남자를 모델로 한 거 맞지?"

구라하타는 컴퓨터 화면을 가리켰다.

"이번엔《얼룩무늬 눈밭》 속 한 장면이라고 말하고는 네 머릿속에 떠오른 장면을 얘기했다면서. 항상 제목은 애매하게 말하더니, 이번에는 제목까지 제대로 말해서 거짓말을……. 그건 무슨 일이 있어도 안 돼. 대작가 유가미 선생한테 혼날라."

"그런 식으로 얘기하면 그 사람이 이야기에 걸려들 거라고 생각했단 말이야."

와카쓰키는 마스크에 가려진 입가를 누르며 쿠쿠쿠, 웃었다.

"그 사람 그때 진짜 볼 만했어. 글쎄, 진짜로《얼룩무늬 눈밭》속 장면인 줄 알고 푹 빠져들더라니까. 자기를 빗대어 얘기한다는 걸 조금도 눈치채지 못한 것 같았어. 마키무라에게 마구 부려지던 상황이나 당시 활기찬 모습을 개에 빗댄 것 말이지. 그렇게나 생기 있게 탐정 행세를 하는 게 재미있어서 나도 어쩔 수 없었거든. 정말로 생기가 가득 차 흘러넘쳤어. 아내에게 배신당하고 게다가 그와 관련된 일로 협박당하고 있는 사람이라고는 보기 어려울 정도로 말이야. 그래서 조금 놀리고 싶어졌던 거야."

"너 그러다 언젠가는 명예훼손으로 고소당한다."

"흥. 뭐라고 하든 나는 나만의 '사냥'을 그만둘 생각이 없어. 이렇게 재밌는 일은 또 없으니까."

쯧, 하고 구라하타는 가볍게 혀를 찼다.

그러나 와카쓰키의 플롯을 바탕으로 구성한 그 14장, 노인과 개의 장면이 제법 훌륭한 건 사실이었다.

구라하타는 마스크 안쪽에서 만족스러운 한숨을 내쉬었다. 아무리 성격이 최악이고, 사람의 마음을 짓밟는 사악한 방식으로 수사를 한다 해도, 결국엔 그 성과로 훌륭한 장면을 건져서 돌아온다. 이러니 싫은 소리를 계속하면서도 와카쓰키와의 콤비 작업을 그만둘 수 없는 것이다.

지금 당장은 조금만 더 이대로…….

언젠가는 이 위험한 놀이를 누군가 눈치채겠지.

그런 예감에 두려움을 품은 채로, 구라하타는 이번에도 위험한 도박을 그만두지 못했다.

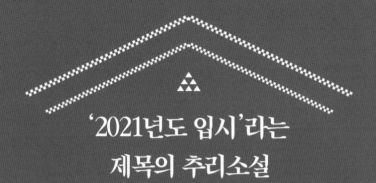

'2021년도 입시'라는
제목의 추리소설

"조금은 이해됐으려나. 넌 지금까지 게임의 룰을 오해한 채 참가했던 거야. 룰만 제대로 알면 국어 문제 따위는 간단히 풀 수 있다고."

시미즈 요시노리, 《국어 입시 문제 필승법》(고단샤 문고)에서

● 서문

이 글은 2021년도 K대학 입시에서 일어난 사건을 기록으로 남기기 위하여, 관계자가 적은 여러 기록과 편집인이 독자적으로 수집한 문서를 바탕으로 재구성한 브리콜라주*이다.

● 2021년도 수험생, 중고일관교**에 재학 중인 A군의 일기

2020년 4월 8일(수)

고등학교 수업은 결국 시작되지 않았다. 코로나 때문에 봄이 돼

● 미술 용어. 문학에서는 여러 텍스트를 모아 하나로 재구성하는 것을 의미함.
●● 중학교와 고등학교를 통합하여 6년제로 운영하는 일본의 학교 형태

도 마스크 생활이다. 숨이 막혀 못 살겠다.

그래도 입시는 기다려 주지 않으니 공부는 한다.

이제부터 매일 공부든 일상이든 일기를 쓰기로 했다. 글을 잘 쓰진 못하지만, 선배의 권유를 받았다. 싫은 일이나 화나는 일도 말로 표현하다 보면 정리가 된다고 한다. 한 시간 공부하고 스티커 한 장 붙인다든지 하는 식으로 정해 두면, 입시 전날 빽빽하게 붙은 스티커를 보고 자신감도 붙는다고 했던가.

뭐, 어쨌든 해 보려고 한다.

(중략)

9월 15일(화)

저녁이 되자 절망적인 기분이 들기 시작했다. 이건 분명 벌 받는 거다. 등교 첫날 담임인 마에다가 "올해 입시는 전부 바뀌니까, 단단히 대책을 세워 놔라."라고 입이 닳도록 말했는데도, 한 번도 진지하게 생각해 보지 않았으니.

"너희는 고등학교 3학년이 아니야. 중학교 6학년이다. 수험생이 되는 건 초등학생 때 이후 처음인데, 올해는 큰 변화의 물결이 밀려올 거야. 정신을 똑바로 차려야 한다고."

귀에 딱지가 앉도록 들은 '중학교 6학년'이라는 말이 지금은 뼈저리게 느껴진다. 입시라는 게 어땠더라?

낮에 대학에서 낸 통지문이 뜨자 다 같이 웃고 난리가 났다. 해도 해도 이건 너무 심하다며, SNS 알림도 끊임없이 울려 댔다. 코로나 때문에 일상이 많이 달라졌다고는 해도, 이번 일은 도가 지나쳤다. 저녁이 되어 혼자가 되자, 소란스러웠던 열기가 점점 식었다. 그러자 슬슬 화가 나기 시작했다.

집에 오니 엄마도 똑같은 얘기다. "너, K대학 통지문 잘 읽어 봤니?" 시끄러워, 당연히 읽었지. 내 제1지망 학교인데.

일기가 자꾸만 길어진다. 코로나로 친구들이랑 만날 시간도 줄어들어서 이렇게 가끔 스스로의 기분을 정리해 놔야 직성이 풀릴 것 같았는데, 냅다 일기만 쓰는 것도 소용없다. 조금이라도 공부해야지.

공부? 공부해 봤자, 그딴 시험을 대비할 수나 있나?

대학 홈페이지가 다운됐다. 악플 때문에 난리가 나서 그런가? 웃기지 마. 너희들한테는 장난감이어도 우리 수험생들에게는 사활이 걸린 문제라고.

젠장!

간신히 홈페이지에 접속됐다. 내일도 연결되지 않으면 곤란하니, 옮겨 적어야겠다.

K대학 ○○학부 논술 '범인 맞히기'

출제 범위

아유카와 데쓰야, 〈장미장 살인 사건〉, 〈다쓰야가 비웃다〉

다카기 아키미쓰, 〈요부의 여관〉

엘러리 퀸, 《네덜란드 구두 미스터리》

아야쓰지 유키토, 《명풍장 사건》

아리스가와 아리스, 《외딴섬 퍼즐》

이상.

● 〈주간 DIRECT〉 10월 15일 호 현장 심층 기사 : 위드 코로나 시대의 대학 입시…… "지금까지의 방식으로는 안 된다."(기사 본문 중에서)

K대학 ○○학부장 와다 다이요 씨 인터뷰, "화제의 입시 형식, 그 진의를 묻다."

※편집인 주 : 본문에 수록된 도표는 삭제하여 게재

2021년도에 도입될 '대학 입학 공통 테스트'*의 실시 요강을 시작으로, 각 대학의 입시 요강이 속속 발표되었다. 새로이 도입된

● 일본의 대학수학능력시험

제도에 맞춘 방식 및 신종 코로나 바이러스 감염증에 대처하는 방식 등으로 각 대학의 대응 방식이 갈리게 되었다.

AO 입시*에서는, 온라인 면접 또는 자기 PR 등 취업 활동과 유사한 전형 방법을 취하는 대학도 많다. 코로나 팬데믹에 따른 휴교로 학습 능력이 고르지 않은 것을 고려하여 일반 입시에서도 '발전적 학습 내용을 출제하지 않는다'라고 발표한 대학도 있다.(다음 페이지 도표 〈대학별 대응 요약〉 참조) 2주 간격을 두고 추가 시험이나 예비일을 마련하는 대학도 다수 있다.

S학원 진학 정보 사업부 부장 아리가 다로 씨는 "대학 입학 공통 테스트는 예년 이상의 안전 밸브 역할을 할 것이다."라며 운을 뗐다.

"금년도는 각 대학의 배려로 독자 전형에 응시할 수 없는 수험생을 대상으로 '대학 입학 공통 테스트'의 점수를 독자 전형 점수로 환산하여 대응해 드립니다. 명문 사립대인 W대학도 이 대책을 실시합니다. 공통 테스트만 치르면, 어떤 일이 생겨도 이후 입시 출발선에 설 수 있게 되는 것입니다."

그러나 2월, 3월의 독자 전형을 노리던 수험생 입장에서는 승부의 시기가 앞당겨졌다고도 할 수 있다. 예년과 달라진 형식, 지금까지의 '상식'이 통하지 않는 상황에서, 가장 휘둘리는 건 소용돌

● Admission Office, 각 대학의 입학 정책에 따른 자율 선발 방식

이 속에 있는 수험생들이다.

(중략)

K대학 ○○학부장 와다 다이요 씨 인터뷰

(편집인 주 : 본문에는 와다 씨의 얼굴 사진이 게재되어 있다. 53세로, 입술 위 콧수염과 자신감이 흘러넘치는 미소가 예사롭지 않은 분위기를 자아낸다.)

〈DIRECT〉편집부(이하 편집부) 와다 선생님, 오늘 잘 부탁드립니다.

와다 네, 잘 부탁드립니다.

편집부 오늘 여쭤볼 것은 세간을 떠들썩하게 하고 있는 K대학 ○○학부 입학 전형 방식에 대한 것입니다. 각 대학이 예년과 다른 대응을 요구받고 있는 가운데, 귀교의 전형 방식은 어딘가 남다른데요. 이번 '추리소설의 범인 맞히기'를 입시에 포함시킨 진의는 무엇인가요?

와다 저희 학교는 세계에서 활약할 수 있는 인재(人材)를 찾고 있습니다. 글로벌화되는 사회 속에서, 리더십을 갖고 세계적 과제에 맞서 나아가는 거죠. 본교에서는 그런 인재를 둘도 없는 보물로 여겨, '인재(人財)'라고 부릅니다.

신종 코로나 바이러스 감염증으로 세계가 동요하는 가운데, 그러한 '인재(人財)'는 그 어느 때보다 더욱 요구됩니다. 그리고 그들에게 필요한 건, '논리적으로 사물을 생각하고 진리를 추구하여, 유니크한 발상에 의해 일본과 세계가 더욱 좋은 곳이 되도록 힘을 다하는 능력'이라고 생각합니다.

그리하여, 추리소설에 있어 하나의 전통 양식인 '범인 맞히기'를 이용한 시험을 고안하게 된 것입니다.

편집부 ……지금, 말씀에 비약이 있었던 것 같습니다. 논리적 사고나 탐구심, 발상 능력을 측정하는 데 있어서, 추리소설에만 의지할 필요는 없지 않습니까. 일반적인 소논문이라도 논리적으로 문장을 구성하는 능력, 사물을 분석하는 관점이나 발상은 충분히 측정 가능할 텐데요.

와다 네. 하지만, 그런 '소논문'을 쓰는 방법은 이미 온갖 대책이 마련되어 있습니다. 대단히 정형화되어 있죠. 입시 학원에서 대책 강좌를 만들어, 테크닉을 가르치고, 일정한 '틀'에 맞춥니다. 그렇다면 과연 진정한 '논리적 사고'를 측정할 수 있을지, 저는 의문입니다. 그래서 이번에는 시험 삼아 독창적으로 '범인 맞히기'에 의한 평가를 고안하게 된 것입니다.

편집부 독창적이라는 건, 문제를 귀교에서 작성한다는 얘기로군요.

와다 그렇습니다. 게재된 '출제 범위'는 어디까지나 '범인 맞히기'를 처음으로 접하는 수험생들에게 형식과 작법을 배우도록 하기 위한 참고 자료입니다. 문제 지문은 저희 학교의 우수한 교원들이 면밀하게 작성할 예정입니다. 입시 이후에는 추리소설 앤솔러지 등에 게재 의향도 있습니다. 아무쪼록 많이들 의뢰 부탁드립니다. (일동, 웃음)

편집부 하지만 '범인 맞히기'라는 건, 지금도 미스터리 잡지 등에서 현상금을 걸고 발표되는 걸 볼 수 있는데요, 기본적으로는 '유일무이'한 해답을 요구하고 있습니다. 그러면, 정답자 간에 격차가 꽤 크지 않겠습니까?

와다 일반적으로는 그렇겠지요. 그러나 같은 답이라도 사고의 순서나 과정은 다릅니다. 예를 들어, '출제 범위'에 들어간 소겐샤판 〈장미장 살인 사건〉(편집인 주 : 소겐 추리 문고 《다섯 개의 시계》를 말함)에서도 동일한 범인을 추리한 하나모리 야스지 씨의 해답이 실려 있습니다만, 그 과정은 작가인 아유카와 데쓰야 씨가 의도한 것과는 차이가 있습니다. 아유카와 씨가 평소 소설을 쓰는 방식과 인물의 배치 등 작품 외적인 단서에 주목하고 있죠. 또, '출제 범위'는 아닙니다만, 사카구치 안고 씨의 《불연속 살인 사건》을 복각한 2018년 신초 문고판에는, 이 작품이 쓰인 당시의 '독자에게 보내는 도전장'이 모두 실려 있습니다. 그 당시 '범인 맞히기'에 대한 분위기나 각 유명 인사의 추리 등도 적혀 있어서, 참고가 되겠네요.

시험에 있어서는, 해답에 이르는 프로세스에 각별히 신경 써 주시고 적당히 넘겨짚지는 말았으면 합니다. 다만 유니크하게 비튼 해답이 있다면 다른 프로세스라도 점수를 줄 수도 있습니다.

편집부 하지만 채점은 어떻게 하실 예정입니까? 일반적인 소논문이라면, 일정한 채점 기준을 세워 복수의 채점자들이 채점하겠습니다만, 유니크한 해답 프로세스까지 답으로 인정하게 된다면 기준은 어떤 식으로…….

와다 ……그 부분은, 본교 내부 사정이라, 상세한 이야기는 삼가겠습니다. 명확하게 정리하여 채점에 임할 생각입니다.

편집부 그렇군요. 덧붙여서 조금 전, 미스터리 명작 몇 권이 나왔습니다만, 마지막으로 와다 학부장님의 미스터리 독서 편력 등을 들려주시면 어떨까요. 수험생들에게도 참고가 될 것 같습니다.

와다 글쎄요. 젊었을 때 《X의 비극》, 《Y의 비극》은 읽었습니다. 왠지 추리소설다운 제목이라 이 정도는 읽어 둬야겠다 싶어서요.

편집부 (몇 초간 말이 없다가) 즉, 미스터리는 그다지 읽으신 게 없다는 말씀이로군요.

와다 네. 그러니 수험생 여러분도, 큰 부담 갖지 말고 시험에 임해 주시기 바랍니다.

편집부 ……오늘 대단히 감사했습니다.

와다 네, 감사합니다.

● 화가 난 나머지 정지 버튼을 누르는 걸 깜박해서, 휴대용 녹음기에 남겨진 〈주간 DIRECT〉 편집부 두 명의 대화 중 첫머리

"뭐야 이거. 듣자니 어이가 없네. 그런 이상한 시험을 만들어 내놓고선, 정작 자기는 추리소설을 별로 안 읽는다니. 제정신인가."

"쉿! —선배, 와다 학부장이 아직 복도에 있으면 어쩌려고 그래요."

"알 게 뭐야. 좀 들었으면 좋겠다. 아악, 젠장. 열 받네."

"—선배, 추리소설 좋아하시죠. 이번 인터뷰도, 선배가 관심이 워낙 많아서 학부장한테 의뢰한 거잖아요."

"'글쎄요, 젊었을 때 《X》, 《Y》 정도는⋯⋯'이라고! 헐! 취미가 미스터리 독서라고 말하는 사람들한테 귀가 닳도록 들은 말이라고! 어쩌다 《오리엔트 특급 살인》이나 《그리고 아무도 없었다》로 제목이 바뀌는 정도지. 하아, 짜증 나! 마지막에 한 발언도 꼭 옮겨 적어 주자. 와다의 무책임한 모습을 지면에 남겨 주겠어."

"—선배, 부탁이니까 제발 진정하라고요."

"⋯⋯저기, 무슨 냄새 나지 않아?"

"무슨 냄새요? 엇, 혹시 아저씨 냄새요? 이런, 나름대로 조치를 취했는데."

"그거 말고! 와다 학부장 말이야. 추리소설에 흥미도 없는 인간이 〈장미장〉이니, 《불연속》이니 술술 얘기하는 게 이상하잖아! 애초에 자신은 관심도 없는데 '범인 맞히기 입시' 같은 황당한 걸 어떻게 생각해 내겠어?"

"하긴 그렇네요⋯⋯."

"그거네, 분명히 그거야. 와다 뒤에 누군가 있는 거야. 이 소동을 조종하고 있는 놈이……."

● 회의록 : (〈주간 DIRECT〉 인터뷰로부터 수개월 전으로 거슬러 올라가) K 대학 ○○ 학부에서 7월에 실시한 온라인 회의 상황

※ 사무직원의 기록에 당시 녹화 데이터를 바탕으로 몇 가지 '정확한 표현'을 추가한 내용. 와다 씨와 기자키 씨를 제외한 교원들은, 프라이버시를 위해 이니셜로 표기하였다.

와다 예년에는 대학 입시 관련 회의를 본교 회의실에서 진행해 왔습니다만, 이번에는 부득이하게, 온라인으로 개최하게 되었습니다. 참가 인원은 다섯 명인데, 화면이 6분할 되어 표시되다 보니, 여러분 얼굴이 잘 안 보이는군요.

기자키 온라인이라는 게 아직도 적응이 안 되네요. 오늘 잘 부탁드립니다.

와다 아, 여러분도 기자키 교수의 화면 배경이 저와 같은 방이라는 걸 알아차리신 듯하네요. 네, 맞습니다. 제가 컴퓨터에 서툴러서, 기자키 교수를 회의실로 불러 제 컴퓨터 조작을 부탁했습니다.

기자키 무슨 말씀을. 학부장님의 부탁이라면 이 기자키, 이 정도는 아무것도 아닙니다.

와다 이야, 그건 그렇고 이 방 덥네요. 더워서 못 참겠어.

기자키 하하, 그러면 요 탁상 선풍기를 쓰십시오. 컴퓨터에 케이블로 연결하면 충전이 가능해서, 일할 때 아주 요긴합니다.

와다 오오…… 시원한 바람이…… 으음, 기자키 교수는 정말 세심하다니까…….

A교수 —학부장 —하고—해서—

기자키 어이구, A교수는 인터넷 회선이 많이 느린 것 같습니다. 화면에 랙이 걸리고, 말도 끊기네요.

D교수 —는 —이번 —제도로서—

기자키 D교수도 그런가요. 어쩔 수 없네요. 소리는 어떻게든 전달될 거라 믿고, 제가 학부장님께 한 가지 제안 드리고 싶은 게 있습니다.

와다 뭔가요. 말해 보세요.

기자키 아이고, 감사합니다. 코로나 시국의 대학 입시에 있어, 우리 대학도 유연한 대처가 요구된다고 생각합니다. 학습 격차도 드러날 테고, 종래의 방식대로 대학 구내에 수험생 전원을 모아 놓고 일제히 시험을 치르던 것도 이번에는 어찌 될지…… 예상이 되질 않습니다. 그래서, 이번에는 수험생의 학습 진척도에 좌우되지 않는 시험, 즉 사물을 생각하는 방법, 논리적 사고에 착안한 시험을 시행하는 것이 바람직하다고, 부족하나마 생각해 보았습니다. 게다가 저의 아이디어라면 수험생은 학원에 다니거나 학교에 자주 나가지 않아도, 시중에 유통되는 책 몇 권을 읽기만 하면 시험에 대비할 수 있는 것입니다. 코로나 방역 수칙의 관점에서 비추어 보더라도, 일리가 있다고 말할 수 있지요.

G교수 —이봐—자키—대체 무슨—

와다 그런 일이 정말 가능할까, 기자키 교수? 책 몇 권…… 으음. 수험생에게 약간 금전적 부담을 지우게 되겠지만, 참고서를 구입하는 거라 생각하면…….

기자키 바로 그겁니다. 전혀 문제 될 게 없습니다. 이 방식은 간단명료하고도 확실하게 수험생의 논리적 사고력을 측정하는 것이 가능합니다. 그리고 다른 대학은 절대 우리의 아이디어를 따라 할 수 없겠죠. 입시 요강이 일제히 발표되는 타이밍에 맞춘다면, 본교만의 독자적인 전형 방법이 될 게 틀림없습니다.

와다 그, 그런 게 정말 가능한 건가. 우리 대학…… 우리 대학, 우리 학부만이 그런 메리트 넘치는 입시가 가능하다고?

기자키 네. 차기 학장 선거도, 필시 와다 학부장께 이목이 집중되겠지요.

와다 그, 그래, 그런가, 학장까지. 학장의 자리도 꿈은 아닌 건가. 학장이라니, 푸흡! 그, 그러면 기자키 교수! 그 아이디어라는 게 대체 뭔가!

기자키 네. 추리소설에 이런 전통 양식이 있다는 걸 알고 계실지요. '범인 맞히기'라는 장르 말입니다.

'2021년도 입시'라는 제목의 추리소설 93

A교수 ─어이─바보 같─작작 좀─

와다 허, 범인 맞히기. 그건 대체 어떤 거지?

기자키 네, 그건 말이죠…….

(기자키, 의자에서 일어나 PC 카메라의 시야에서 사라짐. 곧 와다도 시야에서 사라지고, 마이크에는 이따금 와다의 흥분한 목소리가 희미하게 들릴 뿐)

A교수 (기적적으로 회선이 순간 복구됨) 야, 기자키 자식아! 회의 모양새를 갖출 거면 최소한 카메라 앞에서 하라고!

편집인의 보충 : 후일, A·D·G 교수 세 사람의 집에서 방해 전파 발생 장치가 발견되었다. 지문 등은 남아 있지 않았고, 장치를 설치한 범인도 알아내지 못했다.

A·D·G 교수는 그 온라인 회의 이후, 대학의 위신에 문제가 된다며 학부장실에 몰려가 항의하려 했으나, 학부장은 심장에 지병이 있어 밀접 접촉자를 늘리는 것을 극도로 두려워했다. 이러한 이유로 학부 내 교수진에게는 '원칙적으로 온라인 수업을 진행하는 강의실, 그리고 자신의 연구실 이외에는 출입을 금한다'라는 통지가 전달되었고, A·D·G 교수는 면회를 거절당했다. 학부장 비서에게 'A·D·G로부터 오는 연락은 전달하지 말 것'이라고 지시한 사람이 누구인지는 밝혀지지 않았다.

A·D·G는 이메일 등으로 연락을 시도했으나, 학부장은 직접 메

일을 읽지 않고, 이메일을 확인하는 비서도 A·D·G가 날마다 같은 내용의 메일을 보내는 것에 질려 언젠가부터 학부장에게 보고하는 것을 중단하고 말았다.

이러한 코로나 시국에 학부장과 직접 이야기하는 것이 허용된 사람은 '중대 안건을 내밀하게 이야기할 필요가 있는' 기자키뿐이었다.

●통지문 발표 후, 9월 15일 소셜 네트워크 서비스 '투덜위터'에 올라온 코멘트(이용자의 허가를 얻어 일부 게재)

@mysterylove2 13:56
헐? (인용) https://www...... (편집인 주 : K대학 통지문 URL)

@dokobokohead 14:05
이건 심하잖악ㅋ 범인 맞히기 시험이라닠ㅋㅋㅋ
아니, 진짜 좀 열 받네. 이 대학 대체 뭔 생각이지?

@rdiculous575 15:04
좀 전에 《네덜란드 구두 미스터리》 사려고 보니 온라인 서점 다 품절이던데, 이거 때문인가

@catcrossing36 15:15

이 리스트에 노리즈키 린타로나 마야 유타카도 넣어 줘~ 해외 작가도 엘러리 퀸 말고도 더 있으면 좋겠는데……

@dokobokohead 15:17

그니까 시험 보는 입장도 돼 보란 말이야. 이상하잖아. 온라인 서점에서 못 사는 것도 있는데? 헌책방 순례라도 해야 돼? 이 시국에?

@akatsuki_atsuki 15:26

기타무라 가오루나 요네자와 호노부가 입시 문제에 사용됐을 때도 엄청 화제였는데, 그때처럼 즐거운 일이면 좋겠지만.

뭐랄까, 이렇게까지 관심 가질 필요는 없겠죠. 신경 쓰지 않았으면 좋겠네요.

@queendom260 15:30

정말이라면 엘러리 퀸은 국명(國名) 시리즈 + 《중간의 집》은 전부 포함시켜야겠지. 쇼와 시대 작품도 더 들어가면 좋겠고. 아야쓰지는 《명풍장》을 넣고 《돈돈 다리, 무너졌다》는 넣지 않은 게 아주 흥미롭네. 어떤 형식으로 하려는 걸까.

@dokobokohead 16:20

(@queendom260의 트윗을 인용) ㅉㅉ 미스터리 오타쿠…

● 2021년도 수험생, 중고일관교에 다니는 A군의 일기

10월 19일(월)

망할. 재미없어, 재미없다고.

집에 오자마자 엄마가 〈주간 DIRECT〉를 들이밀었다. K대학 얘기가 실렸어, 라면서. 그러지 않아도 벌써 서점에서 읽고 왔다. 다 알고 있는 걸 일일이 말하지 않아도 된다고. 무엇보다 그 학부장 얼굴, 보기만 해도 열 받아!

대학 통지문에 있던 책은 이미 인터넷으로 사 놨다. 중고 판매자가 값을 높게 붙여서 돈을 버는데, 아빠가 그런 멍청이 같은 놈한테서 산 거다. 그런 멍청이한테 돈을 주고 책을 산 아빠도 멍청이다. 마스크를 전혀 구할 수 없었을 때, 안달이 나서 그런 업자들한테 샀던 것도 마찬가지다.

책은 2반 다무라가 빌려주겠다고 했는데. 중고 거래로 산 건 다무라한텐 비밀로 해야겠다.

10월 21일(수)

최악이다.

진짜로, 최악이다.

내 자신이 부끄럽다.

《네덜란드 구두 미스터리》가 재미있다.

너무 재밌어서 공부하는 것도 잊어버렸다.

이것 보라고. 어제 일기 쓰는 것도 까먹었잖아.

설마 그렇게 깔끔하게 범인을 알아낼 줄이야. 추리 파트가 나오기 전 메모를 위한 여백이 펼쳐진 페이지가 나왔을 땐 '뭐야 이건' 하면서 비웃었는데. 잘 생각해 보면 두 번째 살인도 있으니 단서는 신발만이 아니지만. 그런데도 재미있었다.

국명 시리즈라는 거, 뒤에 여덟 편인가 아홉 편이 더 있다던데. 《사이의 문》을 포함시키기도 하고, 안 하기도 하고 여러 가지 버전이 있는 모양이다. 젠장, 입시 준비 중만 아니면 전부 다 구해서 읽을 텐데. 입시와 K대가 밉다.

10월 22일(목)

《로마 모자 미스터리》, 《프랑스 파우더 미스터리》, 《그리스 관 미스터리》를 인터넷으로 주문했다.

통지문에는 없던 책들인데도.

난 이제 틀렸어.

●명문대 입시 대비 전문, S학원의 카리스마 현대문 강사 야마오카 쓰토무의 TV 광고 내용을 글로 옮김

※아래 글 중 굵은 글씨는 광고 영상에 나오는 문장 그대로 사용. 야마오카의 독특한 표기 방식*은 그가 지은 참고서 등 저작에서 매우 인기.

법칙을 발견하면, 현대문도 수학과 똑같습니다.

야마오카의 **야마** 제1조, "선다형 문제의 보기, 두 개로 나누면 **척척 풀린다.**"

야마오카의 **야마** 제9조, "'작자'의 **기분**은 **이해** 못 하지만, '문제 출제자'라면 **이해**할 수 있습니다!"

―명문대 합격, 포기는 없다.

S학원 무료 체험 코스 접수 중.

●명문대 입시 대비 전문, S학원의 진학 정보 사업부장 아리가 다로가 '카리스마 현대문 강사' 야마오카 쓰토무에게 보낸 이메일

● 원서에는 모두 가타카나로 표기돼 있다.

From: Ariga1093@inlook.jp

To: Yamaoka8326@inlook.jp

발신: 2020.10.28 14:05

제목: Re: K대학 범인 맞히기 입시 관련 교재 제작의 건

야마오카 선생님, 외람된 말씀입니다만 더 이상 옳고 그름을 따질 상황이 아닙니다.

저 역시 이런 같잖은 입시로 학생들의 능력을 측정할 수 있다고는 생각하지 않습니다. 아무리 생각해도 K대학의 장난이 심한 것 같습니다. '무슨 개소리를 하는 건가'라고 말하고 싶은 정도입니다. 그 부분은 야마오카 선생님과 똑같은 마음입니다.

하지만, 우리에겐 선택지가 남아 있지 않습니다.

대학 측이 하겠다고 하면, 하는 겁니다.

야마오카 선생님께는 '이 강사를 따라가면 반드시 합격할 수 있다!'라고 수험생들에게 믿음을 줄 책임이 있습니다.

수험생들은 언제나 불안을 안고 있습니다. 그렇기에 더더욱 야마오카 선생님 같은 카리스마를 갖춘 존재가 필요 불가결한 것입니다.

K대학을 지망하는 학생은 매년 상당수 늘어나고 있습니다. 편

차치 측면에서도 노리기 쉽고, 국공립대 지망자들에게 보험 차원으로, 또는 2지망 학교로도 이름이 거론됩니다. 이번 전형은 일정도 다른 학교와 그다지 겹치지 않아서, 보험 차원에서 응시하고자 하는 학생이 다수 있을 것입니다. 물론, 이쯤 되면 야마오카 선생님도 무슨 말인지 충분히 아시겠지요. 요컨대 K대학 입시 대비를 어필한다면 이 업계에서 엄청난 무기가 될 것이라는 말입니다.

그리고 선생님의 능력이라면 이 전대미문의 입시도 대비 가능하다고 믿습니다.

다행히 우리 학원은 이번 팬데믹 이전부터 수업 영상을 녹화하여 온라인 수업을 실시해 왔습니다. 그런 의미에서도 다른 입시 학원과 상당히 차별성을 갖고 있습니다. S학원이 더욱 높이 도약하기 위해서는, 이 난국을 극복해야만 합니다.

선생님의 활약을 기대하겠습니다.

● 2021년도 수험생, 중고일관교에 다니는 A군의 일기

10월 29일(목)

최악이다. 의지가 점점 약해지고 있다. 오늘은 서점에 가서 엘러리 퀸의 책이 있나 찾아보고 말았다. 서가에 꽂힌 책들이 다 재미있어 보였다. 아야쓰지 유키토나 아리스가와 아리스의 책도 이미 읽어서, 시리즈 내 다른 작품을 알아보기 시작해 버렸다.

다무라도 '코로나 때문에 쭉 집에 있다 보니 수예에 푹 빠졌다.'라고 해서 놀랐는데, 진짜 그런 느낌이다. 하고 싶은 일을 할 수 없고, 가고 싶은 곳에 갈 수 없는 스트레스가 너무 커서, 그 반동으로 취미 생활에 달려든다. 수험생 중에 이런 애들이 어느 정도 있겠지만, 내 경우 '아니, 범인 맞히기 시험에 대비하는 거니까 이건 공부라고.'라면서 끊임없이 핑계를 댈 수 있다는 게 안 좋다.

입시 직전이라 불안감이 가득하고, 코로나도 앞으로 어찌 될지 예상할 수 없다. 이런 상황 때문인지도 모르지만, 모든 게 속 시원하게 풀리며 해결되는 미스터리 세계를 접하면 마음이 편안해져서 어쩔 수가 없다. 언제까지나 이 세상에 빠져 있다가는 합격하지 못한다는 건 알고 있지만⋯⋯ 그래도 그만둘 수가 없다.

결국 일기도 미스터리 이야기만 잔뜩 하게 될 것 같고, 이왕 이렇게 된 거 일기를 블로그로 바꿀까 생각도 해 봤는데, 감당이 안 된다. SNS보다 긴 글, 쓰고 싶기도 하고.

서점에서 미스터리 작품을 닥치는 대로 바구니에 담는 남자를 봤다. '나라면 할 수 있어.'라고 작게 중얼거리고 있어서 무서웠다. 그런데 왠지 광고에서 본 듯한 기분이 든단 말이지.

덧붙임 : 생각났다. 광고였던가, 암튼 TV에 나오는 S학원 현대문 강사. 기분 탓이려나?

●K대학 출판 동아리 '무한대'에서 발행한 회지 내용 중 〈전 교원, 전 수업 '역평가' 설문 조사!〉에서 발췌

서문

본 특집은 매 학기마다 누구의 수업을 들으면 좋을지 어떻게 강의 시간표를 짜면 좋을지 몰라 방황하는 어린 양들을 위해, 우리 K대학 비밀 결사인 '무한대'가 정리한 '학생에 의한 교원 평가 설문 조사'의 집계 결과이다. 그렇기에 '역평가'이다. 우리는 단순히 평가하는 것만이 아니다. 엄격한 눈으로 교원들의 수업을 관찰하여 선택하는 것이다. 이것이야말로 대학의 자치가 아니겠는가. 물론 이 글의 영향으로 수업을 받는 학생이 줄어드는 일도 있을지 모른다. 그러나, 이것이야말로 태만한 교원, 수준 낮은 교원에 대한 숙청이자, 하늘의 심판이 될 것이다. 늘 아무런 도움도 안 되고 시간만 뺏는 '무한대'의 회지이지만, 이것만은 전교생이 반드시 소지해야 하지 않을까. (가끔은 이런 '팔리는' 기획을 하지 않는 한, 운영비를 마련할 수 없는 비밀 결사의 고충도 있다. 오호, 통재라.)

(중략)

〈현대 ◆◆학개론〉 목요일 4교시

기자키 교수

수업이 알아듣기 쉬운가 ★★☆☆☆ 난해함!

교수의 사람됨은 좋은가 ★★☆☆☆ 이상함!

학점을 따기 쉬운가 ★☆☆☆☆ 무자비함!

학생들의 목소리

●무엇보다 알아듣기 어렵다. 수업에서 뭐라고 말하는지 못 알아듣겠다. 노트 필기하는 것도 힘들다. ●교재가 너무 비싸다. ●세미나 수업이 되면 갑자기 친절해지는 게 소름 끼치고, 별로 인기가 없어서 네 명 정도밖에 수강하지 않는다. 가끔은 거의 일대일 수업. ●여자를 보는 시선이 지나치다. ●일단 학점 따기가 어렵다. 쓸데없이 세세한 걸 물어보는 듯한 시험. ●수업 중에 잡담으로 미스터리에 관한 이야기를 하는 건 재미있어서 그나마 들을 만함. ●솔직히 잡담은 필요없다. 미스터리 이야기가 하고 싶으면 딴 데 가서 하라고.

●블로그 〈Mystery Room〉(2020년 11월부터 업로드). 블로그 주인은 수험생 A군

12월 22일(화)

오늘은 엘러리 퀸의 《더블, 더블》을 읽었습니다. 훠우우우, 역시 재미있네요. 10월 20일에 '국명 시리즈'를 읽기 시작해서 새 책으로 살 수 있는 건 전부 사고, 추가로 헌책방에서 찾아낸 엘러리 퀸 작품을 계속 읽어 왔는데, 마침내 '라이츠빌 시리즈'까지 독파. 두 달 만에 읽었으니 빠른 편인가요. 앞으로 두 작품 더 있는 것 같은데, 엘러리 퀸의 후기 작품들은 발표된 순서대로 읽고 싶어지네요.

와, 그건 그렇고 이렇게까지 할 줄이야. 뭐랄까, 《재앙의 거리》로 시작되는 '라이츠빌 시리즈'는 소설로서의 스토리텔링이 갖춰져 있고 거기에 깔끔한 수수께끼 풀이 느낌이잖아요? 초기작들처럼 딱딱하고, 논리를 내세우는 느낌과는 맛이 달라요. 최근 새롭게 번역 출간된 《폭스가의 살인》 같은 게 딱 그런 거였습니다. (새로운 번역이 나오기 직전에 알게 돼서 구 번역으로 읽었지만, 새 번역본도 샀습니다. 입시가 끝나면 새 번역으로도 읽으려고요! 입시 기간 즈음에는 《열흘간의 불가사의》의 새 번역본도 나오네요!) 과거에 일어난 살인 사건의 누명을 쓰고 체포된 남자를 구해 내는 엘러리 퀸의 추리, 게다가 그게 심플하게 딱 결론이 나서 '오오' 감탄하게 되는.

그건 그렇고 《더블, 더블》 말인데요, 이런 유의 이야기인데 그런 방향성이 있을 수 있구나, 하는 느낌이었습니다. 너무 진지하게 읽으면 혼날지도 모르겠지만, 와, 전 이거 마음에 들어요. 라이츠빌 스토리이면서, 뭔가 갈 데까지 가 버린 느낌.

큰일이네요. 연말연시에는 슬슬 입시 준비에 돌입해야 하는데, 전혀 집중이 안 됩니다. 이렇게 실실 웃으며 할 얘기는 아니지만요. 이런 때가 오히려 독서가 잘되는 걸까요. 정말 큰일 났습니다.

그래도 4월부터 신경이 곤두서서 험악해졌던 기분이 미스터리를 읽으면 가라앉는 게 느껴져요. 그 정도로 몰두하고 있는 걸까요. 미스터리를 읽지 않던 때에 비해 정신적으로는 안정된 걸지도.

아, 요전에 댓글로 알려 주신 애거사 크리스티의 작품도 문고판으로 사야겠다고 생각 중입니다. 크리스마스에 읽으려고 해요. 《크리스마스 살인》!

참고로 아직 헌책방에서 발견하지 못한 엘러리 퀸의 작품은 《악마의 복수》,《트럼프 살인 사건》,《용의 이빨》이렇게 세 권. 가능하면 옛날 장정 말고 1990년대 후반에 나온 새 표지가 좋아서 찾고 있는데, 좀처럼 나타나질 않네요. 《트럼프 살인 사건》 표지가 일단 멋지죠. 딱 손을 떼기 힘든 시기인 걸까요. 으음, 괴롭다. 역시 헌책방 가는 것도 입시가 끝날 때까지 기다릴까 합니다.

시험 시작 지시가 있을 때까지, 이 문제지 책자를 펼치지 마십시오.

K대학 ○○학부 소논문 전형

범인 맞히기 (200점 · 120분)

실시일: 레이와 3년* 2월 21일(일)

주의 사항

1. 답안지 기입에는 흑색 볼펜을 사용할 것.

   해답을 수정할 때는 이중선을 그어 취소하고, 수정액 · 수정테이프류는 사용하지 말 것.

2. 시험 시간 종료 안내 방송이 나오면, 즉시 필기구를 내려놓고 시험 감독의 지시를 기다릴 것. 안내 방송 후에도 필기구를 손에 들고 있을 경우, 부정행위로 간주함.

3. 이 문제지는 모두 25페이지임.

   시험 중에 문제지 인쇄 상태가 선명하지 않거나, 페이지 누락 · 뒤섞임 및 답안지의 오염 등이 발견될 경우는, 손을 높이 들어 시험 감독에게 알릴 것.

4. 문제지 여백 등에 메모를 해도 무방함. 단, 부정행위로 의심될 가능성이 있으므로, 어떤 페이지도 뜯어내지 말 것.

5. 시험 중에도 가능한 한 마스크를 착용하여, 방역 수칙을 지킬 것.

   시험 중에 몸 상태가 안 좋아진 경우 즉시 시험 감독에게 알려,

별실 수험 또는 시험 일정 변경을 검토.

또한, 감염 예방의 관점에서 시험 시간 중에도 도중에 퇴장하는 것을 인정함. 중도 퇴장을 원하는 응시생은 손을 높이 들어 시험 감독에게 알리고, 답안지를 시험 감독에게 제출하고, 모든 소지품을 들고 시험장에서 퇴장할 것. 재입장은 불가함.

6. 부정행위에 대하여

시험 중에 부정행위가 발각된 경우, 엄정하게 대처할 것임. 부정행위로 보일 만한 행위가 확인된 경우, 시험 감독으로부터 소정의 주의를 받을 수 있음.

부정행위로 인정된 경우에는 즉시 시험을 중단하도록 함.

7. 시험 종료 후, 문제지는 가지고 가도 무방함.

문제. 다음에 게재된 소설 〈연기의 살인〉의 내용을 읽고, 범인 및 범인이 사용한 트릭, 그렇게 생각한 근거를 자유롭게 서술하시오.

(제한 시간 120분)

연기의 살인

1

"오늘이랬나, 비대면 생일 파티 하는 날."

형인 타이라가 생각났다는 듯이 말했다. 나, 안자이 아키라, 즉 '아키'는 한숨을 쉬며 대답했다.

"몇 번을 말해. 방 안에 처박혀 있을 거니까, 폐는 끼치지 않는다고."

오늘은 6월 20일 토요일. 반 친구 우리타 우이치, 즉 '우이'의 생일이지만, 올해는 친구들끼리 온라인으로 열자고 얘기가 되었다. 특히 친구들 중 한 명인 이와쿠라 이쿠미, 즉 '이쿠'가 어릴 적 폐렴을 앓아서, 감염을 두려워하기 때문에 아무도 이견이 없었다.

타이라가 웃었다.

"미안, 미안. 하지만 나도 동기랑 오랜만에 한잔할 거라서."

"경찰관이 대낮부터 술 마신다고?"

"간만의 휴일인데, 느긋하게 보내게 해 주라."

타이라가 쓴웃음을 지었다. 동기라는 건 대학 동기로, 각자 이런저런 일을 하느라 일본 전국에 흩어져 있어서, 오프라인에서는 모일 기회가 거의 없다고 한다. 온라인에서는 시간만 맞추면 다 같이 모일 수 있다며, 형은 형 나름대로 요즘 유행을 즐기고 있는 모양이다. 경찰관이라 재택근무도 못 하고, 오히려 일은 늘기만 하는 것 같지만.

한편 나는 지금의 불편함이 지긋지긋했다. 여자 친구인 이쿠와 자유롭게 만나지도 못하고, 온라인 회의 앱은 몇 번인가 써 봤지만, 대화에 랙이 걸리고, 전 세계에서 사용해서 그런지 동작도 느려서 못 참겠다. 솔직히 말하면 늘 하던 대로 우이네 집 코앞에 있는 노래방에서 시끄럽게 떠들며 걱정을 날려 버리고 싶었지만, 그럴 수도 없다. 시계를 보니, 오후 1시 20분이었다.

"자, 나는 주스랑 과자 가지고 방으로 들어갈게."

"오케이. 나도 술이랑 안주 가지고 똑같이."

우리는 거실에서 헤어져 각자의 방으로 향했다.

*

오후 1시 30분에 딱 맞춰 멤버가 모였다.

"애들아, 이런 시기에도 불구하고 모여 줘서 고맙다."

컴퓨터 화면 속에서 우이가 말했다. 6분할 사이즈 화면이라 꽤 작다. 우이가 말하자 화면 테두리가 녹색으로 표시되면서, 마이크를 통해 음성이 나오고 있음을 보여 주고 있었다.

뒤쪽으로 오픈 키친의 카운터, 찬장 같은 게 보이는 걸로 보아, 아무래도 우이는 거실에서 컴퓨터를 사용하는 것 같다.

이번엔 에나미 에리, 즉 '에리'의 화면이 녹색으로 표시됐다.

"뭔 소리야. 우이를 위한 건데 다들 모이는 게 당연하잖아."

그녀 뒤에는 방 풍경이 보였다. 곰 인형, 아로마 캔들 등 귀여운 소품이 드문드문 보여서, 평소에는 볼 수 없는 동급생의 방 안을 보니 가슴이 두근거린다.

한편, 이쿠의 화면 배경은 야경을 합성한 화면으로 되어 있었다. 조금 허세가 느껴지는 모습이, 동안인 그녀에게 그다지 어울리지 않아서 웃음이 났다. 마음에 드는 배경을 설정할 수 있다는 게 이 온라인 회의 앱의 특징이지만, 화면 속에서 갑자기 사람이 움직이면 반응이 따라가지 못하는지, 가끔 방의 모습이 보이는 게 재밌었다.

다음으로 오카다 오우키, 즉 '오우'가 콜라가 담긴 유리컵을 보여 주면서 웃으며 말했다.

"오히려 우이 생일 덕분에 이렇게라도 다 같이 모일 수 있는 거야. 나로선 고맙다고. 온라인 술자리란 건 뉴스에서도 자주 나오지만, 귀찮아서 썩 구미가 당기진 않았거든."

"맞아, 맞아. 얼굴 보면서 패밀리 레스토랑이라도 가는 게 몇 배는 더 좋지."

내가 말했다.

"뭐, 당연히 술은 없으니 온라인 술자리까진 아니지만."

이쿠가 놀리듯 말했다.

"그럼 뭐지? 온라인 식사 자리?"

"아무렴 어때." 오우가 웃었다. "진짜 너네, 쓸데없는 걸로 수다 떨게 놔뒀다간 끝도 없이 계속할 것 같아. 건강해 보여서 안심이다."

"오우가 쉬지 않고 떠들어 대는 것도 변함없이 똑같잖아."

이쿠가 지지 않고 되받아쳤다.

"으음, 뭔가 조명(照明)이 좀 있어야겠는데?"

에리가 누구에게라고 할 것 없이 혼자 중얼거리며 이어폰을 빼고 일어섰다.

우이의 화면에서 재즈 연주가 흐르고 있었다. 우이는 아무 말도 없는데 화면이 계속해서 녹색으로 표시되고 있었다. 평소 이런 음악은 듣지 않지만, 왠지 모르게 차분해진다.

"우이네 야구부는 결국, 지금 어떻게 됐어? 대회 말이야."

이쿠가 물었다. 우이가 눈을 떴다.

"응? 아…… 뭐, 뭔가 잘 모르겠어. 선생님도 애매하고. 올해는 마지막 대회라고 기합을 잔뜩 넣었었는데 소화도 못 시키고, 뭐

충격은 받아들였지만……."

평소에는 밝고 쾌활한 우이가 웬일로 괴로운 표정을 짓는다. 내가 소속된 문예부에서는 요즘 정세를 테마로 단편을 써서 졸업 작품을 만들자고 단단히 벼르고 있지만, 운동부는 그런 것도 못 하겠지. 마지막에 구체적인 형태를 남길 수 있으니, 나는 행복한 걸지도 모른다는 생각이 들었다.

"미술부도 비슷해. 지금껏 그림 도구는 학교에 있는 비품을 이용했었으니."

화면을 보니, 에리가 컴퓨터 앞으로 돌아와 이어폰을 꽂는 참이었다. 방 안이 조금 밝아진 것 같았다.

"아, 그거네. 여자 발레부도 똑같아. 이 남아도는 에너지 어떻게 좀 해 줘, 하는 느낌."

이쿠가 웃었다.

"에리는 자기 도구 같은 건 안 갖고 있나?"

"없지. 대학 가서 미술 전공할 생각도 전혀 없는데."

"흐음."

오우가 콧소리를 냈다.

"엇, 에리. 그 책 내가 빌린 거 아냐? 애거사 크리스티의《장례식을 마치고》."

우이가 말했다. 에리의 화면을 자세히 보니, 뒤에 있는 책장에 미스터리 도서가 몇 권 꽂혀 있었다.

"아, 응. 이거? 맘에 들어서 두 권 갖고 있었지."

에리는 어른스러운 미소를 띄우며 대답했다.

"오, 그거 왠지 멋있는데. 나도 그런 말 해 보고 싶다."

오우가 히죽거렸다.

"진짜, 다섯 명이 모이면 얘기가 끝도 없다니까." 내가 고개를 절레절레 흔들었다. "자, 오늘의 주인공이 한마디 안 해? 메인 이벤트는 시작도 못 하고 있네. 건배사도 안 했는데 마실 순 없잖아."

"진짜? 난 벌써 입을 대 버렸는데."

오우가 당황했다는 듯이 컵을 내려놓았다. 다들 웃었다.

"좋아, 아키가 재촉하니, 내가 한마디 할게. 다들 오늘 모여 줘서 정말 고마워. 이렇게 오늘의 메인 이벤트를 위한 선물도 잔뜩이야."

우이가 노트북을 들어 올려 등 뒤에 있는 테이블 위를 비췄다. 다양한 포장지에 싸인 크고 작은 상자가 쌓여 있었다. 휘익, 하고 오우가 휘파람을 불었다.

상자 안에는 제각각 준비한 생일 선물이 들어 있었다. 직접 전해 줄 수 없으니 모두 미리 우이 집으로 배송시켰다. 우이는 '선물 개봉의 즐거움이 줄어드니까.'라며 택배를 받자마자 송장을 버리고, 누가 뭘 보냈는지 알 수 없도록 해 두었다고 한다.

"너희들이 전해 준 마음은 어쨌든 기뻐. 진짜로 고마워. 이에 대한 보답은 다음에 너희 생일 때 보답할게. 자 그럼, 건배!"

모두가 한목소리로 외쳤다.

"건배!"

이어서 선물 개봉이 시작됐다.

우이가 쌓여 있는 상자들 가운데 하나를 먼저 집어 들었다. 송장은 떼어져 있지만, 선물을 보낸 당사자는 당연히 포장지 무늬를 보고 어느 것이 자기 선물인지 안다. 하지만 말하진 않는다. 우이의 신선한 반응과 '이걸 준 사람은 누구일까'를 맞히는 게임이 재미있기 때문이다.

방금 우이가 첫 번째 상자를 열었다.

"오, 신난다. 지갑이야. 안 그래도 지금 쓰는 지갑이 너덜너덜해져서 새 지갑이 필요하던 참이었어."

"누가 준 것 같아, 우이?"

"어렵네. 검은색 장지갑이니까 남자가 고른 것처럼 보이는데, 지갑처럼 세세한 걸 알아차릴 것 같은 사람은…… 에리?"

"너무해, 우이. 내가 준 선물을 틀리다니……."

오우가 교태를 부리며 말해서 다 같이 한참 웃었다. 그러고 보니, 실용적인 걸 선물하는 게 시원시원한 오우에게 어울린다. 게다가 우이와 오우는 초등학교 때부터 친구여서 함께 장난을 꾸미는 걸 엄청 좋아한다. 그만큼 서로를 잘 알고 있어서 진짜로 원하는 걸 정확히 맞힐 수 있었는지도 모른다.

이어서 우이가 선물을 개봉했다. 나는 만년필을, 이쿠는 우이가 좋아하는 젤리 선물 세트, 에리는 워터 보틀······.

만년필은 이제부터 있을 입시와 대학 생활에서도 잘 쓸 수 있어 좋고, 젤리는 가족들도 좋아할 거라고 말했다. 지금은 가족 모두 외출 중이지만, 다 함께 먹겠다고 했다. 워터 보틀은 동아리 활동을 못 하지만, 연습할 때 쓸 수 있어서 너무 좋다고······. 우이는 선물 하나하나에 신선한 반응을 보이며, 정중하게 감사를 표했다. 타고난 성격이 밝은 것도 있지만, 이런 배려가 우이의 매력이라고 생각한다.

"전체적으로 보여 주면 이런 느낌이려나! 다들 정말 고마워!"

우이의 화면이 휙 움직였다. 노트북 카메라의 각도를 바꾼 것 같다. 우이의 책상 위에는 만년필, 젤리 상자, 보틀, 장지갑, 탁상 선풍기 등이 북적북적하게 늘어서 있었다.

박수 소리가 울려 퍼졌다.

"미안. 잠깐 자리 좀 비울게."

에리가 마이크에 대고 말했다.

"어디 가는데?"

오우가 묻자, 에리는 짜증 난 얼굴로 "눈치 없긴. 화장실 가."라고 말했다.

에리는 마이크를 음소거로 바꾸고 자리에서 일어났다.

그렇게, 그 자리에 있는 모두가 보낸 선물을 풀어 보는 걸 끝낸

뒤였다.

"어, 하나 더 있네. 꾸러미가 하나 남았어."

2

"엥, 하나 더 있다고?"

나는 컴퓨터 화면에 얼굴을 쓱 갖다 댔다.

내 모니터에서는 내가 왼쪽 상단 화면에 있고, 우이의 화면은 상단 한가운데에 있었다.

우이 말대로, 책상 위에는 붉은 종이로 포장된 상자가 하나 남아 있었다. 두께 4센티미터 정도의 직사각형 모양이었다. 과자 같은 건가.

"정말이네. ……누구 거지?"

이쿠가 말했다.

"우리 선물은 다 열어 봤는데…… 누가 우이에 대한 마음이 넘친 나머지 선물을 두 개 보냈나?"

"오우 말대로라면 좋겠는데." 우이가 웃었다. "자, 선물 개봉 의식 연장전에 돌입합니다."

우이는 이렇게 말하며 포장을 뜯었다.

그러자, 그때.

우이가 손에 들고 있던 상자에서 무럭무럭 연기가 피어올랐다.

"으앗!"

우이의 화면은 하얀 연기로 자욱해지고 있었다. 대체 무슨 일이 일어나고 있는 거지? 저 마지막 선물 때문인가?

하지만, 어째서?

나는 무심코 모니터의 시계를 봤다. 오후 2시 35분이었다.

"뭐야 이거. 대체 뭐냐고."

이쿠가 불안한 듯한 목소리로 말했다.

나는 뚫어지게 화면을 주시했다. 이쿠와 오우 역시 눈도 깜박이지 않고 지켜보고 있었다. 모습이 보이지 않는 사람은 연기에 휩싸인 우이, 자리를 비운 에리뿐이다.

"뭐, 뭐야, 도대체!"

우이의 목소리가 들렸다.

다음 순간, 우이의 화면에 변화가 일어났다.

화면 오른쪽 하단에 '마이크 off'가 표시된 것이다.

"음소거가 된 거야?"

오우가 말했다.

소리가 안 들리니 우이의 상황을 알 수 없었다. 재즈 연주도 더 이상 들리지 않는다. 하얀 연기 때문에 어떤 상황인지도 보이지 않게 되었다.

속이 메스껍고 동시에 불안감이 엄습해 왔다.

"저기, 이거 뭐야? 무슨 상황이야?"

우이의 화면에서 오른쪽 하단으로 시선을 내리자, 에리가 돌아와 있었다. 마이크도 on으로 되어 있다.

"누가 서프라이즈라도 했나? 그렇다고 하기엔 연기가 너무 많은데……. 말도 안 돼…… 뭐야 이거."

태평한 목소리로 말하던 에리는 차츰 표정이 심각해지며 목소리가 가라앉았다.

"우이네 가족은? 어쩌고 있어?"

에리가 날카롭게 물었다.

"아까 젤리 열어 볼 때 다들 외출 중이라고 하지 않았어?" 오우가 말했다.

"그럼 아무도 무슨 상황인지 모르는 거야? 창문을 열면 연기는 걷힐 텐데……."

그런 것조차 할 수 없는 상황이라는 건가.

오우가 불쑥 말했다.

"이 중에서 집이 제일 가까운 사람이 나네. 지금부터 서둘러 가면, 십 분 안에 도착해."

"그럼 나는 우이 핸드폰으로 전화해 볼게! 누가 119에 연락 좀 해 줘!"

오우와 에리가 각각 화면에서 사라졌다. 이쿠는 "어떡하지."라고 중얼거리며 파래진 얼굴로 화면을 바라보고 있었다. 내가 정신을 똑바로 차려야 한다. 마음을 다잡으며 "이쿠, 신고는 내가 할 테니까, 천천히 심호흡하고, 힘들면 화면도 안 보는 게 좋겠다."라고 말했다. 이쿠는 덜덜 떨며 끄덕이고는 화면에서 사라졌다.

119에 연락해서 필사적으로 상황을 전했다. 십오 분 정도면 현장에 도착한다고 한다.

나는 안절부절못하고, 타이라 형 방으로 갔다. 노크도 하지 않고 문을 열었다.

오징어채를 씹으면서 사케를 마시던 타이라가 놀란 얼굴로 헤드폰을 벗었다.

"뭐야, 아키라? 지금 카메라 켜져 있다고."

"형, 미안. 좀 도와줘. 지금 큰일 났어……."

내 불안한 모습 때문인지, 형의 표정이 돌연 경찰관 모드로 바뀌었다.

"알았어. 지금 갈게. ……다들 미안. 계속하고들 있어. 잠깐 좀 보고 올 테니까."

헤드폰을 책상 위에 놓고는 친구들의 대답도 기다리지 않고 형은 내 방으로 함께 와 주었다.

형은 화면을 보자마자 냉정하게 말했다.

"집에는 들어가지 않는 게 좋겠는데."

"왜! 우이한테 위험이 닥쳤을지도 모른다고."

"이 연기가 무해한 것인지 알 수 없잖아. 혹시라도 최루가스라든가 독가스 종류일지도 모른다고. 특히 친구한테서 응답이 없는 상황이라면……."

형의 지적에 나는 오싹해졌다. 생각도 하지 못했다.

"집에 들어가려고 하는 친구 핸드폰으로 연락하는 게 좋겠어. 프로에게 맡겨야 해."

그때 에리가 화면에 돌아왔다.

"안 돼. 우이 핸드폰에도 걸어 보고, 혹시 몰라 집 전화로도 걸어 봤는데 받질 않아."

그때 우이의 화면 가득 찬 연기가 조금 흔들렸다. 연기는 화면 오른쪽으로 흘러가고, 실내 연기가 점점 옅어졌다.

나는 시계를 봤다. 오후 2시 45분.

"연기가 빠지고 있어. 구급차가 도착했나?"

"아니, 형. 그게 아니야. 내 친구야. 오우가 도착해서 창문을 연 거야."

"벌써? 몸에 이상이 없어야 할 텐데……."

실내 모습이 조금씩 뚜렷하게 보이기 시작했다.

삼 분 정도 지나자, 실내 연기는 완전히 사라졌다.

쓰러져 있는 우이 옆에 오우가 보였다. 우이는 거실 바닥에서 복도 쪽으로 머리를 향하고 옆으로 누운 자세로 쓰러져 있었다.

오우는 우이의 등 뒤로 다가가 어깨를 쥐고 흔들었다.

그러나 반응은 전혀 없었다.

나는 침을 삼켰다.

오우가 뒤를 돌아봤다. 슬픈 듯한 눈으로 컴퓨터의 카메라를 응시하고 있었다.

오우가 입을 벙긋거렸다. 아무 소리도 들리지 않는다. 카메라 마이크가 음소거로 되어 있기 때문이었다. 그걸 알아챘는지, 오우는 잠시 손끝에 시선을 떨구고 뭔가를 했다.

마이크 아이콘에 그어진 사선이 사라졌다.

"얘들아……."

오우가 떨리는 목소리로 말했다.

그 뒤로, 옆으로 누워 있던 우이의 몸이 털썩, 하고 이쪽으로 돌며 똑바로 누운 자세가 됐다.

에리가 새된 비명을 질렀다.

우이의 왼쪽 가슴에는 식칼이 꽂혀 있었다.

"이미 죽었어."

오우가 섬뜩할 정도로 차가운 음성으로 말했다.

화면 저 너머에서 구급차의 사이렌 소리가 들려왔다. 웅웅거리는 불안정한 잡음이 겹쳐, 유난히 불길하게 느껴졌다.

그 사건이 있고 두 주가 지나도 충격은 가시지 않았다.

화면 너머로 우이의 시신이 발견된 뒤, 오우는 '구급대원이 올 테니 내가 상대할게.'라며 직접 나섰고, 다른 멤버들은 그 자리에서 온라인 모임을 끝냈다. 오우가 자세한 얘기는 나중에 전달하겠다고 했지만, 처음 현장에 발을 들였다는 이유로 오우가 불필요한 의심을 받지 않을까. 인터넷 연결을 끊은 뒤에도 안절부절못했다.

형은 그 뒤, 경찰로서 역할을 맡아 주었다. 모처럼의 휴가였는데, 이 일에 끌어들여 미안한 마음이 들었다.

아직 대면 수업은 본격적으로 시작하지 않았지만, 반 전체가 모이는 HR 시간에 담임 선생님이 우이의 사망 소식을 전하여 한바탕 술렁거렸던 일이 생생히 기억난다. 생일 파티에 참석한 멤버들의 SNS 대화도 그날 이후 뚝 끊겨 잠잠하다.

'이렇게 뿔뿔이 흩어져 버리는 건가.'

이쿠에게 이런 메시지가 도착했다. 이런 시국만 아니라면 만나서 기분 전환이라도 할 텐데. 가슴이 꽉 막힐 것 같았다.

"형, 어떻게 됐어? 경찰 조사는 어디까지 진행된 거야."

사건으로 큰 충격을 받은 나는 툭하면 경찰인 형에게 꼬치꼬치 물었다.

"음……, 사실 수사에 대한 얘기는 외부에 발설하면 안 되지만, 아키라 너도 경황이 없을 테고……. 음, 그래. 비밀을 지켜 주면 얘기해 줄게."

타이라는 요령 있게 사건을 설명하기 시작했다.

6월 20일 토요일 오후 1시 반부터 생일 파티가 시작됐다. 하나 남았던 선물에서 연기가 난 시각은 오후 2시 35분이었다는 게 컴퓨터 시계로 확인되었다. 그리고 오후 2시 45분에는 오우가 우이의 집에 도착. 현관문과 창문을 활짝 열고, 실내의 연기를 내보냈다.

웬일인지 현관문은 잠겨 있지 않았고, 창문은 오우가 연 거실 창문까지 포함해 모두 잠겨 있었다.

타이라가 말했다.

"사망 추정 시각은 오후 2시에서 4시. 이 점도 증언과 딱 일치해."

우이의 시신은 복도 쪽으로 머리를 향하고 쓰러져 있었다. 연기로부터 도망치려던 중 복도에서 나타난 살인범과 마주치면서 칼에 찔려 죽은 것으로 추정되고 있다.

"그 연기는, 결국 무슨 장치였던 거야?"

"상자 안에는 발연통이 세 개 들어 있었어. 상자를 열면 일제히 연기가 뿜어져 나오는 장치인데, 장난이라고 하기에는 지나친 거지. 참고로 우리타……."

타이라는 내 얼굴을 힐끗 봤다.

"……아, 이해하기 쉽게 아키라 너도 별명으로 부를까. 그러니까 우이네 집 화재경보기는 열은 감지하는데, 연기를 감지하지는 못해서 발연통의 연기로는 작동하지 않았어."

타이라의 표정이 어두워졌다.

"아키라, 사실은 말이야. 강도 살인에 혐의를 두고 수사를 진행하고 있어. 부모님 방의 귀금속이랑 금품이 도난당한 것과 현관문 잠금장치 실린더에 철사로 긁힌 흔적이 남아 있다는 게 이유야."

"말도 안 되는 소리야." 내가 말했다. "물론 우이의 부모님이 부자이긴 하고, 그 집도 꽤 좋긴 하지만……. 너무 쉬운 해석이잖아. 생일 파티가 한창일 때 연기가 펄펄 나는 걸 보고, 그걸 이용해 도둑질하려고 침입했다? 말도 안 돼."

타이라가 턱을 쓰다듬었다.

"어……, 나도 그렇게 생각해."

그러고는 손에 들고 있던 노트에 간단한 도면을 그려 주었다. 사건 발생 당시 우이네 집 안을 설명하는 그림이었다.

【다음 페이지 그림 참조】

"도면에서 보면, 우이는 창문 쪽을 바라보는 여기 소파에 앉아 있었어. 복도를 등진 모양새지. 카메라 화각은 살짝 밑에서 올려다보는 각도였고, 복도까지는 나오지 않았지. 즉, 2층에 있는 부모님 방에 누가 출입하는 건 알 수 없었어.

카메라 각도가 바뀐 게 두 번이지. 테이블 위에 놓인 선물을 비

- 17 -

【그림】

〈우이의 집 1층〉

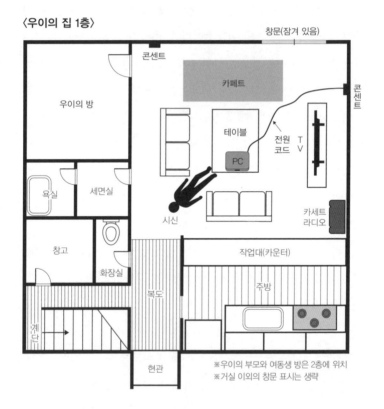

창문(잠겨 있음)

콘센트

카페트

우이의 방

콘센트

테이블

PC

전원 코드

TV

욕실

세면실

시신

카세트 라디오

창고

화장실

복도

작업대(카운터)

주방

계단

현관

※우이의 부모와 여동생 방은 2층에 위치
※거실 이외의 창문 표시는 생략

쳤을 때. 상자를 풀기 전과 상자를 연 후, 이렇게 두 번. 두 번 다 복도 안쪽은 나오지 않았어.

동료들의 의견은 이래. 카메라에서는 강도의 움직임이 전혀 보이지 않았다. 즉, 강도는 온라인 모임이 시작된 오후 1시 반 직후에 침입했다고 가정하는 거지. 그리고 연기가 피어오르고, 우이는 일단 연기로부터 도망치려고 복도로 달아났어. 거기서 강도와 딱 마주치고, 칼에 찔린 거야. 즉, 연기 장난과 살인은 무관하다고 보는 거지. 융통성 없는 집단이라, 연기를 이용해 사람을 죽이려 한다는 희한한 이야기는 좀처럼 믿지 않는 것 같아."

"그럼, 그 연기는 대체 무슨 목적이었을까."

그건 너무 과한 무대 효과였다.

"게다가, 생일 파티를 하는 걸 알았던 건 그날 참석한 멤버들뿐이야. 따라서 그 연기 트랩을 선물들 틈에 끼워 넣을 수 있는 것도 우리뿐⋯⋯."

그러면, 우리 중에 범인이? 등줄기가 오싹해졌다.

"⋯⋯하지만, 너희들은 모두 알리바이가 있어."

타이라가 수첩을 넘겼다.

"범행이 가능한 건 연기가 나고부터 오우가 현장에 발을 들이기까지 십 분 동안이야. 아키라는 구급대와 통화하고 나한테 왔고, 이쿠는 연결을 끊은 뒤에 가족들이 있는 거실로 내려가서, 가족에게 알리바이를 증명받았어.

에리는 한 번 자리를 떴지만, 그건 우이에게 전화를 걸기 위함이었어. 이쿠가 화면을 보고 있지 않았고 아키라도 구급대에 전화하느라 시간 감각이 모호해서, 자리를 떠난 정확한 시각은 불분명하지만 에리의 집은 우이의 집에서 삼십 분은 걸리는 위치에 있으니 도저히 그 시간 안에 다녀오는 건 무리야. 사건 당시 에리네 가족은 각각 볼일이 있어서 집에는 아무도 없었기 때문에 증언해 줄 사람은 없지만, 카메라가 가장 확실한 증거지.

그리고 오우. 오우는 오후 2시 37분에 뛰쳐나가서, 45분에 창문을 열었어. 모습이 보인 건 연기가 걷힌 48분이야. 우리도 실제로 실험해 보니, 오우의 집에서 우이의 집까지 전력으로 달리면 육 분 정도 걸린다는 결과가 나왔어. 오우가 카메라 앞에서 현관까지 가는 데 걸린 시간과, 우이의 집에 찾아가서 창문을 열기까지의 시간을 생각하면 딱 충분할 것 같아."

나를 포함한 친구들이 의심을 받고 있다는 얘기를 들으니 몸이 근질거린달까, 어쩐지 불쾌한 감각이 느껴졌지만, 그것도 형의 일이라 생각하니 받아들이는 수밖에 없었다.

"하지만, 어떤 트릭이 있을지도 몰라."

예를 들어, 여자 친구를 의심하는 건 안 될 일이지만, 이쿠의 화면은 배경을 합성한 것이었다. 집에 있는 것처럼 속이고, 사실은 현장 가까운 곳에 있었을지도 모른다.

'으음', 하고 타이라가 신음했다.

"트릭으로는 범위를 좁히는 게 어려워. 확실한 증거라도 있는 게 아니라면 말이야. 하지만, 방금 아키라의 의문은 좋아. 연기는 무얼 위해 쓰인 걸까? 이 의문을 출발점에 두고, 트릭은 나중에 생각해 보자."

타이라가 내게 의견을 재촉했다.

"역시 가장 쉽게 생각할 수 있는, '카메라의 시야를 가리기 위해서'였을까. 범인은 우이를 살해하기에 앞서, 모두의 눈앞에서 감추고 싶은 게 있었는지도 몰라."

"그게 트릭에 관련된 물건일 거란 얘기야? 흐음."

내 머리가 또다시 트릭 쪽으로 끌려가고 있었다. 이러면 안 돼. 우선은 과감한 가정이 먼저다.

어쨌든 범인은 그 현장에 있었다. 우이의 집에 있었다.

"……범인이 가장 감추고 싶었던 건 역시 자기 모습이려나."

타이라가 조금씩 고개를 끄덕였다.

"음, 역시 그게 딱 들어맞는 생각인 것 같아. 범인이 왜 굳이 그날 살인을 저질렀는지는 모르겠지만, 범인은 생일 파티가 한창일 때를 골랐어. 뭐, 친구들이 다 함께 축하해 줘서 행복이 절정에 달할 때 죽이고 싶다든가, 그런 이유일지도 모르겠네. 동기는 나중에 생각해 보자.

아무튼 범인은 이 타이밍을 골랐어. 그랬더니, 온라인 모임이 한창 진행 중이라 카메라가 계속 켜져 있어서 감시를 당하게 돼.

이런 상황에서는 살해할 리가 없지. 그래서 처음에 연기로 시야를 가리고, 카메라를 속이는 방법을 생각했어."

"움직이기 시작한 건 상자가 열린 순간이겠네. 그때를 노리면, 연기가 자욱해서 아무것도 분간이 안 되니까."

여기까지 얘기하자, 위화감이 느껴졌다.

"……아냐, 형. 이건 안 되겠다. 이건 절대 아니야."

"어째서?"

"시야를 차단하는 것만으로는 절대 부족해. 왜냐면, 연기 속이라고 해도 가까이 가면 상대가 누구인지 정도는 알 수 있다고. 만약 이름을 외치기라도 했다면? 마이크를 통해 목소리가 나가면 그걸로 다 망하는 거야."

그때, 타이라의 눈이 반짝하고 빛나는 듯했다.

"그런 거였군."

타이라는 자신만만한 미소를 지었다. 나는 그 모습에 어리둥절했다.

"아키라, 나 이 사건의 범인을 알아냈어."

"어?"

놀라서 목소리가 커졌다. 지금 한 논의로 대체 뭘 알아냈다는 거지.

타이라가 계속했다.

"이 사건의 핵심은, 어떻게 연기가 자욱한 실내에서 쉽게 음소거 버튼을 누를 수 있었느냐 하는 거야."

"······그게 무슨 말이야?"

그렇게 말하고 나니 생각났다. 연기가 꽉 찬 뒤, 우이의 화면이 음소거 상태가 됐다는 것. 오우가 연기를 내보내고, 화면에 대고 얘기할 때도 여전히 음소거 상태여서, 입만 벙긋거리는 듯한 모습이었다.

"지금 아키라가 말한 대로야. 시야를 가린 것만으로는 부족해. 소리도 들리지 않게 해야 의미가 있지."

따라서 범인은 음소거 버튼을 클릭해야 했다는 얘긴가. 그렇지만, 연기 때문에 아무것도 보이지 않았을 텐데.

"아······, 그런가. 범인은 피해자 우이가 눈치채지 못하게 음소거 버튼을 조작해야 했어. 우이도 당황해서 움직이고 있었을 거야. 그런 중에도 범인은 냉정하게 컴퓨터에 접근해서 음소거 버튼를 눌렀어."

연기 속에서, 살의를 감춘 채. 어딘가 비현실적인 광경이지만, 그렇게라도 생각하지 않으면 앞뒤가 맞지 않는다.

"맞아. 다시 상황을 정리해 볼까.

모두가 사용한 온라인 프로그램은 화면 오른쪽 하단에 마이크 버튼이 있고, 눌러서 켰다 껐다 할 수 있어. 조작은 노트북의 터치 패드나 무선 마우스로 가능하고. 즉, 범인은 컴퓨터에 접근해 둘 중 하나를 조작해 버튼을 눌러야 했어.

우이는 오른손잡이라서, 마우스는 컴퓨터 우측에 놓여 있었어. 연기가 있었다고 해도, 되도록 카메라의 화각 안으로 들어가고 싶진 않았을 테니, 범인으로서는 마우스가 유력하려나."

"화면은 보였을까?"

"연기 속이어도 어렴풋이 빛 정도는 보였겠지."

"하긴." 나는 고개를 끄덕였다.

"그러면, 범인이 이 테이블, 그리고 컴퓨터까지 어떻게 다다를 것인지가 문제였겠지."

나는 생각하면서 이야기를 계속했다.

"창문은 닫혀 있었을 테니, 범인의 침입 경로는 현관. 현관에서 저 컴퓨터까지는 거리가 꽤 있어. 뭔가 따라갈 표식이 없으면 무리야. 예를 들면, 형광 도료? 컴퓨터에 미리 묻혀 났다든지. 그리고, 죽인 후에 닦아 내고."

타이라가 고개를 저었다.

"그런 흔적은 없었어. 컴퓨터에도, 마우스에도. 첫째로, 연기가 나고 나서 오우는 십 분 만에 실내에 들어왔어. 그사이에 완전히 화학 도료의 흔적을 지우는 건 어려워."

"그렇군……."

나는 도면으로 시선을 옮겼다. 그러자 문득 이런 생각이 떠올랐다.

"코드는? 컴퓨터에서 뻗어 나온 전원 코드 말이야."

연기에 시야가 가려져 있어도, 바닥에서 코드를 집어 올려 그걸 더듬어서 가면 컴퓨터가 있는 곳까지 다다를 수 있다. 이게 정답은 아닐까? 나는 돌연 흥분했다.

그러나 도면을 다시 들여다보고는 흥분이 사라졌다.

타이라가 말했다.

"눈치챘나 보네. 맞아, 거실 콘센트는 창가에 하나, TV 옆에 하나로 총 두 개뿐이야. 둘 다 거실 안쪽 깊숙이에 있지."

"복도에서 나온 범인은 코드를 잡을 수가 없었겠군······."

타이라는 컴퓨터에서 검은색 선 하나를 길게 그렸다.

"참고로 코드는 TV 옆에 있는 이쪽 콘센트에 연결돼 있었어. 콘센트 구멍은 네 개로, 각각 TV, DVD 플레이어, 콘솔 게임기, 컴퓨터에 연결돼 있었고. 반대로 창가에 있는 콘센트 구멍 두 개에는 아무것도 꽂혀 있지 않았어."

그렇다면, 원래는 그쪽에 컴퓨터의 전원 코드가 꽂혀 있었을 가능성도······ 아니, 이 가정은 의미가 없다. 혹시 그쪽에 꽂혀 있었다 해도, 거실 안쪽에서 범인이 나타난 것이 된다. 창문에서 침입했다는 얘기라도 하는 걸까?

나는 막다른 길에 다다랐다.

그러나 타이라는 히죽히죽 웃고 있었다.

"거기까지 생각했는데 아직도 모르겠어? 이 사건의 핵심은 더 간단한 곳에 있다고 말했을 텐데."

나는 타이라의 히죽대는 표정이 원망스러웠다.

●문제편 공표 후 2월 21일 소셜 네트워크 서비스 '투덜위터'에 올라온 코멘트 (일부를 이용자의 허가를 얻어 게재)

@mysterylove2 13:43
의외로 빨리 지문이 공개됐네. 그 정도로 화제를 일으킬 수 있다는 건가? 뭔가 찜찜하다.
내용은 의외로 평범하던데. 아니 그보다 등장인물이 '아이우에오'라니, 진부하다 진부해.
(이어서) 그건 그렇고, 뭐야, 연기라니. 무리한 설정 아닌가. 어떤 범인이 이런 기괴한 계획을 세워서 범행을 하겠냐고. 연기라니, 그게 뭐야. 너무 뒤죽박죽이야. 좀 더 평범한 사건으로 했음 좋았을 텐데, 무슨 생각인지.

@dokobokohead 14:02
이 대학은 대체 뭔 생각이지. 역시 이런 범인 맞히기는 성립하지 않는다니까. 어떻게 푸냐고, 이런 걸. 수험생 전원 합격시켜 줘라. 이런 바보 같은 시험 봤다는 것만으로 칭찬받아 마땅하다고.

@queendom260 14:06
흠, 이건 요즘 세태를 반영한 예스러운 방식의 '어둠 속의 살인'이라고 할 수 있겠군. 형광 도료를 검토하는 부분 등이 딱 그거네. 덩달아 '어둠 속의 살인'을 다룬 작품의 예시를 몇 가지 들어보죠.

(이어서) 엘러리 퀸 〈암흑의 집〉(《엘러리 퀸의 새로운 모험》 수록), 존 딕슨 카 〈어둠의 순간〉(《뱀파이어의 탑》 수록), 그리고 그가 카터 딕슨이라는 필명으로 낸 〈보이지만 보이지 않는 흉기〉(《기묘한 사건·사고 전담반》 수록) 등.

(이어서) 에드워드 D. 호크 〈담뱃잎 건조실의 수수께끼〉(《샘 호손 박사의 세 번째 불가능 사건집》 수록) 등, 구라치 준 《지나가는 녹색 바람》, 기타야마 다케쿠니 〈정전에서 새벽녘까지〉(《밀실에서 검은 고양이를 꺼내는 방법》 수록), 오야마 세이이치로 〈암흑실의 살인〉(《왓슨력》 수록) etc……

@rdiculous575 15:08
(@queendom260의 발언 인용) 만화라면 《소년 탐정 김전일》에 나오는 〈암흑성 살인 사건〉, 게임이라면 〈슈퍼 단간론파 2〉의 1화 또는 〈뉴 단간론파 V3〉 3화 등도 예시가 되려나.

@catcrossing36 15:50
화제의 입시 문제 지문을 읽었습니다~ 뭔가 의외로 청춘, 이런 느낌이었는지도! 이걸로 미스터리가 좋아지는 사람이 있다면 좋지만, 어떨지?

@dokobokohead 16:17

좀 어거지 아닌가. 유명 작가의 '독자에게 보내는 도전장'도 결국은 '그 작가를 어디까지 신뢰할 수 있을 것인가' 하는 이야기잖아. 그걸 모르면 단서의 해석을 얼마나 깊이 파고들어야 할지 말지 정할 수가 없다고.

(이어서) 첨 보는 작가, 그것도 대학 교수가 쓴 거잖아? 다시 말해 다른 미스터리 작품의 샘플이 없는 작가의 글이라고. 독자가 그냥 재미로 읽는 거라면 몰라도, 입시라는 데에 내놓으면 안 되지. 대학은 깊이 반성해야 한다.

@mysterylove2 16:36

@dokobokohead 너 이런 때만 옳은 말 하지. 반했잖아.

@dokobokohead 16:45

@mysterylove2 나한테 반하지 마. 화상 입는다. (-_-)

@queendom260 16:57

@dokobokohead 사견입니다만, 이를 위해 작가가 3장에서 토론 파트 지면을 확보해 놓은 게 아닐까요. 거기 적혀 있는 정도의 사고를 하길 바란다는 의미로.

@dokobokohead 17:20

(@queendom260의 발언 인용) 아~ 맞아요, 맞아요. 그렇게 생각합니다. 저도요.

● **K대학 출판 동아리 '무한대'가 공식 계정을 통해 웹상에 공개한 성명문**

우리 '무한대'는 이번 K대학 ○○학부의 입학 전형 방식에 엄중하게 항의하는 바이다.

예년이라면 이러한 성명은 대학 구내에서 메가폰을 통한 연설로 발표하였으나, 현재까지 자유롭게 교내에 출입하는 것조차 허가되지 않는 상황에서는 이와 같은 형태로 항의를 제기하는 수밖에 없다. 안타까운 일이다.

코로나19 유행 이후 대학의 대처 방식에 몇 번이나 머리를 갸우뚱했는지 모른다. 초중고가 대면 수업을 개시했음에도 여전히 온라인 강의를 계속한 것. 도서관 등 대학 시설의 출입을 금지한 것. 그럼에도 등록금 등의 납부는 일절 유예도 하지 않고 징수한 것. 학생의 본분인 공부에 지장을 주고, 아르바이트 수입까지 끊긴 대학생의 실정을 무시한 어리석은 계책이다. 우리 대학생의 '행복'은 대학에 의해 방해받고 있는 것이다. 오호라.

그것만으로도 대학 측에 대한 신뢰를 잃기에 충분했으나, 여기에 더해 우리 대학생들이 고난을 겪는 사이, ㅇㅇ학부에서는 〈연기의 살인〉이라는 제목의, 미흡하기 짝이 없는 글로 대학 입시 역사에 크나큰 오점을 남기게 되었다.

K대학 ㅇㅇ학부장 와다 다이요 및 〈연기의 살인〉의 저자는 즉각 사임하라. 우리 '무한대'는 대학의 자치를 이념으로 하여, 이번 불상사에 대한 의분에 이끌려 엄중히 항의하는 것이다.

(후략)

●편집인이 독자적으로 대학의 채점자들을 인터뷰하여 수집한, 당시 수험생의 해답 예시 가운데 일부를 발췌

· 이쿠의 화면이 합성 배경이었다는 게 트릭으로, 실제로는 현장 근처에 숨어 있었다.

· '나', 즉 아키라가 범인. 그게 제일 의외니까.

· 에리가 수상하다. 틀림없이 우이와 몰래 사귀는 사이.

· 오우가 현장에 들어간 게 확실히 부자연스러워서, 이때 죽인 게 아닐까. 초고속 살인? (이 해답자는 '하지만 그럴 경우, 십 분 동안 우이가 무엇을 하고 있었는지 알 수 없다'며 솔직하게 적었다고 함)

· 타이라가 범인. 이 사람만 입장이 애매하고, 무리해서 내용을 짧게 하려고 한 것이라 해도 경찰관이 갑자기 나오는 게 부자연스러움. 억지스럽게 등장시킨 건 범인으로 만들기 위해서다. (이어서

두 번째 장에서 사건 발생 직후 아키의 집에 있었다는 점에 대해, 거침없이 엉망진창 알리바이 트릭을 펼쳐 보이는 게 인상적이었다.)

· 이런 온라인 모임이 열렸다는 것도 연기 장난을 생각해 낸 것도 전부 코로나 탓이다. 범인은 코로나. (이 수험생은 시험 시작 이십 분 만에 중도 퇴장하였다.)

●명문대 입시 대비 전문, S학원 홈페이지에 2월 21일 오후 10시에 공개된 모범 해답(카리스마 현대문 강사 야마오카 쓰토무 씨가 작성)

해답

범인 : **데루아키**(방점은 편집인이 추가함. 이하 모두 동일) 문제 지문에서 성별은 특정 불가함.

근거 : **탁상 선풍기를** 선물한 인물이므로.

해설

자, 금년도는 '범인 맞히기'라는 미스터리의 한 형식을 이용한 논술 입시로 전례 없는 해가 되었습니다만, 우리 학원 수강생에게는 식은 죽 먹기와도 같은 문제였지요. 〈범인 맞히기 입시 비법서〉에서 소개한 패턴대로였어요. 이 〈비법서〉에서는 다들 알고 계신 야마오카의 **야마**를 상세하게 해설하고 있지요. 지금 S학원에 등록하기만 해도 〈비법서〉를 무료로 증정합니다. 내년에 도움이 될지도 **모르니까요**.

먼저, 〈비법서〉 제2조에는 '읽을 **때**는 **항상** 서술을 의심하라'라고 제가 적었습니다. 특히 범인 맞히기에서 많이 사용되는 것은 서술 트릭에 의해 등장인물의 수를 눈속임하는 것입니다. 이것은 시점 인물이 범인이거나, 분명히 있는 인물이 묘사되지 않거나 하는 것이지요. 게다가 제3조는 '작가가 **뭔가를 숨기는** 경우 인물 관계도를 넣지 **않는다**'는 것인데, **네**, 딱 그 말대로죠. 아이우에오라는 알기 쉬운 정렬 방법을 쓰면서, 인물 관계도가 없다는 것은 틀림없이 비밀이 있기 때문인 거죠. A와 B가 사실은 동일 인물이었다든지, 아니면 숨겨진 인물이 있다든지.

〈비법서〉 제5조에는 '**이**—(イ—), **아**—(ア—), **산**(サン)······**스**—(ス—), 글자의 **계략**에 주의!'라고 되어 있습니다. 이번에는 완전히 이 패턴이었습니다. 멤버가 다섯 명밖에 없는데, 서두에 이미 '6분할 사이즈 화면'이라고 쓰여 있어, 선물도 다섯 개야, 그렇다는 건 우이+5명, 즉 여섯 명이 아니면 **이상하다**는 얘기가 됩니다.

(**응?** 그런 게 어디 있었다는 거지?) 자, 보세요. 여깁니다.

— 만년필, 젤리 상자, 워터 보틀, 장지갑, 탁상 선풍기(《연기의 살인》 8페이지. **거봐요**, 다섯 개 있었죠?)

그렇다면, 숨겨진 인물이 있다는 건 자명합니다. 보충하면 아마도 동기는 **왕따**겠지요. '나'의 눈으로도 묘사되지 않는 '여섯 번째 인물'은 이 다섯 명에게 **무시**당하고 있다. 그런 상황에서도 선물을 요구하고, 생일 파티에 불러서까지도 무시하는 상황에 쾌감을 느끼는, '나'까지 포함해 그런 비뚤어진 인물들의 모임인 것이죠. 정말 **싫군요. 구역질**이 납니다.

뭐, 그런 처사에 염증을 느낀 6번 학생은 리더 격인 우이를 죽이고, 이들을 공포의 **도가니**에 몰아넣었다는, 그런 얘기겠지요.

자, 그러면 6번 학생은 누구일까. 〈비법서〉 제18조에는 '서술 트릭을 발견했다면, 논리 따위는 **어떻게** 돼든 **좋아 좋아**'라고 쓰여 있을 것입니다. 물론, 채점자를 납득시킬 **때**에는 이유를 대는 게 필요합니다만, 서술 트릭으로 숨겨 놓은 이상, 아무리 장황한 설명을 늘어놓는다 한들 **그 녀석**이 범인이므로, 해답 시간이 제한적인 입시에서는 마지막에 이유를 덧붙이면 그걸로 충분합니다. 이번 경우에는, 6번 학생은 겉모습을 묘사하기는커녕 알리바이조차 묘사되지 않았으므로, 범인의 자격은 충분하다고 할 수 있습니다.

그러나, 6번 학생이 존재한다고 해서, 답안지에 '여섯 번째 인물' 같은 식으로 답을 적어서는 안 됩니다. 정확하게 이름을 찾아봅시다.

이제 서두로 돌아가 다시 읽어 봅시다. 이번에는 '**와**! 이 안에! 숨겨져 있던 인물이 한 명 있다니!' 하는 기분으로 다시 제대로 읽지 않으면 **안 됩니다.** 이것은 훈련이므로, 일단 다시 읽고 나서 다음을 **보십시오.**

다시 한 번 지문을 제대로 읽어 보면, **자,** 있습니다.

— "으음, 뭔가 조명(照明)이 좀 있어야겠는데?" (〈연기의 살인〉 4페이지)

에리가 한 말이죠. 여기 있잖습니까. '데루아키(照明)'*요. 이때는 아직 화면 앞에 나오지 않았나 보네요. 이것은 〈비법서〉 권말 부록에 있는 '이름으로도 읽히는 일반 명사 · 성도 이름도 되는 이름 리스트 · 성별을 오해하게 하는 데 자주 쓰이는 이름 리스트'에 바로 그 내용이 정확히 나와 있으니, 부록까지 쭉 훑어본 수험생은 금방 알아챘을 겁니다.

자, 그러면 이 여섯 번째 인물 **'데루아키'**가 범인이 되는 근거는 문제 출제자가 줄기차게 강조하고 있으므로, 음소거 버튼에 대한 것이겠지요. 왠지 의미를 알 수 없는 단서입니다만, 이렇게까지 출제자가 명확히 포인트를 제시하고 있으니까, 무시해선 안 됩니다. 앞에서도 인용한 선물의 대응 관계를 확인하고 소거해 나가면, 데루아키가 보낸 선물은 '탁상 선풍기'인 듯합니다. 탁상 선풍

● 照明. 음독으로 읽으면 '쇼메이'지만, 각 글자를 훈독으로 읽으면 '데루. 아키'로 읽을 수 있다.

기에 대한 우이의 코멘트가 없는 것도, 아까 얘기한 *왕따*설의 방증이 되겠네요.

여기까지 오면 해답은 확실하지요. 헤매지 않고 컴퓨터가 있는 곳까지 갈 수 있었던 건, '탁상 선풍기에 의해 연기가 흩날리는 지점을 표식으로 삼았기 때문'입니다. *으음*, 그래서 어둠이 아닌 연기로 시야를 가린 것이로군요. 정말 *재미있네요*. 수험생 여러분 입장에서는 *화*가 나려나요.

이상입니다. *뭐*, 이러한 포인트를 논리적으로 지적하고, 문장을 구성할 수 있었다면 만점을 받았을 것이라 생각합니다.

●명문대 입시 대비 전문, S학원 진학 정보 사업부장 아리가 다로가 카리스마 현대문 강사 야마오카 쓰토무에게 보낸 메일 본문

From: Ariga1093@inlook.jp
To: Yamaoka8326@inlook.jp

발신: 2021.2.21. 22:45
제목: 해답 읽었습니다!

와아! 진짜 놀랐습니다, 야마오카 선생님!

선풍기 바람은 생각도 못 했어요! 그래서 어둠이 아닌 연기로 상황을 연출한 것이로군!

이것으로 우리 학원 수험생의 합격률은 틀림없이 다른 학원을 능가했을 겁니다. 〈비법서〉는 훌륭한 아이디어였으니 말이죠. 여느 때처럼 모의고사만 치른 수험생도 합격률 퍼센티지에 더하면, 일등 자리는 완전히 굳히는 걸로.

코로나가 아직 심각하지만, 가라앉으면 꼭 한잔하러 갑시다. 정말로 훌륭하게 해내셨어요.

●2월 21일~22일, S학원 문의 게시판에 올라온 불만 및 의견 총 152건 가운데 일부를 발췌

· 이번에 S학원에서 발표한 정답 풀이는, 미스터리라는 것을 우습게 본 엉터리 해답이었다. 시험 자체가 범인 맞히기가 뭔지도 모르는 풋내기가 출제한 엉터리 문제였다는 사실은 부정할 수 없지만, 장난으로도 그 따위 문체로 '해답 속보' 같은 후진 글을 쓰진 않을 거다. '서술 트릭을 발견했다면 논리 따위는 아무래도 상관없다'며 잘라 버리는 것은 미스터리라는 장르에 대한 모독 아닌가. 무엇보다, 상식적으로 공감이 안 된다. 만약 자기 동생이 그런 음습한 괴롭힘을 저지르고 있다면, 그리고 그 진상까지 알아차

렸다고 하면, 형인 타이라가 그 정도로 태연할 수 있는가? 사건이 일어난 직후에 자기도 아키라와 함께 컴퓨터 화면을 보고 있었는데? 첫째, 정말로 '6번 학생'이 있었다면, '나'에게 있어 범인은 자명하지 않은가. 고민할 필요도 없다. 듣자 하니 TV 출연이니 뭐니 해서 콧대가 높아졌다던데. 그런 사람을 학원 강사로 두고 고액의 수업료를 뜯어내다니 괘씸하기 짝이 없는 일이다. (육십 대 남성)

· 우리 아들도 이 학원에 보내고 있는데, 이렇게 장난이나 치는 선생이 있는 곳이라고는 생각지도 못했습니다. 당장 끊어야겠어요. (오십 대 여성)

· 야마오카 선생님 특유의 **야마** 문체, 저는 아주 좋아합니다. 지금까지는 학원 수강생, 또는 참고서를 이용하는 일부 학생들만 읽었지만, 주목받는 입시인 만큼 인터넷에 전국적으로 공개한다면 다양한 의견이 나오지 않을까요?
모쪼록 실망하지 마시고 힘내셨으면 합니다. (십 대 남성)

● 블로그 'Mystery Room'

2021년 2월 23일(화)
S학원의 해답이 화제라 보고 왔습니다. 음, 서술 트릭은 제 취

향이 전혀 아니지만, 그렇다고 하니 그게 정답일지도……. 자신이 없어졌네요. 재수 확정이려나요. 으으.

어차피 이렇게 된 거, 제가 생각한 해답을 여기에 공유하려고 합니다.

해답
범인 : 에나미 에리(에리)
근거 : 전원 코드를 더듬어 컴퓨터에 다가갈 수 있는 유일한 인물이므로

S학원의 해답을 보고 저도 그럴듯하게 따라 해 봤습니다. 그럼 제가 생각한 과정을 써 보겠습니다. 문제지는 가지고 올 수 있어서, 원문을 확인해 가면서 블로그 글을 쓸 수 있었습니다.

우선, 현장의 모순에 대한 것입니다. 제가 주목한 것은 현장의 콘센트였습니다. TV 옆에 있던 콘센트 구멍은 네 개로 컴퓨터, TV, DVD 플레이어, 콘솔 게임기의 플러그가 꽂혀 있었다고 하지만, 이건 명백한 모순입니다. 생일 파티가 시작한 뒤 줄곧 우이의 화면에서 '재즈 음악'이 흘러나왔어요. 이건 도면 우측 하단에 있는 카세트 라디오에서 들려오는 것이었겠죠. 그리고 연기가 발생한 뒤 우이의 화면이 음소거가 됐고, 시신이 발견된 뒤에는 음악

에 대한 묘사가 없습니다. 음악은 멈췄다는 얘기죠.

이건 어떻게 된 일일까요. 카세트 라디오는 도면 우측 하단에 있으므로, 코드는 통상 TV 뒤를 지나 그 옆에 있는 콘센트 구멍에 꽂겠죠.

그렇다는 건, 처음에는 카세트 라디오의 전원 코드가 TV 옆 콘센트 구멍에 꽂혀 있었고, 대신 컴퓨터의 코드는 꽂혀 있지 않았다는 말이 됩니다. 따라서, 컴퓨터의 전원 코드는 창문 쪽 콘센트에 꽂혀 있었던 것이죠.

그러면, 범인의 조건이 판명됩니다. 범인은 창문 쪽 콘센트에서 코드를 잡고 따라가, 컴퓨터에 접근할 수 있었던 인물입니다.

이 범인 맞히기가 재미있(←다고 생각한 이유는, 일단 유보해 두겠습니다. 정답이 아닐 수도 있으니까……)는 건, 이 조건이 가리키는 인물을 이것만으로는 알 수 없다는 것입니다. 그러나 복선을 빈틈없이 회수한다면 해당하는 인물을 단 한 명으로 좁힐 수 있습니다.(←라는 것은 저의 생각이었다는 걸 다시 한번 말씀드려요. 에휴.)

그러면 범인은 어디서 나타난 걸까. 창문은 안쪽에서 잠금장치가 채워져 있었으므로 제외. 그러면 우이의 방에서 나온 것이 됩니다. 그렇습니다. 우이를 제외한 네 명의 참가자 가운데, 한 명은 자기 집인 것처럼 속이고 우이의 방에서 온라인 모임에 참가하고 있었던 것입니다. 이것이야말로 진정한 범인의 조건입니다.

단서는 서두 1장의 '코로나 기간 동아리 활동 자제'에 대한 대화 속에 있습니다. 에리가 '조명이 더 있어야 한다'고 말하며 이어폰을 빼고 잠시 자리에서 일어나자, 그 이후 코로나 기간의 동아리 활동에 대한 화제가 나오는데, 우이가 야구부가 쉬는 얘기를 한 뒤에, 자리에 막 돌아온 에리가 미술부 이야기를 하며 대화를 이어 갑니다. 미술부 이야기를 한 뒤에 굳이 '이어폰을 꽂는 참'이라는 묘사가 있어서, 그전까지의 대화는 듣지 못했어야 하는데요. 이게 확실히 이상합니다. 해답은 단 하나로, 에리는 우이의 육성을 들을 수 있는 위치에 있었던 것입니다.

　요약하면, 우이는 에리와 사귀고 있어서, 생일을 함께 보내고 있었던 것이겠죠. 우이도 에리도 집에 가족이 없다고 강조해서 적혀 있는 게 의미심장하네요.

　에리의 배경 화면은 집 안 풍경으로 되어 있었다고 했으니, 사전에 집의 풍경을 촬영해서 배경 화면으로 합성한 것이겠지요. 그렇게 함으로써 마치 집에 있는 것처럼 눈속임을 한 것입니다.

　이 트릭을 시사하는 복선은 또 있는데, 애거사 크리스티의 《장례식을 마치고》입니다. 우이가 에리의 집에 있는(배경 화면에 있는) 책에 대해 '내가 빌린 거'라고 말하자, 에리는 '두 권 갖고 있다'고 대답하는데, 사실은 그게 아니라, 사진 촬영 당시에는 책장에 꽂혀 있던 것을 나중에 빌려줘 버려서, 배경 화면에 모순이 생긴 게 아닐까요. 우이는 그것을 알아채고 지적해서 에리가 당황하도록 장난을 친 것입니다. 모두가 보는 앞에서 둘만의 비밀을 공유하는 게 재미있었겠죠.(←쳇, 알콩달콩 신났네……) 물론 우이도 에리가 그런 속임수를 써서 둘의 연인 관계를 숨기는 걸 함께 계획했겠죠. 에리의 입장에서 보면 우이를 스스로는 알 수 없는 공범자로 만들었다는 게 재미있는 점입니다.(←라고 생각했습니다. 거듭 강조하지만 저의 개인적인 생각입니다.)

　에리는 작중에서 몇 번이나 자리를 뜹니다. 연기가 발생하기 전 몇 번은 강도가 침입한 흔적을 부모님 방에 남기기 위해서였겠지요. 그리고 연기가 발생하기 직전에 자리를 뜬 타이밍에 우이를 죽이러 갔습니다. 식칼은 우이의 집 주방에서 꺼냈든, 집에서 가지고 왔든, 이전부터 살의가 있었던 것은 명백할 겁니다.

　자기 이름이 불리기라도 하면 끝장이니까, 마이크는 반드시 꺼야 했습니다. 연기가 날 때 우이는 자기도 모르게 에리의 이름을 부를 뻔했겠지만, 친구들에게 연인 관계가 들키면 안 된다고 생각해서 참았나 보네요. 에리는 창문 쪽 콘센트에 코드가 연결된 것을 알고 있었으니, 방을 나와서 바로 움직일 수 있겠다고 생각했습니다.

　그런데, 카세트 라디오의 콘센트가 꽂혀 있는 게 문제였습니다. 코드를 그대로 두면, 자신이 범인이라는 걸 들킬 가능성이 있으므로 코드를 바꿔 꽂으려 했는데, 모든 구멍이 다 차 있었던 것이죠. 그래서 카세트 라디오의 코드가 뽑히게 된 것입니다.

에리의 집까지는 삼십 분 정도 거리라고 하였으니, 살해 후 모니터 앞으로 돌아갔을 때는 아직 집이 아니었을 겁니다. 1장의 서두 장면에서 잠시 언급된 '우이네 집 코앞에 있는 노래방'이 아닐까요. 그곳이라면 오우와도 마주치지 않고 해결됐겠지요. 그 후에는 온라인 모임이 끝나고 나서 집으로 돌아가면 되는 것이었고요.

노래방에 있었다는 걸 시사하는 단서도 있는데, 2장 말미에 '화면 저 너머에서 구급차의 사이렌 소리가 들려왔다. 웅웅거리는 불안정한 잡음이 겹쳐, 유난히 불길하게 느껴졌다.'입니다. 이거요, 살인 사건의 쇼크로 그렇게 들렸다고 해석할 수도 있겠지만, 똑같은 소리를 두 개의 마이크로 들으니 하울링이 일어나 불쾌한 소리를 일으키는 것이라고도 해석할 수 있다고 생각합니다.

그래서, 범인은 에리이고, 범행 동기는 아마도 진부한 '치정의 갈등'이 아닐까요.(←컴퓨터에서는 변환하기 쉽지만, '치정'이라는 한자를 손으로 쓸 일이 거의 없다 보니…… 시험 답안지에는 못 쓰고 나왔습니다.)

(보충)

그런데, 이것만으로는 범행의 형태가 좀 부자연스럽나, 하는 생각이 듭니다. 입시 직전, 엘러리 퀸의 《Y의 비극》 얘기가 나온다고 해서 쓰즈키 미치오의 《노란 방은 어떻게 개장改裝되었는가?》

를 읽었거든요. 이 책에 나오는 방법으로 생각하는 게 좋을까 해서요. 쓰즈키의 단편도 하나씩 읽고 있는데, 범인이 아닌 사람의 행동으로 궁지에 몰린 범인이, 어쩔 수 없이 일을 꾸민 게 복잡한 수수께끼를 만들어 내는 패턴이 많네요. 쓰즈키 본인이 제창한 '모던 디텍티브 스토리'의 실천이라고 생각합니다만.

그러면, '우이와 오우는 초등학교 때부터 친구', '장난을 꾸미는 걸 엄청 좋아한다'라고 띄워 놓은 복선이 신경 쓰이네요. 예를 들자면, 연기 건은 우이와 오우의 몰래카메라 장난이었고, 에리는 관여하지 않았다고 하는 편이 재미있습니다. 에리는 방에서 나와 자욱하게 낀 연기에 움찔하며 일단 전원 코드를 따라가서 음소거를 하고 범행 계획은 달성. 그러나 코드를 바꿔 꽂는 데 실수가 있었고, 오우가 곧 현장에 올 거라 생각하니 위장할 시간도 없다. 그래서 이런 복잡한 수수께끼가 생기고 말았다, 하고 생각하면 말이죠.

오우가 연기에 대해 알고 있었다는 것에는 일단 근거가 있는데요. 오우는 당장 '현장에 뛰어든다'는 생각으로 행동에 옮겼는데, 형 타이라가 지적한 대로 연기의 정체가 '독가스', '최루가스'라는 가능성을 의심했어야 하지 않을까요. 그렇게까지 대단한 게 아니더라도, 정체불명의 연기가 피어오르는 곳으로 일반인이 들어가는 건 어쨌든 위험하죠. 연기의 정체를 알 수 없으니까요.

그러면, 여기서는 구급대에게 맡기는 것이 적절할 것 같습니다.

그런데도 오우가 즉시 뛰어들 수 있었던 건, '연기가 무해하다는 것을 알고 있었기 때문'은 아닐까요.

······이거, 시험장에서는 자신만만하게 썼는데, 지금 생각하니 좀 망상일까요. 게다가 식칼을 갖고 있었으니 처음부터 살의가 있었다고 한 저의 추리와 모순되고요. '오래전부터 살의가 있었는데, 다만 연기는 사고였다'고 하면 될까요? 그래도 코드를 따라가서 음소거를 클릭하다니, 삼 분이 될까 말까 하는 사이에 갑자기 생각해 낼 수 있는 걸까요. 음, 생각하면 할수록 자가당착. S학원 해답을 보니 정말로 자신이 없어졌어요.

저의 해답이 조금은 여러분께 재미를 드렸을까요.

또 똑같은 걸 일 년 하는 건가 생각하면 탐탁지 않은 기분이지만, 일단 지금은 느긋하게 지내려고 합니다. 쌓아 둔 미스터리 다 읽어 버려야지······.

● 블로그 댓글에서

1. 훌륭합니다. 철저하게 현장의 모순에서부터 출발하는 점이, 블로그 주인은 제대로 엘러리 퀸 마니아구나 생각했어요. 항상 엘러리 퀸을 읽고 있고 말이죠.

2. S학원의 해답보다 이 해답이 좋아요! 읽는 동안 재밌었어요! 좀 자신 없어 하는 모습이 나약한 명탐정 같아요. (웃음)

3. 엇, 정말 재밌는데요. 뭐랄까, 본문에서 이 해답도 가능하니, 이것도 합격시켜도 되지 않을지. 꼭 원하는 학교에 합격해서 봄에 벚꽃을 보길 바랍니다. (벚꽃 이모티콘)

4. 자가당착에 빠지는 것은 애초에 문제 자체가 나빴기 때문입니다. 주어진 재료 안에서는 잘 생각해 냈다고 생각합니다.

5. 이게 정답일지도 모른다. 만약 이게 정답이라면 K대학이 이 정도까지 생각했다는 게 되잖아. 좀 하는데. 다시 봤어.

6. 와, 에리가 이어폰을 빼 놓고 있었는데 대화에 참가하고 있는 부분은 사실 출제자의 실수가 아닐까. 아무리 봐도 초보가 저지를 만한 실수인 것 같다.

그래도 A님처럼 꼼꼼히 읽는 편이 재미있네요. 정말 재미나게 읽었습니다.

7. 6번 님의 지적은 정확하고요, 화제의 S학원 해답도 상당히 의심스럽긴 하지만 나름대로 성립은 하네요. 탁상 선풍기 부분이 애매하

고. 출제자가 생각 없이 마구 써 갈겼을 텐데 그 부분이 또 다른 해석을 낳아서, 범인 맞히기로서는 정말로 완성도가 좋지 않아요.

아니면 전부 의도한 대로인가? 빈틈을 많이 남겨 두는 편이 응시생들 해답의 베리에이션을 넓힐 수 있어서라든가······. 그런 거라면, 안이하게 '범인 맞히기'라고 부르지 말았으면······.

그나저나, 블로그 주인장 수고하셨습니다. 느긋하게 쉬는 것, 아주 중요해요.

8. S학원의 범행 동기는 왕따, 여기서는 치정인가요. 적어도 대학에서 고등학교 3학년에게 읽히는 작품에 그런 걸 노골적으로 넣을 리가 없잖아요. 부적절합니다.

9. 앞 사람 뭐라는 거야?

●대학 공식 사이트에서 3월 1일 발표한 해답

해답

범인: 오카다 오우키 (오우)

근거: 먼저, 자욱한 연기 속에서 어떻게 음소거 버튼을 누를 수 있었는가, 하는 수수께끼에 대한 해답은 '피해자가 스스로 눌렀기 때문'이다. 바로 이것이 작중에서 말하는 간단한 해답이다.

우이와 오우는 오래전부터 친구로, 장난을 좋아했다. 그래서 생일 파티를 이용해 몰래카메라를 기획한 것이다. 우이의 집에 발연통을 보내고, 연기가 걷히면 쓰러진 우이가 발견된다. 오우는 현장에 급히 달려와, 창문을 활짝 여는 역할이다. 참가자들의 긴박감을 고조시키는 목적도 있다. 두 사람이 공범이었다는 건, 현관문이 잠겨 있지 않았던 것을 봐도 명백하다.

오우가 도착한 뒤, 모두를 깜짝 놀라게 하면서 몰래카메라였다고 알릴 예정이었으나, 여기서 오우는 우이를 배신했다. 즉, 연극이었어야 하는 게 어느샌가 실제 상황으로 바뀌어 버린 것이다.

●해답 공개 후, 3월 1일 SNS 서비스 '투덜위터'에서의 코멘트 (일부를 이용자의 허가를 얻어 게재)

@mysterylove2 10:43

넵.

해산.

@dokobokohead 11:35

한마디로 첫 발견자가 살인자라는 얘기잖아. 그딴 건 제일 먼저 확인하고 제껴야지.

@mysterylove2 12:01

그러고 보니 이거, 'Mystery Room'이라는 블로그에서 후반에 검토했던 내용이지? 대학이 거기까지 들여다보고 대충 적은 거 아니야?

(나머지는 여기에 도저히 옮길 수 없는 갖은 욕설의 향연이었음)

●K대학 홈페이지에 3월 2일 오전 10시 게재된 사과문

이번 저희 대학에서 실시한 소논문 시험 '범인 맞히기'에서, 기술 내용에 오류가 있었던 부분을 다음과 같이 정정합니다.

① 솔직히 말하면 늘 하던 대로 우이네 집 코앞에 있는 노래방에서 시끄럽게 떠들며 걱정을 날려 버리고 싶었지만, 그럴 수도 없다. (2페이지) → 삭제

현재 코로나 시국과 고등학생의 심정을 표현하고자 했을 뿐이나, 오해를 불러온 듯하다. 노래방은 처음부터 존재하지 않았다.

② 6분할 사이즈 화면 (3페이지) → 5분할 사이즈 화면

컴퓨터 화면상에서는 참가자가 5인이든 6인이든 화면의 사이즈는 동일하여, 6분할 화면과 같은 사이즈라는 의미로 쓰였으나, 오

해의 소지가 있는 표현이므로 정정함.

③ "'으음, 뭔가 조명(照明)이 좀 있어야겠는데?'"부터 '이어폰을 빼고 일어섰다.'까지 (4페이지) → "빛이 좀 있어야겠는데?" 하고 말하며, 에리는 옆에 있는 탁상 스탠드를 켰다.

④ '화면을 보니'부터 '조금 밝아진 것 같았다.'까지 (5페이지) → 삭제
이리하여 에리는 이어폰을 빼고 자리를 뜨지 않게 되고, 대화를 듣고 있었다는 모순은 생기지 않는다. 데루아키라는 수수께끼의 인물도 존재할 수 없다.

⑤ "'엇, 에리. 그 책 내가 빌린 거 아냐? 애거사 크리스티의 《장례식을 마치고》."부터 "'오, 그거 왠지 멋있는데. 나도 그런 말 해 보고 싶다." 오우가 히죽거렸다.'까지 (5, 6페이지) → 삭제
이렇게 하면, 에리가 조작한 사진에 의해 그 장소를 자기 집처럼 보이게 했다는 트릭은 존재하지 않게 됨.

⑥ 우이의 책상 위에는 만년필, 젤리 상자, 보틀, 장지갑, 탁상 선풍기 등이 북적북적하게 늘어서 있었다. (8페이지) → 문장에서 '탁상 선풍기' 삭제

탁상 선풍기를 사용하며 문제를 집필할 때, 무심코 쓴 것뿐이어서, 설마 이런 부분까지 꼼꼼하게 읽으리라고는 생각하지 못했다.

⑦ 화면 저 너머에서 구급차의 사이렌 소리가 들려왔다. 웅웅거리는 불안정한 잡음이 겹쳐, 유난히 불길하게 느껴졌다. (14페이지) → 사이렌이 들려왔다.
저자로서는 분위기를 중시한 부분이지만, 부적절한 오독을 하게 하였으므로 다소 밋밋한 문장으로 교체함.

⑧ 맞아, 거실 콘센트는 창가에 하나, TV 옆에 하나로 총 두 개뿐이야. (25페이지) → 거실 콘센트는 TV 옆에 하나뿐.

⑨ 콘센트 구멍은 네 개로 (25페이지) → 콘센트 구멍은 다섯 개로
⑧에 의거하여, 창가의 콘센트에 대한 것은 다른 서술 부분과 도면에서도 삭제함. 또한 다섯 개의 콘센트 구멍에는 컴퓨터 전원 코드, 카세트 라디오, TV, DVD 플레이어, 콘솔 게임기의 코드 다섯 개가 꽂혀 있었다.
이렇게 하면 컴퓨터의 전원 코드와 관련된 모순이 생기지 않는다.

따라서, 지금 세간을 떠들썩하게 하고 있는 학원과 한 수험생이 제시한 해답은 부적절하다.

미스디렉션을 의도하고 작성한 정보가 어쩌다 보니 확대해석되어 버린 듯하다.

대학에서 제시한 해답만이 유일무이한 정답이다.

정답에 이르지 못한 사람은 불합격.

대학 입시란, 그런 것이다.

범인 맞히기란, 그런 것이다.

● 인터넷판 〈주간 DIRECT〉 3월 2일 오후 8시 업데이트 (기사)

K대학의 이례적인 논술 입시…… '대학 교수를 향한 비난 쇄도'

최초의 '범인 맞히기' 입시…… 결과는?

2월 21일에 실시된 K대학 ○○학부의 입시, '범인 맞히기' 입시에 대하여, 대학 측이 제시한 해답이 3월 1일 발표되었다. 공개 직후부터 온라인상에서는 '매우 단순해서 식상한 해답', '이런 입시는 치를 가치가 없다'라며 성난 목소리가 분분했으나, 이에 대한 대학 측의 대응은 3월 2일 오전 10시, '사과문'이라는 형식으로 나타났다.

그 내용은, 기존에 공표된 지문 내용을 대폭 수정하거나, 일부 표현을 삭제하는 것으로, 대학 입시라는 제도 그리고 '범인 맞히기'라는 추리소설의 한 형식에 있어서 절대 용납할 수 없는 처사라 할 수 있다. 바뀐 부분, 삭제된 부분은 모두 유명 입시 학원인 'S학원'의 모범 해답과 블로그 'Mystery Room'을 통해 화제가 되고 있는 한 수험생의 해답과 관련된 것으로, 도를 넘은 반발 의식에 의한 '정답 파괴'로 추측된다.

SNS상에서는 문제의 '사과문'에 대하여 '누굴 바보로 아느냐', '수험생을 뭐라고 생각하는 거냐', '미스디렉션이라는 말의 사용법을 잘못 알고 있네. 니가 한 짓이 그냥 미스', '이제 와서 바꾼다는 건, 출제하기 전에 다른 사람에게 읽혀 보지도 않았다는 거잖아' 등의 코멘트가 있어, 그야말로 불에 기름을 부은 결과가 되었다.

왜 일어났나…… 막무가내 '스루 패스'

K대학 G교수와의 인터뷰를 통해, 이번 '범인 맞히기' 시험은 학부장과 교수 한 명에 의해 기획된 것이었음이 밝혀졌다.

"K교수(가명)는 코로나로 우리가 학교에 잘 가지 못하는 것을 이용해, 학부장을 구슬려 이야기를 점점 진척시켜 나간 겁니다. K교수의 방해를 떨치고 학부장과 담판을 지을 때는 이미 사태가 돌이킬 수 없는 지경까지 진행되어 있었죠."

G교수를 비롯한 여러 교수들의 자택에서는 방해 전파 발생 장치가 설치된 흔적이 발견되었다고 한다. K교수의 관여 여부는 밝

혀지지 않았으나, '전파가 정상적이었다면 그때의 발언으로 이 지경이 되는 것을 막을 수 있었다'고 G교수는 말한다.

"학부장은 추리소설에 대해 잘 알지 못합니다. 문제는 K교수 혼자 만든 게 분명합니다. K교수는 미스터리 애호가입니다만, 아마도 본인이 글을 쓰는 데에는 그다지 재주가 없었겠죠. 수업 도중에도 다른 길로 새는 일이 많은 사람이니, 그런 식으로 이번 시험 지문에서도 구멍이 잔뜩 나왔지 않습니까. 그걸 학부장도 미리 봐주지 않은 거죠. 시험 문제의 문장을 체크할 때도, 이런 상황이었으니 아무도 읽어 보려고 하지 않았겠지요. K교수 한 사람에게 문제 출제를 맡긴 것이 이번 불상사의 원인이라고 생각합니다."

●K대학 홈페이지에 3월 3일 오전 10시 게재된 사과문

어제(3월 2일) 본 대학 ○○학부 기자키 교지로 교수가 학부장의 승인을 받지 않고 '사과문'이라는 제목의 글을 게재하여, 본 대학 수험생 및 관계자 여러분에게 도발적인 언동을 한 것을 깊이 사과드립니다.

오늘부로, 기자키 교지로의 징계 면직이 결정되었습니다.

저희 대학으로서는 본교의 교육 · 연구에 지장이 발생하는 일이 없도록, 또한 올해 수험생 및 앞으로의 수험생 여러분께 불안을 끼치는 일이 없도록 전 교직원이 하나가 되어 지도 · 지원해 드리겠습니다.

또한, 기자키 교지로는 SNS '투덜위터'에서 @queendom260이라는 계정을 사용하여, 그곳에서도 도발적인 언동을 되풀이하였습니다.

교직원의 사적인 부분입니다만, 물의를 일으켰기에 이 점 또한 깊이 사과드립니다.

K대학 ○○학부장(신임)

아마기 세이지

● 블로그 기사 'Mystery Room'

3월 14일(일)

만세!

불쑥 죄송합니다. 하지만, 하지만 너무너무 기쁘거든요! K대학에 합격했습니다! 게다가 매우 우수한 해답이었다는 이유로 장학금도 받게 되었어요!

S학원의 해답이나 대학의 해답, 인터넷을 뜨겁게 달궜던 '사과문'을 읽었을 때는 절망해서 우울했지만…… (S학원의 해답도 마니아들 사이에서는 상당히 지지를 얻은 듯하네요. 최근에 야마오카 선생,

TV에도 안 보이던데······.)

뭐, 결과가 좋으면 다 좋다, 그런 기분입니다!

오늘은 축하하는 의미로 고기 파티를 할 거라서, 배 터지게 먹을 거예요!

조만간 헌책방 순례와 감상도 재개할 겁니다!

(중략)

4월 2일(금)

오늘은 엄청 좋은 하루였어요!

입학 오리엔테이션이 끝나고, 오후에는 동아리 오리엔테이션. 예년이라면 부스에서 더 오랫동안 이야기를 했던 것 같지만, 아직 코로나 때문에 부스 안에 있는 선배는 두 명뿐. 간단히 이야기만 듣고, 자기소개서를 작성했는데 선배가 쓱······ 하고 책을 내미는 거예요.

"이거지. 네가 읽고 싶다는 거."

놀랐어요. 그게 글쎄, 12월에 제가 아직 없다고 말했던 엘러리 퀸의 책 세 권, 구라모토 추리 문고 《악마의 복수》, 《트럼프 살인 사건》, 《용의 이빨》이었거든요! 게다가 제가 원했던 복간 버전. 상태도 깨끗하고요. 놀라움과 기쁨으로 펄쩍펄쩍 뛸 것 같았습니다.

"나, 네 블로그 독자거든. K대학에 입학했다고 요전에 말했잖아? 그래서 틀림없이 우리 쪽으로 올 것 같아서 준비해 둔 거야."

저는 감격한 동시에 좀 쫄았어요. 이 블로그를 지켜봤다는 거잖아요. 우와. 그게 뭔가, 부끄럽기도 하고, 기쁘기도 하고. 그나저나 이것도 선배가 보겠군요!

그러고는 "오늘은 여기나 동아리방보다는 모처럼 카페라도 가서 얘기 좀 할래?"라고 제안하셔서 맛있는 케이크 등을 얻어먹고 왔습니다. 대학생 좋네요. 재밌어질 것 같아요.

4월 9일(금)

와, 놀랐습니다.

제가 가입한 동아리가 미스연(미스터리 연구회)이 아니라네요.

아무래도 동아리 오리엔테이션 때 선배가 옆 칸 부스와 착각하는 바람에, 저도 거기로 잘못 찾아간 듯합니다.

그러면 미스연에 다시 들어가도 되지만, 선배들 이야기가 재밌기도 하고, 미스터리는 혼자서도 읽을 수 있고, 하는 생각에 나오기 어렵겠어요. 으음, 어쩌면 좋을까요.

선배들의 동아리는 '무한대'라는 이름인 듯합니다. 미스연과는 다르지만, 뭔가 책을 만드는 동아리 같아서, 여기도 재미있어 보여요. 선배들은 이야기하기도 편하고 친절한데, 가끔 묘한 분위기가 느껴지기도 하는데요, 요전에는 동아리방에 들어가기 직전 '속이기 쉽다', '초기 투자는 헌책 세 권', '각인 효과', '맨 처음 만난 선배는 강하다', '세뇌는 즐거워'라는 등의 대화를 하는 게 언

뜻 들리더라고요. 두 사람 다 미스연은 아니지만 미스터리는 좋아하니까, 뭔가 작품 얘기를 하던 거겠죠?

책 제목 아시는 분 계십니까?

4월 16일(금)

9일 포스팅에 달린 댓글들, 여러분 진짜 너무하시네요.

어째서 선배들을 나쁘게 말하는 건가요? 그렇게 사람 좋은 선배들이 저를 속일 리 없지 않습니까.

게다가 저, 선배들 덕분에 눈을 뜨게 된 면도 있어요. 한때는 '이렇게 재미있는 미스터리 소설을 만나게 해 줬으니, K대학의 입시에 감사해야겠어!'라고 생각했거든요. 그런데, 잘 생각해 보니 그건 아니에요. 제가 미스터리에 빠지지 않았다면, 다른 대학에 다니는 미래가 있었을지도 몰라요. S학원 현대문 강사 야마오카 선생도, 인터넷에 유출한 〈비법서〉를 보니 상당한 노력을 들여서 만들었더라고요. 믿을 수 없을 만큼 많은 미스터리를 단기간에 읽은 것 같습니다. 너무 테크니컬하고, 수법은 납득할 수 없지만, 그 선생도 대학 입시에 휘말린, 말하자면 '피해자' 중 한 사람인 거죠. 말발 좋고 수완 좋은 사람에게 속아 넘어간 전 학부장 와다 교수도, 어떤 의미에선 피해자인지도 모릅니다.

그렇게 생각하면 '행복'해진 사람은 아무도 없는 겁니다.

기자키야말로 나쁜 사람이었어요.

편향된 생각을 가진 대학 교수야말로 나쁜 것이었습니다.

4월 23일(금)

이제 그만하세요! 왜들 이러시는 거죠? 왜 선배들을 욕하는 거냐고요!

'아무도 행복해지지 않았다더니, 무한대 사람들은 어부지리가 아닌가'라는 댓글을 보고 저는 화가 났습니다. 그런 거 아닙니다! 선배들이야말로 코로나가 일어난 뒤 학교의 상황에 몹시 괴로워하면서 싸워 온 사람들이라고요. 그런 선배를 나쁘게 말하는 여러분이 밉습니다.

오늘은 오랜만에 미스터리 이야기를 하려고 했습니다만, 그만두겠습니다.

5월 25일(화)

교수에게만 평가받으며 참을 것인가.

우리도 교수들을 평가하여 등급을 나눌 것이다.

그러면, 기자키와 같은 악인도 나타나지 않을 테니까.

이것은 대학의 자치를 이념으로 하는 우리 비밀 결사, '무한대'에 의한 하늘의 심판이다.

●편집인 후기

    그날 이후, 블로그 'Mystery Room'은 더 이상 업데이트되지 않았다.

마트료시카의 밤

"일례로 저를 보십시오. 저는 한밤중에 나타났습니다. 눈 더미에 차가 뒤집혔다고 하면서 말입니다. 저에 대해 뭘 아시죠? 전혀 없으실 겁니다. 부인은 아마도 다른 손님들에 대해서도 아무것도 모르시겠죠."

애거사 크리스티, 《쥐덫》, 김남주 역

이곳은 기나긴 밤중.

◆

소설가는 괴로워하고 있었다.

마스크 속에서 거친 숨을 내뱉는 탓에, 검은 테 안경에 뿌옇게 김이 서린다. 아직 초가을이라 방심하고 김 서림 방지제를 쓰지 않았다. 지난해 초부터 시작된 신종 코로나 바이러스 유행은 이런 자잘한 것으로도 사람을 힘들게 한다.

소설가가 혀를 찼다.

어떻게든 이 눈으로 확인해야 한다. 그놈은 무슨 작정으로 그런 제안을 해 온 것일까.

상황에 따라 소설가는 수단을 가리지 않을 생각이었다.

소설가는, 문고리에 손을 가져갔다.

◆

서재 문이 열렸다.

서재 안쪽에는 작가의 커다란 집필용 책상이 있다. 책상 뒤에는 커다란 금고와 책장이 나란히 서 있다.

그 금고 앞에 한 남자가 서 있었다.

젊은 남자다. 콧날이 오뚝하고 체형도 늘씬했다.

남자는 느릿느릿, 파충류와도 같은 움직임으로 문 쪽을 향해 눈길을 돌렸다.

들어온 사람은 머리가 희끗희끗한 모습이 매력적인 초로의 신사였다. 몸집이 큰 편이지만 옷차림이 고급스러워 말쑥하고 청량한 느낌이었다. 양손에 비닐봉지를 들고 있는 모습이 어딘가 살림살이에 찌든 느낌이어서 부자연스러웠다.

신사는 의심쩍은 듯 젊은 남자를 바라보고는 천천히 고개를 저었다.

"이런, 곤란한 꼴을 보였네."

그는 책상에 비닐봉지를 내려놓고 그 안으로 손을 집어넣었다.

젊은 남자는 집어삼킬 듯한 눈으로 신사의 손끝을 지켜봤다.

묘한 분위기가 감돌았다. 마치 비닐봉지 속에서 권총이라도 튀어나오는 건 아닌가, 하는 긴장감이다.

신사는 봉지에서 담뱃갑을 꺼냈다.

"담배가 다 떨어져서 말이야. 이게 없으면 집필에 집중할 수 없거든. 아, 그렇다고 땡땡이치고 있었다는 말은 아닐세. 이 업계에 들어오자마자 스승뻘 되는 분께 배웠거든. 작품에서 절대로 손을 떼지 말라고. 그리고 그와 동일한 정도로, 휴식에서도 손을 놓지 말라고."

신사, 즉 작가가 농담하듯 말했다.

젊은 남자는 어안이 벙벙한 모습으로 서 있었다.

"자넨, 새로 온 편집자인가."

작가의 말이 신호라도 된 듯, 남자는 번쩍, 과장된 몸짓으로 등줄기를 꼿꼿이 하고는 작가에게 고개 숙여 인사했다.

"……넷! 저는 고겐샤의 신입 편집자로서……! 선생님의 작품은 항상 잘 읽고 있습니다."

"좋았어. 내 짐작이 맞았군."

작가는 기쁜 듯 손뼉을 쳤다.

"사실은, 내가 사람 얼굴 기억하는 데 젬병이거든. 파티에서 '처음 뵙겠습니다' 하고 인사했다가 어색한 분위기를 느낀 게 한두 번이 아니라네."

"아, 그러셨습니까."

남자는 곧바로 비닐봉지 속 물건을 보더니 말했다.

"그런데 선생님, 그 봉지 안에 뭔가 희한한 게 보이는데요…….
비커, 일까요?"

"음, 아, 이건 차기작 소재로 좀 써 볼까 하고. 예전에 고등학
교 화학 교사로 근무한 적이 있어서, 그 지식을 활용한 아이디어
거든……. 이번엔 푸른 옥을 이용해 '청옥(靑玉)장 살인 사건'이라는
제목을 생각 중이라…….."

"호오, 그거 무척 흥미롭네요. 이야기를 좀 들려주실…….."

작가가 그 말을 가로막듯 말했다.

"자네, 어째서 코트를 걸치고 있는 거야. 그러고 있으면 거북하
지 않아? 아, 코트 걸이는 그 벽 쪽에 있어."

"아, 그럼 실례하겠습니다…….."

코트 걸이에는 여분인지, 검은 가죽 벨트가 고리 모양으로 걸려
있었다. 어딘가 어울리지 않는 물건이었다.

남자는 코트를 건 다음, 재킷의 가슴 쪽 주머니에 손을 댔다.

"죄송합니다! 명함 지갑을 두고 왔습니다……. 선생님 앞에서
이런 무례를…….."

"아니야, 아니야. 상관없어. 난 지금 기분이 좋다네. 그런 일로
기분이 상하고 그러지 않아. 뭐, 무슨 교정지라도 보낼 때 첨부해
서 보내게나. 나는 명함 관리를 잘 못하지만, 아내가 꼼꼼하게 챙
긴다고."

"아, 사모님 말씀이군요! 선생님과 사모님의 화목한 에피소드는 에세이 등에서 항상 재미나게 읽고 있습니다. 뭐더라, 예전엔 주얼리 숍에서 근무하셨다던가요."

작가는 남자의 어깨를 두 번 두드렸다.

"자네, 싹수가 있구먼. 내 소설을 읽는다는 편집자는 많지만, 에세이 이야기까지 하는 사람은 별로 없는데."

"하하, 별말씀을."

남자가 고개를 저으며 말을 이었다.

"그, 그런데요, 소설도 물론 읽고 있습니다. 올해 발표하신 《필연이라는 이름의 부재》는 플롯의 진행 방식에 굉장한 임팩트가 있어서 놀라움의 연속이었고, 《토파즈장 살인 사건》은 지금까지 선생님의 작풍과는 전혀 다른 고전 미스터리 플롯과 거기서 굳이 벗어난 점이……."

"됐어요, 됐어. 그렇게 안달하지 않아도 되네. 난 뭘 빈정거린 게 아니라고."

작가는 의자에 걸터앉아 눈앞에 있는 청년을 지그시 바라보았다. 머리부터 발톱 끝까지, 음미하듯이. 남자는 무언의 압력을 견딜 수 없었는지 움찔거렸다.

"저기, 저는……."

"만약에."

작가가 힘주어 말했다.

"만약에 말이야. 내 머릿속에 있는 최고의 플롯을 자네 회사에 제공한다면, 어떻겠는가."

"아……."

남자의 움직임이 경직됐다.

"그야 물론, 어, 진짜…… 너무 기쁜 일이죠……. 그런데…… 정말, 괜찮겠습니까?"

"뭐야."

작가의 눈썹이 살아 있는 듯 움직였다.

"자네 설마, 나를 의심하는 것인가? 이것저것 조건을 붙인다든지, 무리한 요구를 한다든지…… 그런 걸 걱정하나 보지?"

"아, 아니요. 당치도 않습니다."

작가는 팔랑팔랑 손을 저었다.

"정말로 내 작품을 사랑한다면, 그 자리에서 '네'라고 말해야지. 자네는 크게 성공하지 못할 타입이군. 참으로 유감인데……."

"저……."

"게다가 자네, 조금 전에 내 작품 제목을 틀렸어. 물론 노란색 보석이란 뜻이라 토파즈라고 읽기도 하지만, 내 작품은 음독으로 '고교쿠', '황옥장'이라고 읽는……."

"저, 저기!"

남자는 작가의 말을 덮듯 큰 소리를 내며 책상 위로 몸을 내밀었다.

남자와 작가의 얼굴이 갑자기 가까워졌다. '루빈의 꽃병'이라 불리는 착시 그림 같았다.

"무례를 사과드립니다. 판단이 느린 것도 인정합니다. ……아무쪼록 저에게 한 번만 더 기회를 주십시오."

작가의 얼굴은 여전히 험악했다.

"뭐든지 하겠다고 약속하겠나?"

"뭐든지 명령해 주세요. 반드시 부응하겠습니다."

작가는 그대로 몇 초간 미동도 하지 않았다.

"좋아!"

그러고는 자리에서 일어나, 방 안을 돌아다녔다.

"하지만 특별히 어려운 일을 요구하려는 건 아닐세. 그 최고의 플롯을 검증하는 과정에 함께해 달라는 거지."

"교정 작업이나 조사 같은 것 말이군요. 기꺼이 하겠습니다. 그럼, 어떤 문제가 있을까요?"

작가는 요란하게 고개를 저었다.

"틀렸어. 자네와 내가 그 플롯을 연기해 나가면서, 모순이 없는지 확인하는 거라고."

남자는 여우에게 홀린 듯한 표정을 지었다.

"연기를, 한다고요?"

"그래!"

작가는 남자를 향해 돌아섰다.

"내 창작의 비결은 언제나 리얼리티를 중시하는 거야. 자네도 내 에세이를 읽은 적이 있으니 알고 있겠지."

"네, '말하면서 생각한다.' 글을 쓰다가 막다른 곳에 이르면 손보다는 입을 움직여 본다. 이게 선생님의 금언(金言)이었죠. 창작 기술에 대해 쓴 기사에서 읽었습니다. 또, 트릭을 실험해 본 적이 있다는 얘기도요. 그 에피소드에는 감동했습니다. 오스틴 프리먼이 의외의 흉기 트릭이 실현 가능한지 확인하려고, 자기 집 지하실 벽에 구멍을 뚫었다는 이야기가 떠오르······."

작가가 헛기침을 했다.

"아, 정말 죄송합니다."

"거참, 자네의 미스터리 취향은 확고하군그래. 하지만 그렇기에 더더욱, 이제부터 할 검증에 함께하는 의미가 있는 거야. 그렇다고 이번에 딱히 화려한 트릭을 사용하겠다는 건 아닐세. 말하자면, 내가 세운 줄거리에 따라 움직여 보고, 인간 심리에 비추어 볼 때 부자연스러운 점은 없는지, 모순은 없는지, 그런 부분을 봐 줬으면 하네."

"듣기만 해도 두근거립니다!"

"완성하면, 이게 내 마흔한 번째 작품이 돼. 한 공간 안에서 완결되는 미스터리라서, 제목은 《41번째 밀실》이라고 붙일 예정이라네."

작가는 양손을 펼쳤다.

"무대는 우리가 있는 이 방이야. 등장인물은 작가와 편집자 두 사람."

"재밌겠네요. 그 설정은 왠지 그 영화 같네요. 〈발자국〉*…….한정된 공간에서 펼쳐지는 2인극 미스터리."

작가가 고개를 끄덕였다.

"그건 작가와 미용사이긴 하지만. 그래, 극한까지 좁힌 무대야말로 의외성이 빛나지. 그러면 자네는 무슨 역할을 하겠나? 어느쪽 입장에 서서 생각하고 싶지?"

"음……, 작가 역할도 매력적이지만……. 안 되겠네요. 제겐 너무 벅찹니다. 편집자를 시켜 주세요."

"좋아, 괜찮겠지. 처음 설정은 이렇다네."

작가는 몸을 내밀고 조용히 말했다.

"자네는 나를 죽이려고 생각 중이야."

남자가 눈을 크게 떴다.

"갑작스럽네요. 동기는 뭔가요?"

방 안을 걸어 다니던 작가는 다시 자기 의자에 앉았다. 의자에 깊숙이 기대어 앉아, 여유 있게 이야기를 시작했다.

"조금 전 말한《41번째 밀실》원고 때문이야. 이건 작품 자체의 제목인 동시에 작중 인물인 작가가 쓴 작품 속 작품이기도 하지.

● Sleuth, 1972년. 성공한 탐정 소설가가 자기 아내의 정부인 미용사를 집으로 초청하면서 벌어지는 이야기를 담은 영화

나는, 이건 물론, 작품 속 '작가'를 말하는 거야. 《41번째 밀실》을 집필하고 자네가 있는 출판사에 넘겨줄 예정이었어."

"영광입니다!"

젊은 남자는 이미 작품 속 편집자 역할에 푹 빠져 있었다.

"그런데 갑자기, 그 예정이 변경되었지."

"왜죠!"

남자가 작가에게 덤벼들었다.

작가도 지지 않았다.

작가는 갑자기 목소리 톤을 낮춰 얼어붙을 듯한 목소리로 말했다.

"자네가 나를 화나게 했기 때문이야."

"엣······?"

남자는 말이 막혔다. 얼빠진 그의 얼굴을 보고 작가가 웃음을 터뜨렸다.

"이보게, 이건 어디까지나 역할 얘기라고."

"아, 아앗, 그렇죠. 네."

"이런, 이래서야 잘할 수 있으려나. 아무튼, 자네는 이 방에서 나를 화나게 만들어, 원고를 빼앗기게 돼. 소설은 거기서부터 시작되지. 당연히 자네는 매우 난감한 상황이야. 내 원고는 회사 매출에도 큰 영향을 주니까. 내 담당이 되면서 창창했던 출셋길에서도 멀어져 버렸고. 뿐만 아니라 내가 다른 출판사에 얘기해서 재취업마저 어려워질지도 모르고······."

"어쩌죠, 왠지 배가 아파지기 시작했어요."

배를 누르는 남자의 얼굴이 파랗게 질렸다.

"도무지 남의 일이라고 생각되지 않아요, 선생님! 가공의 사건이라고 생각해도 못 견디겠습니다! 어떻게든 화를 거두어 주실 수 없을까요."

"아유, 진정하게. 생각해 봐. 다행히도, 원고를 놓쳤다는 사실은 아직 자네 외에는 아무도 몰라. 내가 화가 나서 자네 회사에 전화하기 전에, 또는 인터넷에 푸념을 늘어놓기 전에, 둘만의 세계에 묶어 두는 게 가능하다는 거야."

남자의 울대뼈가 천천히 오르내렸다.

"그 말은, 지금밖에 없다는, 얘기로군요."

"맞아. 나 자신을 살해하도록 몰아간다니 이상한 얘기지만, 자네는 지금 이 순간 나를 죽일 수밖에 없어."

"하지만, 어떻게 하면 좋을까요. 저는 사전에 준비 같은 걸 해 오지 않았잖아요. 돌발적으로 범행을 저지르면 반드시 증거가 남고 말아요."

작가는 손가락을 세워 타이르듯 말했다.

"바로 그게 핵심이야. 자네는 돌발적으로 살인을 저지르게 돼. 하지만 냉정을 잃어선 안 되지. 지금 이 방에 있는 물건만을 사용하여, 즉흥적이고도 완벽한 범죄를 생각해 내야만 해. 독자의 눈앞에 있는 사물만을 사용해서 말이야. 밀실 안에서 시작해서, 밀실 안에서 끝나는 거지. 그게 바로 이 작품이 궁극의 밀실 미스터리인 이유라고."

"그렇군요."

남자는 얼굴에 홍조를 띠며, 방 안을 돌아다니기 시작했다.

그러자 작가는 성급한 몸짓으로 일어서더니 남자에게 바싹 다가설 듯이 움직였다.

"선생님의 구상이 점점 이해됩니다. 이건 '밀실' 안에서 벌어지는 두 사람의 심리전이군요. 그렇다면, 저의 첫째 목적은, 어떻게 하면 선생님께 의심받지 않고 흉기를 확보할 것인가, 하는 것이겠네요."

"맞아."

"역시 칼이 좋을까요. 하지만 부엌까지는 좀 머네요. 선생님에게 들키지 않고 가기는 어렵겠죠. 뭔가 구실이 없다면."

"음."

"그건 그렇고, 선생님 방에는 책만 있어서 다른 물건은 별로 없네요. 금고 옆까지 책이 진열돼 있어서……. 《심장과 왼손》, 《요도妖盜 S 79호》, 《붉은 오른손》, 《대여 보트 13호》, 《화려한 유괴》, 《다이얼 7을 돌릴 때》……. 요즘 작품과 옛날 작품이 섞여 있어서, 책장이 뒤죽박죽이네요. 게다가 《붉은 오른손》의 조엘 타운슬리 로저스, 이 한 명만 해외 작가고요. 뭔가 작품의 자료라서 따로 모아 놓으신 건가요?"

"뭐 그런 건 아무래도 상관없어. 흉기는 어쩔 거지?"

"아 참, 그렇죠. 제가 말하려던 건 선생님 방에는 책만 잔뜩 있어서, 때려죽이는 데 쓸 만한 둔기가 눈에 띄지 않는다는 거예요. 앗, 저 트로피는 어떨까요."

"내가 수상한 문학상 트로피 말이로군. 어쩜 그리 천벌 받을 일을 생각하나. 하지만, 저건 보다시피 유리 케이스에 들어 있고, 내가 소중하게 여기는 거야. 그리 간단하게 만질 수는 없을걸."

"그러면 교살은요? 저는 폴로셔츠를 입어서 넥타이는 없지만…… 벨트? 아니면, 옷장 안에서……."

그는 옷장으로 다가갔다. 그 동선을 가로막듯, 작가는 그의 눈앞으로 휙 달려 나갔다.

"아니, 기다리게. 자네, 그 드레스룸 말하는 건가."

"네. 안에 들어가 넥타이나 벨트를 쓱 훔쳐 나와서, 품속에 숨겨 둘까 하고요."

"좋은 생각이야. 하지만 보라고. 옷장 앞에는 이렇게 골판지 상자가 있어. 안에는 생수병이 꽉 차 있다고. 무게가 꽤 나가서 쉽게 옮기진 못해."

남자는 팬터마임을 하는 듯한 움직임으로 종이 상자를 밀어 보려고 했다. 무거워서 조금씩밖에 움직이지 않는다.

"정말이네요. 게다가 옷장 문은 밖으로 당겨서 열게 돼 있어요. 상자를 옮기지 않으면 절대로 문을 열 수 없네요. 이렇게 우물쭈

물하다가 선생님 눈을 피하는 건 무리겠네요."

"음……."

작가는 턱을 쓰다듬으며 의자에 걸터앉았다.

"중요한 건, 자네가 내 비위를 계속 맞추다가 허를 찔러야 한다는 거야. 그렇다면, 시야를 벗어날 구실이 있는 게 좋겠지."

그 말을 듣고, 남자는 납득이 간다는 듯 호들갑스럽게 고개를 끄덕였다. 그러고는 부엌까지 성큼성큼 걸어갔다. 부엌은 오픈 키친 형식으로, 작가의 책상이 있는 거실과 연결돼 있다.

"부엌 전등 스위치는…… 여기로군요."

그는 바로 스위치를 켰다.

"목이 좀 마른데, 물 좀 갖다주겠나."

"네…… 여기요."

그는 물을 따른 유리컵을 책상에 옮기고는, 다시 부엌으로 돌아갔다. 오픈 키친이라 부엌에 서면 카운터 너머로 작가가 보였다.

카운터에는 과일이 담긴 바구니가 있었다. 그는 거기서 사과를 꺼내 보였다.

"선생님, 사과 좋아하시죠. 에세이에서 읽은 적 있습니다. 기분이 안 좋으실 때면 사모님이 깎아 주시잖아요. 어릴 적부터 감기에 걸렸을 때도 자주 드셨기 때문에, 몸이 안 좋아도, 기분이 안 좋아도, 선생님은 사과 드시는 걸 좋아하신다고."

짝, 하고 작가가 손뼉을 쳤다.

"그거야! 사과! 자네는 내 기분을 맞춰 주려고 사과를 깎는다. 껍질을 깎기 위해 자연스럽게 과도를 손에 넣는 게 가능해. 그런 전개로 하고, 사과라는 복선을 어떻게 깔아 둘 것인가가 문젠데……."

작가는 즉시 문장에 어떻게 적용할지 생각하는 듯했다.

"그게 선생님의 실력을 보여 주는 부분이에요."

"아니, 자네도 실력을 보여 줘야 해."

"무슨 말씀이죠?"

"사과 말이야. 껍질을 깎아 보게."

남자는 손에 든 사과를 카운터 위에 놓고 그 밑으로 사라졌다.

"칼, 칼, 음, 어디 있을까……."

남자의 모습이 보이지 않게 되자 작가는 일어서서 방 안쪽 책장의 서랍을 열었다.

서랍 속에서 권총을 꺼내고는, 겉옷 안주머니에 집어넣었다. 그 존재를 확인하는 듯 작가는 총을 넣은 옷 바깥쪽을 쓰다듬으며 만족스러운 듯 혼자 미소 지었다. 그러고는 아무 일도 없었다는 듯다시 자리에 앉아 카운터 쪽을 향해 말을 걸었다.

"칼은 아래쪽 찬장에 정리돼 있어. 빨간 손잡이가 달린 게 과도야."

"빨간 손잡이…… 이거네요!"

카운터 건너편에 모습을 드러낸 남자는 손에 과도를 쥐고 있다.

과도를 꽉 쥐고 있어서 매우 위험해 보인다. 그는 한쪽 눈을 감고 자기 손에 있는 칼과 사과를 번갈아 보았다. 그 표정이 팬터마임을 하는 코미디언처럼 보였다. 그는 사과를 카운터 위에 놓은 채 와락 움켜쥐고는 위쪽에서 칼을 내리찍으려 했다.

작가가 소리쳤다.

"아, 됐어, 됐어! 그만두게. 그러다가 자네 손가락 껍질이 벗겨지겠어."

"살았네요. 저, 포도 껍질 말고는 깎아 본 적이 없거든요."

"그런 건 손가락으로 집으면 바로 벗겨지잖아! 껍질 깎는 축에도 못 들지."

"아무튼, 이렇게……."

그는 자기 재킷 안주머니에 칼을 넣고는, 바깥 부분을 톡, 하고 손바닥으로 한 번 두드렸다.

"흉기 확보."

그러고는 사과 하나를 접시에 담아 작가의 책상으로 가져갔다.

마치 호텔 직원 같은 몸짓으로 꾸벅 예의 바르게 허리 숙여 절했다.

"선생님, 아무쪼록 이걸로 노여움을 거두어 주십시오."

"이건 뭐지?"

"사과입니다."

"그건 나도 알아."

"자, 한입."

작가는 의아한 표정을 짓고는 사과를 통째로 베어 먹었다.

남자는 만면에 웃음을 띠고 고개를 끄덕였다.

"선생님 턱은 아직 괜찮아 보이네요."

"노인네 취급하지 마. 첫째, 자네가 껍질을 깎았으면 이렇게 되진 않았을 거라고. 자기가 먹을 것 정도는 스스로 챙겨 먹으란 말이야."

"노력하겠습니다."

작가는 손수건으로 손을 닦고는 양손을 벌렸다.

"자, 어떻게 할 텐가?"

"어떻게라뇨?"

"자네는 이걸로 내 비위를 맞추는 데 성공했어. 당장이라도 방에서 쫓겨날 일은 없어졌다는 거지. 자네는 나와 대화를 계속하면서 나를 죽일 계획과 그 기회를 짜낼 수 있게 됐어. 다음은 어떻게 할 텐가?"

"틈을 노려서 선생님을 죽여야죠."

"바로 그거야. 그런데, 그다음 일은 생각해 두지 않아도 될까?"

"그다음, 말입니까?"

작가가 고개를 끄덕였다.

"자네가 나를 죽이겠다고 생각한 이유는 뭐였지?"

남자는 작가를 가리켰다.

"선생님의 작품《41번째 밀실》의 원고입니다."

"그래. 자네는 나를 죽일 거야. 즉 그 원고는 내 유작이 되는 거지. 수많은 출판사가 탐내는 원고를 자네는 손에 넣을 수 있어. 죽은 사람은 말이 없으니까 말이야. '저에게 맡기셨습니다.'라고 주장하며 발표하는 것도 가능해."

"원고는 어디 있는 거죠? 선생님은 항상 자필로 소설을 쓰시죠. 그것도 에세이에서 읽었습니다."

"맞아. 데이터를 복원하는 것도 불가능해. 진정 딱 하나밖에 없는 원고지. 그리고 그 원고지 뭉치는……."

작가는 자리에서 일어나 책상 뒤에 놓인 검은색 금고 곁에 섰다. 사방 30센티미터 정도의 강철로 만든 금고다.

작가는 통, 통, 하고 금고 문을 두드렸다.

"이 안에 있어. 다이얼 방식으로 열게 되어 있지. 번호를 모르면 열 수 없어."

"그러면 선생님을 협박해서 알아내는 것으로 하겠습니다."

남자는 품속에서 과도를 꺼내 작가에게 들이댔다.

작가는 싫다는 듯 고개를 저으며, 손으로 거칠게 물리쳤다.

"안 되지. 그런 상황이 되면, 나는 오기가 생겨서라도 자네한테 번호를 알려 주지 않을걸."

"하지만, 다이얼 번호는 캐물어 알아내는 수밖에 없잖습니까."

"과연 그럴까?"

작가가 도발하듯 웃었다.

"나도 최근에는 잘 잊어버리는 게 불안해져서 말이야. 이 다이얼은 번호가 촘촘해서 99번까지 있어. 그걸 왼쪽으로 돌려서 어느 숫자에 맞추고, 다음엔 오른쪽으로…… 해서 맞춰 가는 거야. 이걸 언제 잊어버릴지 몰라 무서워서, 메모를 남겨 놨다고."

"메모 말인가요……. 왼쪽…… 오른쪽……."

남자는 금고를 지그시 바라보았다. 그 금고 옆에는 여섯 권의 책이 늘어서 있었다.

남자는 헛, 하고 숨을 들이켰다.

"알아냈어요. 저렇게 책들이 늘어선 데에는 의미가 있었군요! 암호였어요."

남자는 금고 앞으로 달려들 듯 다가가서 작가를 돌아봤다.

"확인해 봐도 되나요?"

"그럼. 가설을 생각했으면, 시험해 보고 싶어지는 게 인지상정이니까."

작가는 방 안을 느릿한 발걸음으로 걸어 다니며 타이르는 듯한 말투로 말했다.

"뭐 물론, 실제 줄거리에서는 자네가 내 책장을 관찰하다 번호에 대해 알아차리고, 냉혹하게 나를 살해한 뒤, 가설을 확인하는…… 그런 흐름이긴 하지만 말이야."

"그건 어디까지나 플롯이니까요. 좋았어, 갑니다.

우선, 《심장과 왼손》과 《요도 S 79호》. 다이얼에 있는 '왼쪽'과

'숫자'가 중요했네요. 즉 우선은 왼쪽으로 돌려 79에 맞춥니다. ……자, 이렇게.

다음은 《붉은 오른손》과 《대여 보트 13호》. 오른쪽으로 돌려서, 13.

마지막은 《화려한 유괴》와 《다이얼 7을 돌릴 때》. 이 '다이얼'이라는 게 잊어버렸을 때를 위한 힌트가 되는 거군요. 《화려한 유괴》라는 제목에는 오른쪽도 왼쪽도 들어 있지 않지만, 이건 분명히 사립 탐정 사몬지 스스무(左文字進)가 등장하는 장편이었죠."

"어, 그래. 그의 초기 작품 중에서는 꽤 마음에 든다니까."

작가는 금고 앞에 선 남자 쪽으로 눈길을 주었다. 책상을 사이에 두고 마주 보는 위치에 두 사람이 서 있다.

작가는 가슴 쪽 주머니에 손을 댔다.

"그러니까…… 왼쪽으로 돌려서, 7, 그리고…… 뭐지. 이렇게 간단한 거였다니……."

"열렸나? 열렸으면, 안에 있는 물건을 확인해 보게."

"네! 안에는…… 어, 이 뭉치는 원고…… 아, 이건 토지 권리증이네요. 이건 놔두고……."

남자가 빙그르 뒤를 돌아봤다.

그 순간, 작가는 권총을 들이댔다.

남자는 상황을 이해하지 못했는지, 분위기를 바꾸려는 듯 사람 좋은 미소를 띠었다.

"……선생님? 이건 대체 무슨 장난인가요?"

"자네가 쳤어. 내연남 양반."

작가와 남자 사이에는 책상이 있다. 이 책상은 작가가 사전에 계산한 거리일 것이다. 남자가 사태를 눈치채더라도, 바로 덤벼드는 것은 불가능했다. 칼과 권총이라니, 도저히 상대가 안 된다.

남자는 천천히 고개를 저었다. 얼굴에는 여전히 꾸며낸 듯한 미소를 띤 채였다.

"선생님…… 저는 선생님이 무슨 말씀을 하시는지 모르겠습니다. 지금 이건 장난 같은 거죠? 아, 그게 아니면! 이것도 선생님의 플롯 안에 있는 건가요? 제가 선생님을 살해하는 것처럼 보이게 하고선, 실제로는 선생님이 저를……."

남자는 희망에 매달리듯 반복해서 말했다. 그러나 작가의 차가운 표정은 조금도 변하지 않는다.

"나는 처음부터 이럴 작정이었어. 이 집에 들어와…… 자네의 모습을 인지한 순간부터. 안 그래도 조만간 자네를 죽일 생각이었어. 다만 그 계획이, 자네의 방문으로 조금 당겨졌을 뿐이야."

"그게 무슨 말이죠?"

"자네의 정체는 처음부터 알고 있었다는 얘기야. 아내의 불륜 상대. 좀 전에는 점잖게 '내연남'이라고 했지만, '상간남'이라고 해도 되겠군. 젊고 예쁘장한 남자들의 특기지. 최근에 또 나쁜 버릇이 나온 것 같아서, 자네에 대해서는 이미 조사를 시켜 두었지."

남자는 얼굴을 찡그리며 고개를 저었다.

"그러면…… 그러면 당신은 전부 알고 있었다고?"

"그래 맞아. 자네는 내 아내의 꼬임에, 나를 죽일 계획을 세우고 있었지. 아까 금고를 열어 옆으로 치워 둔 토지 권리증이야말로 아내가 훔치라고 말한 걸 테고. 나를 죽이고, 아내가 모든 권리를 가지고 나면, 자네는 아내의 남편이 되는 거지.

하지만 자네에게는 다른 목적이 있었어. 자네의 정체는 젊은 미스터리 작가, 맞지? 익명으로 활동하는 작가라 얼굴은 알려지지 않았지만, 다섯 번째 경찰 소설이 히트해서 영상화되고, 이때부터 일약 인기 작가의 길을 걷기 시작했고……."

얘기하는 동안에도 작가는 권총을 계속 겨누고 있었다. 남자는 작가의 틈을 노리려 했으나, 그 틈이 보이질 않았다.

"그런데, 요즘 자네는 슬럼프에 빠져 있어. 다음 작품이 좀처럼 써지지 않는다더군."

"그걸 어떻게……."

남자는 자기도 모르게 입을 놀린 걸 끝내 눈치채지 못했다. 작가는 어깨를 들썩이며 웃었다.

"나 정도 되면 자네의 정보 따위는 간단히 알아낼 수 있다고. 얼마 전에 작품 때문에 취재를 하다가 유능한 사립 탐정과 연이 닿아서 말이야. 그 사람이 신속하게 조사해 줬지. 자네는 처음부터 내 손바닥 위에서 춤추는 인형이었던 거야. 이제 알겠어?

"아무튼 내 아내에게서 나를 살해할 계획을 들었을 때, 자네 머릿속에는 다른 계획이 떠올랐겠지. 내 다음 작품의 구상이나 그 원고를 훔쳐 내서 꿀꺽해야지 하고 말이야. 아내도 빼앗고 작품도 빼앗고, 그야말로 일석이조의 계획이지. 오늘은 살인을 위한 사전 답사였나, 아니면 금고 속 물건을 훔치기만 하려던 건가? 어쨌든 내 집에서 꾸물거리고 있던 이유는 그거겠지."

　"……그대로 경찰에 끌고 갔으면 좋았잖아."

　"물론, 그건 그렇지. 하지만 너희 둘에게 그렇게 정색했다가는, 절도죄로 너를 잡아가는 것조차 어려울지도 몰라. 게다가 나에겐 훨씬 재미있는 구상이 있었거든.

　물론 자네의 모습을 본 순간은 어떻게 할까 망설였어. 하지만 첫마디 말에 각오를 굳혔지. 즉흥 연극에 나서기로 한 거야. 자네가 미친 듯이 갖고 싶어 하는 내 작품 아이디어를 미끼로 해서 말이지……. 《41번째 밀실》 같은 건 내 머릿속에 있지도 않아. 애초에 이런 제목은 로버트 아서나 아리스가와 아리스를 읽은 사람이라면 삼 초 만에 알아차릴 거짓말이라고."

　"젠장…… 그런 거였나."

　"자네는 이 방 안에서도 몇 번이나 실수를 저질렀어. 우선 내 작품인 《황옥장》을 '토파즈장'이라고 잘못 읽은 것. 이거 자체는 아까도 지적했지만, 그런 실수를 저지른 이유가 중요해. '토파즈'라고 읽는 건, 주얼리 숍 점원이었던 아내가 자주 하는 실수거든.

아내에게 여러 번 듣다 보니 옮은 거겠지. 그다음 작품인 《청옥》
도 몇 번이나 얘기해도 듣질 않고 '사파이어'라고 하고 말이야!

　게다가, 자네가 정말로 신입 편집자라면, 뭐, 문이 잠겨 있지 않
아서 들어왔다는 변명은 그렇다 치더라도, 코트는 벗어서 팔에 걸
쳐 뒀겠지. 그게 사회생활 하는 사람으로서는 최소한의 예의라는
거야. 그걸 입은 채로 업무를 하고 있었다는 건, 도둑질을 하려고
물색 중이었다는 증거라고.

　또 있어. 자네는 부엌에 들어갈 때 조금도 헤매지 않고 스위치
에 손을 댔고, 유리컵도 쉽게 찾아냈지. 이 집에 이전에 들어온
적이 있었다는 증거야. 미스터리 작가이면서, 그렇게 부주의하다
니 못쓰겠어."

　남자는 절망적인 표정으로 고개를 흔들었다.

　"그건 그렇고, 자네가 분위기에 잘 휩쓸려서 다행이야. 덕분에
일이 아주 쉬워졌어.

　눈치챘나? 자네와 내가 연기한 건, 가상의 미스터리 소설의 플
롯이야. 하지만, 이 방에는 진실이 딱 세 가지 있어. 첫 번째는 자
네의 지문이 덕지덕지 묻어 있는, 가슴쪽 주머니에 담긴 과도. 두
번째, 자네가 뒤진 그 금고. 그리고 세 번째는, 이 권총이지."

　"권총 같은 게, 그렇게 손쉽게 구할 수 있는 물건인가! 여긴 일
본이라고! 가짜인 게 당연하잖아!"

　"그러면 시험해 볼까?"

남자는 뒷걸음치며 금고에 등을 댔다.

남자는 시계 방향으로 천천히 움직였다. 작가의 권총은 조금도 지체하지 않고 남자의 움직임을 따라갔다. 남자는 자기 발에 걸려, 책상 옆에서 엉덩방아를 찧었다.

"나는 오랜 시간을 들여 경찰에 진술할 '이야기'를 만들어 냈어. 이 집에 침입한 강도가 자네고, 나는 정당방위로 자네를 쏴 죽인 거야. 아무도 그걸 의심하지 않겠지. 여기는 내 집이고, 자네는 침입자니까 말이야."

남자는 세차게 고개를 저었다.

"안 돼. 그런 걸 믿어 줄 리 없어! 적어도 당신 아내는 안 믿을걸!"

"자네가 살아 있다면 몰라도, 죽어 버리면 그 여자는 자기 자신을 위해서라도 입 다물고 있겠지. 그런 사람이거든."

"당신이 나에 대해 조사한 증거는 남아 있을 거야! 나를 조사했다는 사립 탐정이라면 살해 동기를 금세 알아챌걸!"

작가는 비웃는 듯한 표정으로 말했다.

"내가 그런 증거를 남길 거라 생각해? 안심하게나. 꼬리를 잡힐 걱정은 없어."

남자가 파랗게 질렸다.

"이럴 수가…… 설마…… 그 탐정도?"

남자의 말에 작가는 대답하지 않았다.

작가는 비어 있는 쪽 손으로 전화하는 시늉을 했다.

"아…… 형사님이신가요. 빨리 와 주십시오. 모르는 남자를 총으로 쏴서 죽여 버렸지 뭡니까. 집에 돌아와 보니 금고 앞에 서 있다가 칼을 꺼내 들어서…… 몸이 덜덜 떨려서 어쩔 수 없었어요. 누가 좀, 누가 좀 와 주셔야……."

작가가 껄껄 웃었다.

너무 재밌어 죽겠다는 표정이었다.

"내 연기 어떤가? 이렇게 하면 속아 넘어가겠나? 응?"

남자는 당장이라도 울음을 터뜨릴 듯한 표정으로 고개를 흔들고 있었다. 엉덩방아를 찧은 자세에서 일어서려 했지만, 작가가 그렇게 두지 않았다.

"……이건, 이건 옳지 않아……. 우린 분명 종이 위에서 많은 사람을 죽여 왔지……. 하지만, 하지만 실제로 죽이는 건 달라……. 다르다고요……. 이런 일은 잘못된 거라고……."

남자는 얼굴을 닦았다. 작가가 또 웃었다.

"아, 아, 울어 버렸네. 공포를 견디지 못한 건가. 그렇다면 자네에게 딱 하나, 목숨을 건질 기회를 줄까."

남자가 고개를 들었다.

"에?"

"목숨을 건질 기회라고. 살고 싶지 않나?"

"그야……!"

남자는 주저앉은 자세에서 재빠르게 몸을 일으켜, 무릎을 꿇고 바닥에 엎드렸다. 그러고는 매달리듯 작가를 올려다봤다.

"네, 뭐든 하겠습니다. 전 아직 살고 싶어요."

"그러면 아내와 헤어지고, 작가도 그만두고 내 앞에서 사라지게나. 평생 나의 세계에 끼어들지 마."

남자가 고개를 저었다. 그 표정은 보기 흉하게 일그러져 있었다.

"작가를…… 그만두라고요?"

"그래. 내가 사는 세계에서 사라지는 거다."

작가는 흥, 하고 콧방귀를 뀌었다.

"당연한 거 아닌가? 나는 서점에서 자네의 책을 보는 것조차 견딜 수 없어. 작가랍시고 인터뷰를 한 기사를 보는 것만으로도 말이야. 말해 두겠는데, 이름을 바꿔서 작품을 내도 금방 알아낼 거야. 이 업계에 네가 살아갈 여지가 없도록 말이야."

남자는 눈물을 글썽이며 다시 머리를 숙였다.

"그건…… 안 돼요. 쓸 수 없게 되는 건…… 죽는 것보다 가혹하다고요."

작가는 다시 웃어 댔다.

"슬럼프라더니? 뭐, 좋아. 너는 썩었어도 '작가'였다 이거지. 작가로서 최후의 순간에 나에게 인정받고 죽어 간다면 더할 나위 없는 거 아니겠는가. 어어? 질질 짜지 말고, 당당하게 죽음을 맞이하라고."

연극적인 말투, 거만한 태도.

"아…… 용서해 주십시오. 뭐든지…… 그것만 아니면 뭐든지 하겠습니다……."

"그런 식으로 많은 남자들이 내 발밑에 매달렸어. 넌 뭘 할 수 있지? 자네에게 있는 거라고는 보잘것없는 명예와 어쭙잖은 푼돈, 그리고 젊음뿐이야.

그래, 젊음! 그것만은 아무리 원해도 손에 넣을 수 없지. 나는 처음 봤을 때부터 자네가 싫었어. 그 젊음도, 여자들이 좋아하는 높은 콧대도, 전부 다!"

작가는 방아쇠를 쥔 손가락에 힘을 주었다.

"잘 가게."

"그, 그러지 마세요! 그만!"

남자가 절규했다.

작가는 히죽히죽 웃으며 방아쇠를 당겼다.

딸깍, 하고 금속이 울리는 소리가 났다. 작가는 몇 번이고 방아쇠를 당겨, 똑같은 소리를 잇달아 냈다.

"탕! 탕! 탕! 탕!"

작가는 어린애 같은 목소리로 총소리를 흉내 냈다.

그러고는 권총을 발밑으로 내던지며 큰 소리로 웃기 시작했다.

남자는 아직 상황 파악을 하지 못한 듯했다. 몇 번이나 자기 몸을 더듬으며 다친 곳이 없는지 확인했다.

"자네도 미스터리 작가라면, 이 정도 거짓말은 알아차려야지. 권총은 모조품이야."

남자가 작가를 향해 눈을 부라렸다.

"……날 속인 거야?"

남자의 본모습이 드러났다. 공손하던 말투는 이제 벗어던진 채였다.

"속였다고 하면 듣기 거북하지. 그냥 네가 제멋대로 속은 것뿐이야. 첫째, 자네가 조금이라도 더 냉정했다면, 내가 말하는 계획에 수많은 오류가 있다는 걸 눈치챘겠지. 과도를 든 상대에게 권총을 사용했다가는 과잉 방어라서, 그렇게 쉽게 무죄 방면되진 않아. 권총 불법 소지죄도 피할 수 없고 말이야. 애초에, 도둑질하러 들어온 집에서 무기를 확보한다고 치면, 찾기 어려운 위치에 있는 과도 같은 걸 고르진 않겠지. 도저히 성립되지 않는 일이라고."

작가는 히죽거리면서 득의양양한 표정을 지었다.

"어때? 나도 의외로 연기 좀 하지. 제대로 살인마처럼 보였나?"

남자는 그 말에는 대답하지 않고 증오가 가득 담긴 목소리로 말했다.

"당신…… 이런 식으로 사람을 가지고 놀다니……. 반드시, 반드시 후회하게 될 거야……."

"후회라면, 하게 해 보시지. 자네는 뭘 가지고 나를 단죄하는 거지? 이런 건 실없는 게임이잖아. 협박도 무엇도 아니야. 자네가 장난감 권총에 겁먹어서 혼자 공포에 질린 것뿐이잖은가. 게다가 꼴사납게 울고 말이야. 그런 일은 창피해서 경찰에도 말 못 하지. 자네도 다 큰 어른이니 말이야……."

남자는 벌떡 일어나, 증오에 찬 시선으로 작가를 쳐다봤다.

"나를 죽일 건가?"

그 말에 남자는 아무 말도 하지 않고 작가를 계속해서 바라봤다.

"역부족이야. 자네는 기껏해야 미스터리 작가일 뿐. 솜씨 좋은 살인자 같은 건 못 돼. 방금 일어난 일로 뼈저리게 느꼈을 텐데? 자네는 나를 상대로 머리싸움에서도 적수가 안 됐어. 내 아내는 오래전부터 나를 죽일 집념이 대단하단 말이야. 그런 아내를 상대로 내가 조금도 대책을 마련하지 않았을 것 같나?"

"그것도 허풍이겠지."

"그러면 지금 여기서 나를 죽이고 확인해 보겠나?"

남자는 혀를 찼다.

"됐어요, 됐어. 이제 당신의 게임은 질렸어. 그래, 깔끔하게 당했어. 당신이야말로, 작가보다는 살인마 쪽이 맞는 거 같은데?"

"패배자의 푸념 따위는 듣기 싫어."

"그러면, 뭘 원하는 거야? 나를 죽일 생각은 없는 거지?"

작가는 파리를 쫓듯 손을 내저었다.

"조금 전 말한 대로야. 아내와 헤어지고, 내 앞에서 사라지게. 작가 일을 계속하는 것에 대해선 아무 말 않겠네만."

"여기서 나를 달아나게 놔두면, 후회하는 건 당신 아닐까?"

"누가 자네 말을 믿겠어?"

남자는 혀를 차고는 코트 걸이에 걸린 자기 코트를 거머쥐었다.

"안녕히 계십시오, 선생님. 재미있는 게임에 불러 주셔서, 감사했습니다."

남자는 빈정대는 말투로 말했다.

"자네, 주머니 속에 있는 물건은 두고 가게나. 그건 어디까지나 우리 집 물건이니까."

남자는 주머니에서 과도를 꺼내서 그대로 바닥에 내던졌다. 마지막으로 작가를 향해 증오에 찬 눈빛을 보내고는, 소리 나게 문을 닫고, 사라졌다.

작가는 그것을 지켜보고는 후우, 깊은 한숨을 토해 냈다.

그는 품속에서 손수건을 꺼내 바닥에 던져진 과도를 조심스럽게 주웠다. 칼을 책상 위에 놓고는, 이어서 장난감 권총을 조심스레 손수건으로 닦아서 서랍 속에 집어넣었다.

반쯤 열린 금고를 손가락으로 가리키며 문을 닫는가 싶더니 멈췄다.

그때, 찌르르르릉 하고 벨소리가 울렸다.

"화재인가? 대체 어디서!"

이내 작가가 소리쳤다. 작가는 한달음에 도망치려다가 갑자기 멈춰 서서 "안 돼." 하고 외쳤다. 그러고는 옷장 앞으로 달려가 그

앞에 놓아둔 상자에 손을 댔다.

"에잇…… 어째서 이렇게…… 무거운 거야…….."

작가의 이마에 맺힌 땀방울이 반짝였다.

숨이 막힐 듯한 장면이다.

그때 현관문이 열렸다.

"이제야 본색을 드러내셨군요, 선생님."

조금 전까지 작가에게 보기 좋게 농락당하던 그 남자였다. 남자는 스마트폰을 높이 들고, 당돌한 표정으로 웃음을 짓고 있었다.

남자가 스마트폰 화면을 터치했다. 새된 소리로 울리던 화재 경보음이 뚝 멎었다.

아등바등 땀을 뻘뻘 흘리며 상자를 옮기려던 작가는 힘이 쭉 빠진 듯 털썩 주저앉았다.

"너……."

"선생님의 태도가 줄곧 이상했어요. 뭔가 숨기는 게 있다고 생각하긴 했지만, 지금 행동으로 확신하게 됐네요."

남자는 주저앉은 작가에게 가까이 다가가 상자를 발로 거칠게 밀었다.

상자 밑은 새빨간 물감을 쏟은 것 같았다. 핏자국이었다. 벌써 말라붙은 모양이지만 핏자국 위를 뭔가가 지나간 듯 원호 형태의 선이 그어져 있었다.

"하지 마……. 제발 그러지 마……."

"선생님의 언행으로부터 추리하면, 이 안에 들어 있는 게 뭔지 예상할 수 있어요. 하지만, 우선은 답을 확인하게 해 주시죠."

남자는 작가를 밀치고는 옷장 문을 열었다.

바깥쪽으로 당겨 문을 열자, 안에서 무언가가 나와 쓰러졌다.

이쪽에 등을 향하고 있는 그것은, 긴 흑발의 여성이었다.

꿈틀하는 기색도 없이 움직이지 않는다.

"선생님, 당신은 자기 아내를 살해했군요."

"이상하다고 생각은 했어요. 당신, 복잡한 수법으로 나를 속여 넘긴 것치고는 너무 쉽게 놓아줬어요. 내 이야기를 믿을 사람은 아무도 없다는 둥 하면서, 깨나 부추겼지만, 사실 알 수 없거든요. 이렇게까지 노골적으로 자기 본성을 드러내 놓고는, 나를 무사히 돌려보낼 리가 없어.

하지만, 당신이 말한 건 사실이었어. 내일이 되면 내 이야기를 믿어 줄 사람이 하나도 없게 돼. 하마터면 당신한테 말려들 뻔했어……."

작가는 망연자실해 있었다. 남자는 기세를 얻어 거침없이 말을 쏟아 내며, 마침내 공격과 수비가 교체된 기쁨을 온몸에 드러내고 있었다.

"당신은 아까 이렇게 말했지. '이 방에는 진실이 딱 세 가지 있어'라고. 암, 그렇고말고. 분명히 세 가지의 진실이 있었지!

첫째는, 내 지문이 잔뜩 찍힌 이 과도. 두 번째는 내가 뒤진 흔적이 있는 이 금고. 그리고 세 번째, 당신이 들고 있던 권총은 싸구려 모조품이었지만, 진짜 세 번째는 여기 있었어. 그래, 당신 부인의 시체. 이것이야말로 세 번째 진실이었던 거야.

당신은 조금 전까지 있었던 일은 전혀 전하지 않고, 이 세 가지 증거를 경찰에 제출할 작정이었지. 그렇게 하면, 이런 세상에. 내 연남인 나에게 누명을 씌울 수 있겠군."

작가의 아내는 미동도 없이 그 자리에 누워 있었다. 후두부에는 붉은 핏자국 같은 것이 흥건하게 묻어 있고, 옆구리 주위가 시뻘겋게 물들어 있었다.

작가는 이마를 누르며 깊은 한숨을 쉬었다.

"……언제 알아챘지?"

작가의 말은 자백이나 다름없었다.

남자는 입가에 미소를 띠며 연설을 시작했다.

"의심이 확신으로 바뀐 건, 과도 때문이야. 애초에 당신의 《41번째 밀실》 설정은 무리가 있었지. 특히 흉기의 선택이 부자연스러웠어. 내가 에세이와 연결해서 사과 이야기를 꺼냈을 때, 당신은 굳이 '자연스럽게 과도를 손에 넣는 게 가능하다.'고 말했어. 어째서 식칼은 안 될까? 살인극에 사용한다면, 흉기로서 실용성이 있는 쪽이 더 좋지 않을까? 나를 강도인 것처럼 꾸며서 살해한다는 설명을 들어도 여전히 그 의문은 해결되지 않았지. 만약 정말로 죽인다면, 죽은 내 손에 칼을 쥐여 주기만 하면 그걸로 끝 아닌가? 아까는 놀라서 경황이 없었지만, 결국 당신은 처음부터 나를 죽일 생각이 없었던 거야.

그러면, 뭐가 목적이었을까? 다음으로 이게 신경 쓰이더군. 당신이 손에 든 가짜 권총……. 이게 이상했어. 허풍이 통했다곤 해도, 정작 맞붙어 싸우면 젊고 힘센 내가 더 유리해. 그런데도 자기는 가짜 흉기를 들고 나에게는 진짜 흉기를 건네준다? 그런 일이 있을 수 있나? 아니, 그러면 거기에 의미가 있겠지. 당신은 그런 리스크를 감수하고서라도 나에게 칼을 쥐여 줄 필요가 있었다!

여기까지 오면 답은 명백해. 당신의 경솔한 한마디가 그걸 뒷받침해 주었고."

"아…… 눈치채고 있었군."

"당신은 계획을 성공시키려고 너무 서둘렀어. 그리고 나에게 말해 버린 거지. '칼을 여기에 놓고 가라'고. 선생님, 그건 좀 별로였어."

남자는 웃음을 참지 못하는 모습이었다.

"칼 한 자루쯤이야, 우리의 결정적인 싸움 앞에선 사소한 물건일 텐데, 하지만 당신은 굳이 이걸 놓고 가라고 했지. 계획을 실행하는 데 어떻게든 필요했으니까. 마지막에 이 칼에 피를 묻히기 위해서 말이야. 그걸로 나에게 누명을 씌우는 계획이 완성되는 거지."

남자는 당돌하게 웃었다.

"애초에 이 과도를 손에 쥐여 주기 전에도 당신은 실수를 저질 렀어.《41번째 밀실》의 흉기를 검토할 때 말이야. 내가 교살은 어 떨까 하고 옷장을 열려고 했을 때 당신은 부자연스럽게 내 앞에 끼어들었어. 나중에 생각해 보니 당연하더군. 내가 사체를 보면 안 됐으니까. 당신은 그때, 옷장을 열지 않고 어떻게 부엌으로 유 인할까 필사적으로 머리를 굴렸어. 나는 당신의 그 행동으로 시신 을 찾는 걸 목표로 삼았지. 그래서 좀 전의 화재 경보음을 사용한 거야. 만에 하나 집이 전소해서 부인의 불탄 시신이 발견됐을 때, 그 위치가 옷장이 있던 곳이라면, 누가 봐도 변사잖아? 당신은 시 신을 옷장 밖으로 반드시 꺼내야 했던 거야."

남자는 책상 위에 놓인 비닐봉지를 집어 들고, 마술사가 관객에 게 마술 도구를 보여 주듯 들어 보였다.

"여기에도, 당신의 행동을 알 수 있는 힌트가 있었어."

남자는 비닐봉지를 책상 위에 내려놓고, 내용물이 잘 보이게 벗 겼다. 안에 무엇이 들어 있는지 일목요연하게 보였다.

"어디 보자…… 하하, 이건 놀랐다니까. 손도끼에 큰 식칼. 이건 부인의 시신을 토막 내는 데 쓰려는 건가? 거기다 플라스크랑 비 커, 계측 기구……. 화학 실험이라도 하려고 했어? 그러고 보니 예 전에 고등학교 화학 교사였다고 했지. 산이라도 제조하려고 했나?"

"……예전에, 학교에서 실험하려고 구입한 황과 촉매제를…… 만약을 위해 조금 빼돌렸어. 정말 별것 아닌 우발적인 행동이었어. 설마 진짜로 사용하는 날이 올 거라고는 생각하지 않았어. 계측 기구만은 모자라서 더 사러 갔고……."

남자는 웃음을 터뜨렸다. 짝, 짝, 요란한 박수 소리가 울려 퍼졌다.

"당신, 정말 최고네! 황이라는 건 황산 말인가? 진짜로 만들려고 하다니.

당신은 부인의 시신을 토막 내고, 녹여서 처분할 작정이었어. 이런 물건들을 급하게 사러 간 걸 보면, 충동적으로 저지른 거겠군. 그래서 사러 갔다 돌아오니…… 내가 있었지.

당신은 그때, 적잖이 당황했을 거야. 아까 얘기한 게 사실이라면, 사립 탐정에게 조사를 맡겼다고 했으니 내 정체는 바로 알았을 거고. 하지만 당신이 가장 신경 쓰인 건 '내가 옷장 속 시체를 봤을까, 못 봤을까?', 이 사실 아니야?

생각해 보면, 나를 어르고 달래서 칼을 손에 쥐게 하고, 장난감 권총으로 위협해서 겁을 주고……. 이렇게 공이 많이 드는 일은 사실 할 필요가 없지. 내 모습을 본 순간 '도둑이야!' 소리치며 쫓아내고, 경찰에 신고하면 되는 거야. 내연남인 나를 감싸 줄 당신 부인은 이제 이 세상에 없으니까. 어느 모로 보나 경찰은 내가 범인이라고 생각하겠지.

하지만 당신은 그럴 수 없었어. 내가 시체를 봤는지 못 봤는지 확인하지 않고는 견딜 수 없었던 거야. 그래서 나와 대화를 해야 했지. 자기 상황은 밝히지 않고 말이야. 그래서 우리는, '마감에

쫓기는 작가'와 '신입 편집자'라는 역할을 각각 연기하며 상대를 떠보는 처지가 됐지…….

당신은 내 반응과 언행을 보고, 내가 시신을 보지 못했다고 판단했겠지. 그래서 연기의 목적을 바꿨어. 이대로 각자의 역할을 연기한 뒤 나를 범인으로 만들어 버리는 계획으로 치고 나갔어. 당신의 창작 기술은 '말하면서 생각하기'였지. 맞아, 당신이 한 건 바로 그거였어. 칼과 지문, 금고를 뒤진 흔적, 그리고 가짜 권총. 이 세 개의 진실. 그 대사는 꽤 근사했어. 당신도 필사적으로 생각했겠지. 당신이 만든 소설 속에 들어간 듯한 체험이었어."

남자는 완전히 득의양양한 모습으로 서서 기세 좋게 지껄이고는 얼굴 가득 미소를 지었다.

"설마…… 설마 네놈 따위에게, 여기까지 몰릴 줄은……."

작가는 몸을 떨었다. 주먹을 단단히 쥐고, 견딜 수 없는 굴욕감을 드러내고 있었다.

남자는 크게 웃기 시작했다. 그렇게 봐서 그런지, 작가의 웃음소리를 흉내 내는 것처럼 보였다. 의식하고 그랬다면 대단한 배우다.

"당신의 상상력은 딱 그 정도야. 무시하던 젊은 작가에게 계략을 간파당할 정도로 말이야. 이제 당신의 플롯이 더는 놀랍지 않군."

"가소롭구먼."

"센 척하는 것도 정도껏 하라고."

남자는 책상에서 칼을 낚아채어, 손수건으로 자루에 묻은 지문을 닦았다. 그러고는 바닥에 휙 던졌다.

"어떻게 하시겠습니까, 선생님?"

남자는 아까까지 연기하던 '편집자'의 목소리로 돌아왔다.

"뭘 말이지?"

"나는 당신 대신 희생양이 될 생각이 전혀 없어요. 하지만 거래라면 응해 줄게요."

"거래?"

"생각해 보세요. 난 당신의 비밀을 쥐고 있어요. 당신이 부인을 살해했다는 사실 말이에요. 당신은 이제부터 부인을 토막 내고, 깔끔하게 처리할지 모르지만, 내 입을 다물게 하지 못하면 신변의 안전은 보장받을 수 없죠."

"그런 거…… 경찰에 연락하든지 해야지."

남자가 비웃었다.

"이제 와서요? 죽고 나서 상당히 시간이 지났잖아요. 어떻게 설명할 건데요?"

작가는 입을 다문 채 말이 없었다.

"하하! 그러면 안 되죠, 선생님. 그렇게 입을 닫으면. 지껄이면서 생각하는 게 당신 특기잖아요?"

사실상 승리 선언.

작가는 혀를 찼다.

"이제 인정하시는 거죠?"

작가는 한 손으로 눈을 가렸다. 하지만 입은 결코 가리지 않았다.

"……죽일 생각은 없었어. 말싸움하다가, 아내가 칼을 가져왔어……. 서로 뒤엉켜 싸우다가…… 아내가 넘어졌고, 움직이지 않았어……. 안아서 일으켰을 때 아내의 배에 칼이 꽂혀 있는 걸 깨달았어……. 손에 들고 있던 칼이 넘어진 순간 박힌 거지……. 나는…… 아내의 몸을 끌어안고…… 목욕시키듯이 머리를 어루만졌는데……. 하지만 아내는 전혀 반응이 없었고……."

"……그렇게 해서, 아내분이 돌아가셨군요."

작가는 뭔가를 단념한 듯 고개를 저었다.

"뭘 원하지?"

"그러게요. 돈을 받을지, 금고 안에 있는 그 신작을 받을지……."

"흠, 역시 그 원고가 목적인가. 듣던 대로, 상당한 슬럼프인가 보네."

"시끄러워요! ……그런 건 당신이랑 관계없잖아. 이제 당신은 내 말을 들을 수밖에 없으니까."

작가는 얼굴을 일그러뜨렸다. 고개를 숙이더니 점점 떨구었다. 바닥에 주저앉아 고개를 떨군 모습은 그 자신감 넘치던 작가와 같은 사람으로는 보이지 않았다.

"어쩔 수 없군……, 알겠……."

그때, 갑자기 작가가 움직임을 멈췄다.

작가는 시신 쪽으로 시선을 향하고 있었다.

그대로 몇 초, 세상이 멈춘 듯 침묵이 내렸다.

"하하, 하하하!"

작가가 소리를 높여 웃었다.

그건 아까 남자를 몰아붙이며 희희낙락하던 그 웃음이었다.

"……왜 그래요, 선생님. 압박을 너무 받으니까 미쳐 버린 건가?"

남자가 물었다. 그 목소리는 조금 불안한 듯했다.

작가는 천천히 일어나, 무릎을 털었다.

"네 녀석도 대단한 악당이로군."

"수작 부리지 말고 어서 원고랑 돈이나……."

"아니, 넘겨줄 생각 없어. 네놈의 마법은 이제 풀렸다. 속임수에 걸려들 생각 없어."

작가는 남자를 손가락으로 가리키며 말했다.

"아내는, 네놈에게 살해당한 거야."

"무슨 말을 하는 거죠?"

남자는 양손을 펼치고 고개를 저었다.

"자기가 한 일을 모른 척 덮어 두고, 아직도 그런 얘기를 하는 겁니까? 부인은 당신이 죽였어요."

"그래. 나는 분명 아내를 죽였어. 죽였다고 생각했지. 그런데, 그게 아니었어."

작가는 발밑에 쓰러져 있는 아내를 가리켰다.

"이 시신을 보고 알아챘어. 보라고. 아내의 뒤통수에 검붉은 핏자국이 남아 있어. 어디에 부딪힌 거겠지. 깊이 파였고, 피가 꽤 많이 흘렀어. 하지만 이건 나랑 싸우던 중에 생긴 상처가 아니야. 칼을 들고 온 아내와 몸싸움하다가 아내가 넘어졌을 때, 나는 안아 일으켰어. 그렇게 생사를 확인할 때, 아내의 머리를 더듬었지. 그때 뒤통수에 이런 상처는 없었다고.

그러면 어떻게 된 걸까? 간단한 이야기야. 그때는 아직 아내가 죽지 않았던 거지. 아내를 죽인 건, 나 다음에 아내를 때린 사람이야. 뭐, 당황해서 아내가 죽지 않은 걸 깨닫지 못한 건 내 실수라고 할 수 있지만 말이야."

남자는 콧방귀를 뀌었다.

"당치도 않아요. 뒤통수의 상처 같은 거, 어차피 당신이 그렇게 말하는 것뿐이잖아. 당신이 하는 말 따위 믿을 수 없어."

"좋아. 그러면, 확실한 근거를 보여 주지."

작가가 당당한 표정으로 웃었다.

그는 그 상태로 옷장 앞으로 가서 발밑을 가리켰다.

"내가 확신을 갖게 된 건 이 혈흔을 봤기 때문이야. 내가 시체를 옷장 속에 집어넣었을 때 이 혈흔은 바닥에 남았어. 나는 피를 닦을 생각이었지만, 일단 감추려고 위에 상자를 올려둔 거야. 그 상자를 자네가 움직여서 이렇게 혈흔이 드러났어.

이제 핏자국은 다 말랐어. 이렇게 발로 문질러 봐도……. 봐, 조금도 지워지지 않아. 그런데, 이렇게 마른 혈흔에 기묘한 무늬가 남아 있었던 거야."

작가는 포물선을 허공에 그렸다.

"이렇게, 부채 모양 자국 말이야. 그렇다는 건, 피가 말라붙기 전에 누군가 옷장을 열었다는 거지. 옷장 문은 밖에서 여는 형태니까, 이 자국이 생긴 거야.

그러면 누가 옷장을 열었을까? 앞에는 무거운 상자를 놔두었으니까, 안쪽에서 열리는 건 불가능해. 게다가 아내는 복부에 상처를 입어 힘이 약해진 상태였어. 문을 여는 건 불가능했지. 따라서, 문은 바깥쪽에서 열린 거야. 자 그러면, 내가 집에 돌아오기 전 여기 있던 사람은 누굴까?"

작가는 다시 한 번 남자를 가리켰다.

"자네야."

남자는 오만상을 찌푸렸다. 잘 보면, 그의 울대뼈가 천천히 위아래로 움직이는 걸 알 수 있었다.

"……내가 죽였다는 말인가요?"

"자네 말고는 없어. 자네는 아내가 불러서 이 집에 들어와 옷장 속에서 아내의 목소리를 들었겠지. '살려 줘', 뭐 이렇게 소리쳤겠지. 자네는 상자를 옮기고, 문을 열어 아내를 밖으로 꺼냈어. 아내는 분개하며 자네에게 얘기하지 않았을까? 나한테 살해당할 뻔한 것…… 나에 대한 증오…… 둘이 도망칠 계획을 얘기했을지도 모르지…….”

작가는 갑자기 큰 소리를 질렀다.

“하지만! 그때, 자네의 머릿속에서 악마가 속삭였지. 지금 이 상황을 이용하면 나에게 죄를 뒤집어씌울 수 있다. 자네도 마음속 어딘가에서, 아내가 방해된다는 생각을 하고 있었던 것 아니야? 나에게 죄를 뒤집어씌우고, 아내를 제거한다……. 정말 일석이조의 계획이지. 자네는 그 유혹을 이기지 못했어. 그래서 자네는 아내를 후려쳤어. 흉기가 뭐였는진 모르겠지만, 진짜 내 트로피라도 썼으려나. 아내는 뒤통수에 상처를 입고 이번에는 진짜로 죽었어. 자네는 아내를 다시 옷장에 숨기고, 상자를 제자리로 돌려놨어.

거기까지 하고 집에서 도망쳤으면 좋았을 거야. 하지만 그러지 않은 건 자네의 탐욕 때문이지. 자네는 내가 돌아오길 기다렸어. 말할 것도 없이, 나를 협박하기 위해서지. 자네는 나를 위협해서 내 돈이나 원고, 아이디어를 슬쩍 가로채려고 한 거지. 일석이조로는 만족 못 하고, 일석삼조를 노린 거야.

그러나, 어떻게 말을 꺼낼까 생각하고 있을 때 나에게 선수를 빼앗겼어. 아이디어를 고민하는 작가와 여기 함께하는 젊은 편집자. 갑작스레 만들어진 ‘설정’에 자네는 참여하기로 했지. 이 ‘설정’에 응하면 훔치고 싶은 아이디어를 더 자세히 알 수 있는 가능성이 있으니까. 또 다른 이유는 이야기의 흐름 속에서 더욱 효과적으로 살인 사실을 '폭로'할 수 있을지도 모른다고 생각했기 때문이야. 자네는 자기의 입장을 '단죄자'로 할 필요가 있었어. 마치 이야기 속 명탐정처럼 행동해야 했던 거지."

"그렇게 말하는 당신이 마치 명탐정 같은데 말이죠. 그렇게 떠들면 피곤하지 않나요?"

"닥쳐, 이 더럽고 탐욕스러운 사기꾼!"

성난 작가의 입에서 침이 튀었다.

남자는 어깨를 으쓱해 보였다.

"자네는 이미 옷장 속 시체에 대해 알고 있었어. 물론, 그 진상도 알고 있지. 그러나 자네는 어디까지나 '편집자'라는 역할을 연기하면서 논리적으로 그걸 추리한 것처럼 보여야 했어. 자네의 노력은 기가 막힐 정도야. 흉기 문제를 검토하는 척하면서, 옷장에 접근하려고 했어. 자네는 그때 내가 자네의 진로를 방해하는 반응을 보인 걸, 아까 자신의 추리 근거로 삼았지. 하지만 애초에 그 행동 자체가 부자연스러운 거라고. 교실에 쓰일 흉기를 찾는 거라면 비닐 끈이나 코트 걸이에 있는 저 벨트부터 먼저 살펴봐도 되지. 갑자기 옷장을 연다는 발상은 하지 않아. 자네는 내 행동을 유인하는 것으로 '복선'을 깐 거야. 게다가 그 화재 경보음에는 두 손 들었어. 홈스 패러디잖아! 정말이지, 고전 미스터리를 좋아하는 자네다운 수법이야."

"……그렇게까지 번거로운 수법을 써서 내가 당신을 속이려고 했다고? 상상력이 풍부하시네요. 역시 미스터리 소설의 대가야."

"확실히 손이 많이 가긴 하지만, 얻는 것은 커. 지금 내가 시신을 제대로 관찰해서 핏자국을 보지 않았다면, 자네의 거래를 받아들였을 거 아냐."

남자는 고개를 흔들었다.

"자, 어쩔 텐가? 이제 나와 자네의 권력관계는 처음으로 돌아갔어. 자네는 이 집에 침입한 강도이고, 나는 이 집의 주인. 어느 쪽이 의심스러운지는 명확하다. 아내는 네가 죽였어."

남자는 당황한 듯 끼어들었다.

"하지만, 칼로 찌른 건……!"

"그런 얘기는 이제 아무도 믿어 주지 않아. 자네도 알잖아? 이 상황에서는 명백하게 자네가 불리해. 거래가 실패한 시점에서 자네가 진 거야. 이젠 자네에게 시체 처리를 도와 달라고 할 필요도 없지. 경찰에 넘기면 심판이 내려질 일이니……."

남자가 웃음을 터뜨렸다.

"그건 억지야. 당신의 추리는 억지에 지나지 않아. 당신이 칼로 찔렀을 때 우연히 뒤통수에 상처가 생겼는지도 모르는 일이잖아. 그런 건……."

남자는 거기까지 말하고는, 퍼뜩 고개를 들었다.

"……저기, 무슨 소리 안 들려?"

"이 와중에 시간을 벌려는 거야? 꼴사납게……."

"그게 아니야……. 그게 아니라고……. 이 소리는…… 시체야!"

남자와 작가는 재빠르게 바닥을 내려다봤다.

"……으……으음……."

놀랍게도, 작가의 아내가, 신음 소리를 내고 있었다.

"마, 말도 안 돼……."

"아직 안 죽은 거야?"

그러나, 그런 일이 있을 수 있을까? 작가에게 당한 복부의 상처, 남자에게 당한 후두부의 상처……. 죽음에 이를 정도의 상해를 두 번이나 입고도 죽지 않았다는 것이?

아내는 천천히 몸을 일으켜 멍한 시선으로 주위를 빙 둘러봤다. 눈의 초점이 맞지 않아, 정말로 지금 막 잠에서 깬 것처럼 보였다.

그녀는 얼굴을 찡그리며 살며시 배를 눌렀다. 옷은 온통 붉은색으로 물들어 있다.

"하하……하하하…… 그래, 이 여자한테 정해 달라고 할까?"

완전히 정신이 나갔는지, 작가는 웃으며 이렇게 말했다.

"뭐라고?"

"이 여자는 확실히 알고 있을 거야. 누가 자기를 죽였는지……. 지금 이곳에서 가리키라고 하면, 누가 죽였는지 확실해져. 나도 자네도, 서로 속이는 게 너무 지나쳤어. 살해당한 본인이 정하면 분명해지는 거잖아."

"그건……."

남자는 곤혹스러운 듯 여자의 얼굴을 봤다.

그녀는 작가가 하는 말을 어디까지 이해한 건지, 텅 빈 눈으로 이쪽을 바라보고 있었다.

"자, 알려 줘. 대체 누가 당신을 죽인 거지?"

두 살인자가 피해자에게 진실을 묻는다.

도무지 있을 수 없는 광경에 멍하니 있다가, 그 대답을 기다렸다.

그녀는 천천히 팔을 들었다. 그 팔에는 뭔가 시계 같은 것이 채워져 있었다.

그리고…….

암전.

◆

극장 안이 밝아지기 전에, 소설가는 바닥을 박차듯 벌떡 일어나 그 장소를 떠났다.

안경에 김이 서려, 소설가는 혀를 차며 안경을 벗었다. 마스크 안에서 헐떡이며 거칠게 숨을 내쉬었다. 마스크를 확 벗어 버리고 픈 기분이었지만, 이런 시국이라 그럴 수도 없다. 조금 전까지 보던 연극의 배우들이 마스크를 쓰고 있지 않았던 것도, 묘하게 꺼림칙한 기분이 들고 만다.

극장 로비에 들어서자 삼 일 뒤에 있을 본 공연을 위해 많은 스태프가 오가고 있었다. 그들이 소곤거리는 소리가 들려왔다. 법적 거리두기가 또 연장될 전망이라더라……. 저들이 전망 어쩌고 할 때는 대체로 얘기가 정리됐다는, 이미 확실하다는 뜻이야……. 또 관객 발걸음이 뜸해지겠네……. 이 공연도 무사히 무대에 올릴 수 있을지 어떨지……. 도대체 코로나가 뭐길래, 이대로 가다가는 우리 모두 길바닥에 나앉게 될 거야…….

소설가는 세차게 고개를 흔들었다. 그는 가까이에 있던 얼굴을 아는 스태프를 붙들었다. 대표! 자네! 극단 대표를 불러오게! 저, 선생님? 뭐 불편하신 거라도……. 됐고, 대표를 끌고 와! 불러오면 그때 이야기할 거니까! 소설가는 그렇게 마구 호통을 치며 대표를 불렀다.

소란을 듣고 주변 사람들이 소설가를 쳐다본다. 야, 뭐야 저 사람, 느낌이 안 좋아……. 그 사람이잖아, 이번 연극의 원작자……. 아, 소설가 선생인가……. 보통은 총연습에 부르거나 하지 않는데……. 아마 대표랑 옛날부터 아는 사이일걸……. 맞다! 그보다 작가 선생이라면, 그 사람이잖아? ……뭐라더라…… 이 년쯤 전에, 자기 부인을 죽이고 그 이야기를 소설로 썼다는…….

소설가는 당장이라도 소리를 칠 듯 입을 열었지만, 이내 입을 꾹 다물고 가능하면 말소리가 나는 쪽을 보지 않기로 했다.

이윽고 대표가 날아오듯 도착하더니, "방을 준비해 두었습니다.

관람하시느라 피곤하실 테니 조금 쉬었다 가시겠습니까."라고 말을 걸었다. 그 태도에는 빈틈이 없었다. 그는 천천히 머리를 숙였다. 멋진 백발이 소설가의 눈에 들어왔다. 소설가와 대표는 두 살 차이로, 소설가가 연상이었다.

소설가는 흠, 하고 콧소리를 내고는 대표를 따라 걸었다. 소문으로 떠들썩한 로비를 떠났다.

그 마음속에 무엇이 소용돌이치고 있는지는 아무도 몰랐다.

응접실 문이 닫혔다. 소파 두 개가 마주 보며 놓인 간소한 방이었다.

"자자, 들어오시죠, 선생님. 앉으세요. 마실 것은 뭘로 드릴까요. 선생님께서 좋아하시는 거라면 뭐든지……."

탁자 위에는 수표책과 펜이 놓여 있었다. 대표는 탁자 위에 잠시 눈길을 주고는 황급히 그것들을 치웠다.

"이것 참, 보기 흉한 꼴을. 일이 좀 밀려 있습니다. 서류 처리할 것도 쌓여 있고……."

"이제 아무도 듣는 사람 없어. 너무 예의 차리는 건 그만해."

소설가가 딱 잘라 말했다.

"……자네한테 '선생님'이라는 말을 들으면 그 연극 속에서 헤매는 기분이 들어. 구역질이 난다고."

대표는 빙긋 웃었다.

"이런 결례를. 따뜻한 차를 드릴까 여쭤보려던 참이었는데, 지금은 시원한 게 좋을 것 같네요."

"시비를 걸 것 같은 상대에게는 뜨거운 걸 쥐여 주지 않는 게 좋으니까. 상대에게 무기를 주는 꼴이 되지."

"그러면, 뭘로 드릴까…… 간이 아직 안 좋으시다고?"

"의사가 하는 말 따위 상관 안 해. 술 줘."

"위스키 괜찮으신지."

"온더록스로 줘."

대표는 어깨를 으쓱했다. '어쩔 수 없군'이라고 말하는 듯했다.

소설가는 마스크를 벗어 한쪽 귀에 걸어둔 채 위스키를 들이켰다. 입가를 닦고, 마스크를 다시 쓴 뒤 험악한 눈으로 대표를 노려봤다.

"뭐 하자는 거야?"

"뭐 하자는 거냐니요? 질문의 의미를 모르겠는데요."

대표의 얼굴은 부직포 마스크로 반 이상 가려져 있었다. 표정을 읽을 수가 없다.

조금 전까지 소설가가 보던 연극에서는 세 명의 배우가 노 마스크로 연기했지만, 소설가와 극단 대표가 사는 현실에서는 그럴 수 없다.

"평소처럼 업계 뒷얘기나 들려주세요. 베스트셀러 작가가 되시고, 업계 내부에 깊숙이 들어가신 뒤로 선생님이 가져오시는 가십은 좋은 안줏거리거든요. 우리 자주 그런 얘기 나누면서 술잔을 주고받지 않았습니까."

대표는 소설가의 노여움을 피하려는 듯, 상관없는 얘기를 줄줄 늘어놨다.

소설가가 참지 못하고 말했다.

"너는 내 원작을 건드렸어."

소설가는 글라스를 손에 든 채 일어났다.

"이 년 전, 아직 세간이 이렇게 흉흉하기 훨씬 전의 일이야. 너는 내게 무대화 계획을 제안했어. 넌 전 재산을 쏟아부어 학생 때부터 꿈꿔 오던 극장을 지었지. 그 극장에서 내 소설을 무대에 올리는 게 중점 사업 중 하나라면서. 나는 네 꿈을 응원했고, 기꺼이 소설을 제공했지. 그게 딱 그 무렵 발표한 단편 〈마트료시카의 밤〉이었어."

"그건 고맙게 생각하고 있습니다. 이십사 년 전에 발표한 소설로 이미 베스트셀러 작가의 반열에 오르셨으니까요. 설마 제 청을 수용해 주리라고는 생각지도 못했습니다."

"고맙게 생각한다고?"

소설가가 호통을 치며 말을 이었다.

"어떻게 그런 말을 하지! 내가 네 제안을 받아들인 건 창작 강좌의 인연 때문이야. 오래전부터 이어진 우정…… 그런 이유였다고! 나의 신뢰를 최악의 형태로 짓밟다니……."

대표는 아무 말도 하지 않았다.

"그 이십사 년 전의 소설…… 내 출세작 《41번째 밀실》을 사용한 방식도 최악이더군. 그런 데서 책 제목을 쓰다니. 원작 〈마트료시카의 밤〉에서, 작품 속 작가가 구상을 얘기한 밀실극 제목은 '밀실 속의 두 사람'이라고. 그걸…….

"그건 일종의 팬 서비스라고 각본가는 말했어요. 누구나 읽어 봤을 선생님의 작품 《41번째 밀실》의 제목을 삽입한 장난일 뿐입니다."

소설가는 코웃음을 쳤다.

"그 결과, 작중의 '작가'의 이미지가 나랑 겹쳐 버린 거잖아. 악의적인 각색에도 정도가 있어!"

소설가는 위스키를 쭉 들이켰다. 억지로 분노를 삼키려는 행동이었다.

"무대화에 있어 내가 내건 조건은 단 하나였어. '수수께끼 풀이, 트릭 부분만은 고치지 말 것.' 그 외에는 캐릭터든 설정이든 마음대로 바꿔도 상관없어. 나는 수수께끼 풀이만큼은 절대적인 자신이 있어. 문장, 세계관, 깊이. 그중 하나가 모자라더라도, 퍼즐러* 로서 내 작품의 장점만은 놓치지 않아. 그 덕분에 지금까지 그럭저럭 미스터리 작가로 지내 올 수 있었다고."

● Puzzler. 논리적인 추리를 통해 트릭을 간파하여 범인을 알아내는 형식의 미스터리를 달리 부르는 말.

"네……. 저도 그 부분이 선생님의 장점이라는 데는 동의합니다."

소설가는 결국 폭발했다.

"그러면 어째서, 내 수수께끼 풀이 내용을 수정한 거냐고!"

소설가는 숨이 가빠 어깨를 들썩였다. 마스크를 쓴 채 말을 하려니 숨이 막혔다.

대표는 아무 말도 하지 않고, 다만 소설가를 바라봤다. 이제부터 어떻게 나갈지 살피는 듯이.

소설가는 천천히 의자에 걸터앉았다.

"……작년에 나한테 〈마트료시카의 밤〉 각본을 보내왔었지. 원래는 120매 정도의 단편이라 조금 손을 보긴 했지만, 전개도 원작에 충실했어. 게다가 무대 연출까지 더해져 흠잡을 데 없는 만듦새였다고. 네가 만들 공연에 어떤 의문도 불안도 품지 않았어. 불안한 건 코로나로 뒤숭숭한 분위기밖에 없었지."

"이 사태에는 정말이지 질려 버렸어요. 기껏 지은 극장도 언제까지 유지할 수 있을지……."

"이번 연극이 잘되면 조금은 나아질지도 모르지만, 도대체 거리 두기 기간이 끝날지 어떨지 알 수 없으니 말이야. 벌써 몇 번이나 연장된 탓에 다들 위기감이 약해졌지만…….

어쨌든 네가 오늘 리허설에 나를 부른 것도 이 연극의 홍보를 위해서라고 생각했어. 다른 작가와 통화해 보니, 리허설까지 원작자가 초대되는 일은 좀처럼 없다더라. 고작해야 첫날 관계자석에

초대되는 정도고, 아예 부르지 않는 경우도 있다고 말이야. 홍보를 위해서…… 아니면 친구로서, 나에게 경의를 표하는 의미로 불렀다고 생각했어. 그렇다면 내가 호의를 저버릴 이유도 없지. 감염될지 모른다는 공포는 있었지만, 그래도 너에 대한 우정이 우선이었다고. 그걸…… 너는 최악의 형태로 배신했어. 어제, 네가 보낸 상연 버전의 각본을 읽고 나는 분노로 부들부들 떨었어. 너는, 일부러 이런 덜떨어진 걸 보여 주기 위해 나를 부른 건가?"

"덜떨어진 작품, 아닙니다."

대표가 그제야 대들듯 말했다.

"아니, 덜떨어진 거 맞아! 그 연극에는 적어도 세 군데, 내 원작을 바꾼 부분이 있어. 아까 지적한 《41번째 밀실》이라는 제목을 사용한 방식도 문제지만, 지금부터 얘기할 세 가지는 훨씬 중대한 거야. 왜냐하면 그 세 가지 모두, 나의 수수께끼 풀이를 부정하는 거니까!

작은 부분부터 살펴볼까. 첫째는 금고의 암호에 사용한 책에 대한 거다. 바로 암호에 대한 부분이야."

소설가는 손가락을 하나씩 접으며 책 제목을 꼽았다.

"《심장과 왼손》, 《요도 S 79호》, 《붉은 오른손》, 《대여 보트 13호》, 《화려한 유괴》, 《다이얼 7을 돌릴 때》. 이 책 제목 가운데, 두 개가 바뀌었어. 《심장과 왼손》은 원작에서 와타나베 요코의 《왼손에 알리지 말라》, 《붉은 오른손》은 고단샤 문고판인 히카게 조키치의

《하이칼라 우쿄右京 탐정 전집》이었다고."

"죄송합니다. 책을 구하지 못했거든요."

"허! 꼴사나운 변명이야. 서가에서 적당히 두 권, 오른쪽과 왼쪽
이라는 단어가 들어간 책을 뽑아 왔다는 얘긴가? 그래도《붉은 오
른손》같은 해외 작품을 포함해 버리다니 너무 뒤죽박죽이잖아."

"하지만, 암호 전체의 의미는 바뀌지 않았잖아요. 그 정도로 흠
을 잡힐 만한 일은……."

흥, 소설가는 콧방귀를 뀌었다.

"그러면, 다음으로 가지. 두 번째는 젊은 남자가 작가의 아내
시신을 발견했을 때 단서에 대한 거야. 스마트폰에서 울린 화재
경보음 말이야. 완전히 난센스잖아. 도대체 어디서 그런 걸 찾아
온 거지? 그 젊은 남자는 경보기 소리를 듣는 게 취미라서 원래부
터 그런 소리를 스마트폰에 저장해 둔 건가?"

"아뇨, 그런 건 아니지만, 요즘은 인터넷으로 간단히 찾을 수
있습니다. 예를 들어 동영상 사이트 등에서 검색하면…… 보세요,
이런 식으로."

대표는 재빠르게 스마트폰을 조작해, 화재경보기 동영상을 열었
다. 찌르르르릉. 다급한 벨 소리. 사람의 신경을 긁는 듯한 소리.

"그만해! 네가 뭘 주장하는지는 알았어. 하지만, 그래도 내 요
구에 응하지 않은 사실에는 변함없어. 그 장면에서는 더욱 치밀하
게, 섬세하게, 젊은 남자가 작가의 심리를 읽어 내서, 추리를 통

해 시신이 있는 곳을 들춰내야 한다고. 그걸 그딴 식으로…… 단서나 추리는 바꾸지 않는다. 네가 한 일은 명백하게 그 약속에 반하고 있잖아."

"사전에 의논하지 않은 건 사과드립니다. 그렇긴 하지만, 원래 원고 그대로는 대사가 너무 길어져요. 그러면 시신이 발견될 때의 흥분을 해치게 되거든요. 그래서 선생님의 아이디어를 살리면서도 그 장면을 더욱 생생하게 보여 줄 방법을 생각한 겁니다."

"뚫린 입으로는 뭐든 말할 수 있겠지. 네가 마음속으로는 내 원작의 가치를 인정하지 않는다는 건 의논할 여지가 없어. 게다가 대사가 너무 길어진다고? 웃기고 있네! 결국 그 연극은 긴 대사 대잔치 아닌가!"

대표의 표정은 조금도 바뀌지 않았다. 이렇게까지 온갖 폭언을 퍼붓는데도 전혀 냉정을 잃지 않은 것 같았다.

소설가는 점점 열이 올랐다.

"첫 번째와 두 번째 부분에 대해 넌 이렇게 반론했어. '무대 소품이 준비되지 않아서 그렇게 하지 못했다', '더 좋은 공연을 만들려고 변경했다'라고. 하지만 세 번째 부분은 어떨까? 세 번째 변경 지점에서 넌 오히려 '수정을 가함으로써, 무대에 적합하지 않은 단서를 만들고 말았다'는 거야!"

"무슨 말씀이죠?"

"내가 말하는 세 번째 변경 지점은, [.]바[.]닥[.]의 [.]혈[.]흔[.]에 대한 거야.

그건 정말 난센스야. 내가 생각했던 단서가 무대에서도 빛이 나고, 무엇보다도 관객의 눈앞에 번듯하게 보여 줄 수 있어. 준비하기도 쉽고.

그런데 그걸 바꿨고, 그게 결국 바닥 위의 핏자국이라니! 내가 앉아 있던 위치에서는 혈흔의 모습이 자세히 보이질 않았어. 그래서는 단서가 주는 쾌감이 부족하지. 단서는 모두의 눈에 보이는 형태로 번듯하게 보여 줄 때야말로 의미가 있는 거라고. 정확히 말하면, 어째서 그런 각색을 했는지 도무지 이해하기 힘들다는 거야…….

각색 얘기가 나와서 말인데, 마지막에 덧붙인 부분, 그것도 내 원고에는 없는 부분이야. 말할 것도 없이, 작가의 아내가 일어나는 부분 말이야. 너무 억지스럽고 대충이잖아! 한 여자를 죽이려던 사람이 둘이나 있는데, 둘 다 멍청하게 아직 죽지도 않은 걸 몰랐다는 거야? 칼에 찔리고 머리를 강타당했는데 죽지 않았다? 완전히 난센스라고 할 수밖에 없어. 부실하기만 한 수수께끼 스토리라고. 누가 여자를 죽였는가, 하는 질문도 그렇게 해서는 그저 불만스러운 결말이 될 뿐이야.”

소설가는 대표의 대답을 기다리듯, 그의 얼굴을 매섭게 노려보았다.

몇 초간 침묵이 흘렀다.

이윽고 소설가가 입을 열었다.

“이봐…….”

"하고 싶은 얘기는…… 그게 전부입니까?"

소설가가 움직임을 멈췄다.

"무슨 말이지?"

"무슨 말이랄 것도 없어요. 그 정도까지 눈치채셨다면, 저한테 궁금하신 게 한 가지 더 있을 것 같아서요."

"무슨…… 무슨 말을 하는 거야?"

소설가는 눈을 깜박였다. 정체를 알 수 없는 뭔가를 관찰하는 듯한 눈빛으로 대표를 바라봤다.

"난 말이야."

소설가가 이어서 말했다.

"그러니까 이번 공연을 수락한 걸 철회하고 싶어서……."

"제가 당신의 원작을 각색해서요? 아니죠. 당신의 범죄가 드러나기 때문이잖아요."

"무슨 소릴……?"

"극 중에서도 당신의 분신인 '작가'가 말하지 않습니까. 중요한 건 리얼리티라고. 저는 당신의 원작을 기초로…… 여기에 리얼리티를 더한 겁니다."

"너, 대체 뭘 말하고 싶은 거야!"

"저는 지금 당신 눈앞에서 펼쳐진 그 연극이 바로 사건의 진실이라고 생각해요. 이 년하고 삼 개월 전, 당신이 자신의 아내를 살해한, 그 사건 말입니다."

소설가가 눈을 크게 떴다.

"뭐……? 내 아내 말이야?"

"그렇습니다."

소설가는 웃어넘겼다.

"하, 무슨 바보 같은 소리야! 너도 그 시답잖은 주간지 기사를 믿은 거야?"

소설가는 벌떡 일어나, 방 안을 돌아다니기 시작했다.

"그래. 연극의 원작인 〈마트료시카의 밤〉을 발표하기 삼 개월 전, 아내가 죽은 건 사실이야. 하지만 그건 불미스러운 강도 살인 사건이었어. ……완전히 돈을 노린 범행이었고, 공교롭게도 그때 아내가 집에 있다가 범인의 눈에 띄어 살해당하고 말았지. 슬픈, 너무나 슬픈 사건이었어……. 확실히 그 작품의 발표와 아내의 죽음은 시기적으로 너무 가까웠지. 주간지는 거기에 있지도 않은 관계성을 찾아낸 거야. 자네 극장의 스태프 중에도 그런 걸 믿는 사람들이 있는 것 같더군…….

그래…… 아내의 죽음을 가장 슬퍼하는 건 바로 나야. 의심받을 일은 아무것도 없어. 그날 나에겐 완벽한 알리바이도 있고. 후배 작가의 시상식에 참석하려고 다른 지역에 출타 중이었거든. 한 점의 의혹도 없는 명백한 알리바이라고. 그런데 내가 범인이라고……."

소설가가 코웃음을 치며 말을 이었다.

"그럼 넌, 그 연극 내용대로 사건이 일어나서 '작가', 즉 내가 아내를 죽였다고 생각한다는 거지. 너는 그 연극을 가지고, 내 죄를 고발하려고 하는 건가! 대단한 웃음거리로군."

"고발…… 네, 확실히 그 말이 맞을지도 몰라요."

"뭐?"

"이 년 삼 개월 전 당신 아내의 죽음. 저는 그게 강도 살인이 아니었다고 생각합니다. 그렇게 보이게 한 것뿐이라고요. 아내분의 죽음 뒤에는, 그 연극에서 나타난 그대로 사건이 일어났어요……. 하지만 당신은 소설 〈마트료시카의 밤〉을 발표하기에 앞서 몇 군데를 고쳤어요. 물론, 진실을 들키지 않기 위해서요."

대표의 목소리는 담담했고, 냉정함을 조금도 잃지 않고 있었다.

한편, 소설가는 격하게 고개를 흔들었다.

"말도 안 돼!"

"네, 입으로는 뭐든 말씀하실 수 있죠."

"너는 왜 그렇게 물고 늘어지는 거야? 그것도 너희 단원들까지 끌어들여서……. 설마 너, 내 아내에게 연정이라도 품고 있었던 건 아니겠지? 너는 이십오 년 전과 조금도 달라진 게 없어……. 이십오 년 전, 어느 미스터리 작가의 창작 강좌에 둘이 함께 다니던 때와……. 그때도 넌 여자 문제에는 금세 눈이 멀곤 했어."

대표가 코웃음을 쳤다.

"마음대로 얘기하십시오. 그런데, 그렇게 느긋한 척해도 되나요? 당신의 살인이 밝혀진다는데."

소설가는 대표의 어깨를 붙들었다.

"말도 안 되는……! 대체 무슨 근거로 그런 얘길!"

대표는 소설가의 손을 슬쩍 뿌리치며 일어났다.

"아까 연극 말인데요, 마지막에 깨어난 여자가 팔목에 시계를 차고 있었던 것 기억하십니까?"

"어……어어, 기억나. 불필요한 소품이라 눈에 띄었지."

"그건 스마트폰과 연동된 스마트 워치라는 겁니다. 뒷면의 센서를 통해 맥박이나 수면 시간 데이터를 수집해서, 건강 관리에 유용한 물건이죠. 아니지…… 아내분도 사용했었으니 알고 계시겠네요?"

"그게, 뭐가 어쨌다고……."

소설가는 눈에 띄게 곤혹스러워했다.

"그런 유의 시계라는 게 편리한 물건이라서요. 등록만 해 두면 가족이나 연인과 정보를 공유하는 게 가능하거든요. 고령자 부모님이 있는 사람이 안부 확인이나 건강 체크에 사용하는 경우도 있는 것 같더라고요. 결론부터 말하자면, 당신 부인도 이걸 하고 있었어요."

"뭐……?"

소설가가 미간을 찡그렸다. 동공이 이리저리 요동치고 있었다.

"먼 곳에 사는 부모님이 걱정됐나 보더라고요. 물론, 지켜보는 용도로는 부모님의 데이터가 부인에게 전달되는 걸로 충분하지만, 부모님 쪽도 '어차피 공유하는 거면 네 것도 보이게 해 달라'고 부탁했다고 해요. 덕분에 부인이 사망한 당일 데이터가 부모님 스마트폰에 전송된 거죠. 하지만 부인의 부모님은 그걸 확인하는 방법을 잘 몰랐어요. 그 데이터가 가치를 갖기 시작한 건, 그녀의 부모가 요양 시설에서 돌아가시고, 유족이 그분들의 스마트폰 데이터를 복원했을 때였죠."

소설가는 중간에 끼어들지 않고, 가만히 대표를 지켜봤다.

대표는 바이털 데이터의 추이를 프린트한 종이를 꺼냈다.

"사망 당일, 당신 아내의 맥박 데이터에는 결정적인 모순이 있었어요. 23시 30분…… 그게 그녀의 마지막 바이털 데이터였어요. 반면, 어느 소식통에서 입수한 부검 결과서에 따르면 부인의 사망 시각은 18시라고 되어 있어요. 문제의 18시에 당신은 시상식에 참석 중이어서 사진에도 찍혀 있죠. 완벽한 알리바이예요. 그런데 당신은 그날, 컨디션이 안 좋다며 19시에는 행사장을 나왔어요. 다른 현이긴 하지만 그곳이라면 신칸센으로 한 번에 갈 수 있죠. 그러니 23시 반에 자택에 있는 것 정도는……."

"개소리하지 마!"

소설가가 소리쳤다.

"그래서 뭐라는 거야……. 자네는 그 연극에 덧붙인, 그 시답잖은 결말처럼 내 아내가 다시 살아나기라도 했었다는 거야? 그런 덜떨어진 탐정 소설 같은 일이 정말로 일어났다는 애기라도 하는 거냐고."

"맞습니다. 그뿐 아니라, 당신은 사건을 강도의 소행으로 꾸밀 수 있겠다고 생각하고 자기 아내를 살해했어요. 천재일우의 기회라고 생각한 거겠죠. 그 정도로 아내가 미웠던 겁니까? 지금 죽이면 틀림없이 강도가 의심받는다, 내가 의심받을 일은 절대 없어. 그래서 당신은 아내를 죽였어요. 그것만으로 만족하지 못하고, 시상식 일정이 있어서 자연스러운 알리바이가 성립되는 걸 기회 삼아, 본인이 저지른 범죄를 소설로 만들어 버렸어요. 주간지가 덜컥 기사를 터뜨렸지만, 그것까지도 당신의 계산에 들어갔던 것 아닌가요? '악플'이 쇄도하고 소문이 억측을 불러, 많은 사람이 〈마트료시카의 밤〉을 보게 됐어요. 보통은 자기 범죄 기록을 다른 사람들이 읽는 걸 싫어하겠지만, 당신은 절대적으로 자신 있었던 거죠. 당신은 그렇게 계산적이고, 비정하고, 수단을 가리지 않는 인간이에요."

대표는 끝까지 공손한 어조를 유지하며, 담담히, 담담히 추리를 쌓아 올렸다.

"당신은 자기와 일면식도 없는 강도 살인범을 '젊은 남자'라는 캐릭터로 만들었어요. 그리고 만약 자신이 '젊은 남자'가 있을 때 집에 돌아왔다면……이라고 가정한 후 이야기를 만들기 시작했겠죠. 즉, 그 〈마트료시카의 밤〉이라는 소설은 최종적으로 '작가가 먼저 아내를 칼로 찔렀고, 작가에게 죄를 덮어씌울 수 있는 기회를 놓치지 않은 젊은 남자가 때려서 죽였다'는 결론으로 끝나지만, 사실은 내막이 하나 더 있었어요. 역시, 죽인 건 '작가'였던 거죠. 당신은 이 남은 한 단계 부분을 소설에 남기지 않음으로써, 자신의 범죄가 드러나지 않도록 한 거예요."

소설가는 세차게 머리를 흔들었다.

"아니야…… 아니야…… 틀렸어……."

"뭐가 틀렸다는 겁니까. 틀렸다면 제가 납득할 수 있는 근거를 제시해 주세요. 바이털 데이터 사본은 구해 놨어요. 아직 경찰엔 제출하지 않았지만, 제출하면 경찰은 의미를 이해하겠죠. 이 데이터는 요양 시설에서 아르바이트를 했던 단원이 손에 넣었던 거예요. 유족들이 시설에서 퇴거하려고 정리하고 있을 때 그 단원이 스마트폰 조작을 도와주었고, 그때 데이터를 봤다고 하더군요. 그는 아직 이 데이터의 진짜 의미는 알아채지 못했어요. 하지만, 이제 시간문제겠죠."

"나는!"

소설가가 고개를 들고 말을 이었다.

"내 아내를 죽이는 짓은…… 하지 않았어……. 내가 죽인 건…… 내가 정말로 죽인 사람은……."

대표는 표정 없이 소설가를 바라봤다. 소설가는 얼굴을 가렸다.

"나는 '작가'의 아내를…… 그 사람을…… 이십오 년 전에 죽였어."

소설가는 고개를 들고, 계속해서 말했다.

"틀렸어…… 틀렸다고……. 다들 〈마트료시카의 밤〉의 내용을 오해하고 있어. 아니, 내가 오해하게끔 만든 거지만……."

"무슨 얘기죠?"

대표가 조용한 목소리로 물었다.

"자네가, 자네가 말한 대로야. 나는 비열한 노이즈 마케팅을 위해 이십오 년 전 사건을 이용했어."

호칭이 '너'에서 '자네'로 바뀌었다.

"그래…… 나는 〈마트료시카의 밤〉에서 묘사한 '작가'가 아니야……. 나는 '젊은 남자' 쪽이었어……. 그 당시 젊은 소설가였던 나는 창작 강좌에서 알게 된 어느 미스터리 작가의 젊은 아내를 좋아하고 있었어……. 자네도 다녔던 그 강좌 말이야……."

대표는 긴 한숨을 뱉어 냈다.

"어렴풋이 눈치채고 있었어요. 하지만 설마 이렇게 당신 입으로 듣게 되리라고는 생각조차 못 했어요."

그렇게 말하는 대표의 어조에는 조금도 놀란 기색이 없었다.

소설가는 고개를 끄덕였다.

"사실은 이거야……. 나는 그 당시 '작가'하고는 아직 안면이 별로 없었어. 그 사람에게 나는 그저 하찮은 존재였고. 웃기지…….
그래서 나는 정체가 드러날까 봐 걱정하면서도 〈마트료시카의 밤〉 전반부에 묘사된 것처럼 필사적으로 배짱을 부리는 처지가 됐어.

그 책의 중간까지는 실제로 일어났던 일이야. '작가'가 자기 젊은 아내를 살해하려다가 실패하고, 내연남으로서 방문한 나, 즉 '젊은 남자'가 그녀를 죽였어. 사실은…… 여기서부터가 달라. 〈마트료시카의 밤〉에서는, 아내가 두 번 살해당한 트릭을 '작가'가 밝혀내지만, 현실에서는 그러지 못했어. 그 원고가 거기서 끝나면 어떻게 될까……. 그래…… 내 협박은 성공했고, 나는 그의 미발표 원고를 손에 넣고 그녀의 시체 처리를 돕고, 모든 걸 얻었어……. 그 미발표 원고라는 게 《41번째 밀실》이야."

"이십사 년 전 당신은 그 《41번째 밀실》로 일약 베스트셀러 작가가 됐죠."

소설가가 훗, 하고 살짝 웃었다.

"자네가 작품 속 작품인 '밀실 속의 두 사람'이라는 제목을 극중에서 '41번째 밀실'로 바꾼 건, 아까 말한 '팬 서비스'를 의도한 게 아니지? 내가 그때 '작가'에게서 원고를 빼앗고, 《41번째 밀실》을 발표한 사실……. 그걸 자네는 간파하고 있었던 거 아냐?"

"과대평가입니다."

대표는 겸손하게 말했다.

"그냥…… 뭐랄까. 그건 좀 당신답지 않은 작품이었어요. 너무 깔끔한 글이었죠. 당신 소설에는 덜어 내지 않은 군살 같은 게 꼭 있어서, 그런 과한 장난 같은 부분이 개성이 되었으니까요."

"그게 보인다고?"

"알겠던데요. 학생 때부터 당신 소설을 읽었거든요."

대표가 진심 어린 목소리로 말하자, 소설가는 의외라는 듯 고개를 들고 대표를 가만히 바라봤다.

이윽고, 훗, 하고 소설가가 콧소리를 냈다. 그러고는 자조적인 말투로 말한다.

"그래. 그 작품 하나 때문에, 나는 '절정기가 지난' 작가로 불리고 있어. 그것도 당연하지…… 발상의 질이 다르니까 말이야. 그 이후 내 이름이 붙으면 상업적으로는 성공했지만, 그것도 자존심을 짓밟히는 기분이었어. 하지만 그것도 어쩔 수 없는 일이라고 생각했지. 그의 아내를 죽인 벌이라고, 나는 받아들이기로 했어."

"받아들인다니, 전혀 당신답지 않아요. 실제로 이걸 원고로 썼잖아요."

"아…… 그래. 그래 맞아! 나는 내가 저지른 죄를 소설로 썼어. 팔릴 거라고 생각했으니까. 나는 이십오 년 전 그날, 그 자식 아내의 시신이 잠든 방에서 그와 머리싸움을 하고 있을 때, 흥분을 주체할 수 없었어. 피가 부글부글 끓어올랐지. 아무리 워드프로세서나 컴퓨터 키보드를 두드려도 얻지 못했던 진짜가 그곳에 있었다고. 틀림없이 재미있을 거라 생각했지. 그래서 그걸 책으로 썼어. 명백한 단서를 읽어 내지 못한 그 자식을 비웃듯, 원고 후반부를 썼을 때는 도착적(倒錯的)인 쾌감마저 느꼈다고.

하지만, 이번엔 그 원고를 어디에도 발표할 방법이 없다는 걸 깨달았어. 당연한 일이지. 그 자식이 읽으면 의미를 알아 버릴 테니까 말이야. 그 자식의 이미지를 아주 대놓고 반영한 탓에, 발표하면 진상이 밝혀질지도 모른다고 생각했어. 그래서 그 원고 데이터는 쭉 잠들어 있었지……. 그걸 다시 꺼낸 게 이 년 삼 개월 전의 일이야."

"부인께서 강도에게 살해당했던."

"그 사건은 자네가 추리한 대로 되진 않았어. 아내는 정말로 강도에게 살해당했어. 나는 그때 아무것도 모른 채 시상식에 참가 중이었고. 진짜 알리바이였으니 깨질 수가 없었어."

소설가는 대표를 보았다.

"그래서 그 스마트 워치의 기록은 전혀 모르겠어. 뭔가 오작동이었나……?"

대표는 어깨를 으쓱였다. 그러고는 프린트된 용지를 손가락으로 집어 올리며 말했다.

"사실 이 기록은 제 아내 것입니다. 23시 반에 기록이 끊어진 건 조금도 희한할 것 없고, 그냥 시계를 풀었기 때문이에요. 소품으로는 극적이었죠?"

소설가는 힘 빠지는 웃음소리를 냈다.

"이런, 감쪽같이 당했잖아……. 이제 와서 무슨 얘길 해도 믿어 주진 않겠지만, 나는 진심으로 아내를 사랑했어. 아내가 죽었을 때, 나는 넋이 나갔었어. 가슴에 커다란 구멍이 뚫린 듯했지. 혼자서는 더 이상 살아갈 수 없다고 생각했어. 이대로 작가의 재능도 탕진하고 그 자식에게서 빼앗은 작품 외에는 다 잊혀서 평가해 주지도, 돌아봐 주지도 않는 상태로 끝나 버리는 건 아닐까 하고. 그런데, 어느 날 어처구니없는 계획이 떠올랐지.

지금…… 지금, 그 원고를 내 보면 어떻게 될까?"

대표는 구제불능이라는 듯 고개를 절레절레 흔들었다.

"다행히 단편집을 엮을 만큼의 구슬은 갖춰져 있어. 좋든 나쁘든 화제가 될 테니까, 사겠다는 출판사는 반드시 나올 거야. 책으로 낼 수 있다고. 게다가 나에게는 완벽한 알리바이가 있었어. 세간에는 멋대로 지껄이게 놔두면 돼. 아무리 의심받는다 해도 나는 정말로 결백하니까. 게다가 마침 운 좋게도 그 자식…… 미스터리 작가도 폐병으로 죽었어. 진상을 알아챌 사람은 이제 없어.

이렇게 해서, 이십오 년 전 그 열광의 밤…… 누가 범인이고 누가 탐정인지 알 수 없게 되었던, '이레코*를 세공하는 것'과도 같은 밤이 되살아나는 거야. 바로 마트료시카와 같은, 이십오 년 전의 밤과 약 이 년 전의 그 밤이 뒤바뀌는 거지. 이십오 년 전 무명의 '젊은 남자'였던 내가 '작가'가 되고, 흑과 백이, 범인과 피해자가 자리를 바꾸는 거야. 그렇게 해서 나는 다시 한번 명성을 얻을 거야. 그것도, 이번엔 스스로의 힘으로 얻을 거라고! 나는 그 자

● 크기의 차례대로 포개어 안에 넣을 수 있게 만든 공예 기법

식…… '작가'를 이기고, 경찰을 이기고, 한 사람의 소설가로서 승리하겠어! 그랬는데, 그랬는데……."

소설가는 대표가 있는 쪽을 쳐다봤다.

"자네에게…… 질 줄이야……."

대표는 조용히 고개를 끄덕였다.

"자네는 언제 알게 된 거지?"

대표는 헛기침했다.

"처음부터 알았습니다. 그 원고를 읽었을 때, 바로 진상을 알아챘어요. 아까 당신이 말한 '바뀐 부분 세 군데'야말로 그 열쇠였죠.

첫째는, 금고 옆에 있던 책들의 제목입니다. 그곳에 줄지어 있던 제목은 대부분이 쇼와 시대 미스터리였어요. 그리고 《왼손에 알리지 말라》와 《하이칼라 우쿄 탐정 전집》은 딱 1996년에 발행된 책입니다. 그래요, 이십오 년 전. 25라는 숫자는, 저와 당신에게 특별한 의미가 있었죠.

책 제목, 그리고 두 사람의 예스러운 대사를 보면서, 이건 상당히 오래전에 쓴 원고고, 그걸 지금 내놓은 게 아닌가, 하고 의심했어요. 첫째, 요즘 작가가 손으로 쓴 원고, 그것도 유일한 원고를 금고에 넣어 둔다는 설정이라니 있을 수 없는 일이에요. 파일 형태의 원고로 설정하면 이야기가 성립되기 어렵긴 하지만, 그래도 그 부분은 정말 고민됐어요. 미묘한 말투를 사용하고 있어서, 집필한 시기를 의심받지 않으려면 '워드프로세서'라는 단어도 나오면 안 되겠다고 생각했죠. 그래서 《심장과 왼손》, 《붉은 오른손》이라는 2000년 이후 번역·간행된 책을 섞고, 반응을 한번 살핀 거예요."

"두 번째는 더 단순한 거였지……. 이십오 년 전에 스마트폰은 없었어. 더 얘기하면 스마트 워치도 없었지. 화재 경보음을 울려서 홈스를 오마주할 줄은. 인정하겠네. 자네가 각색한 게 무대에 어울려."

"세 번째인 바닥 위의 혈흔은, 이십오 년 전에 아무도 눈치채지 못한 '진짜 단서'였어요. 당신이 알고 있었는지는 모르겠지만, 당시 저도 그녀의 총애를 받고 있었거든요…… 부끄러움도 없이 말하자면요. 그녀가 죽은 뒤, 유품 정리를 도우러 방문했을 때, 옷장 앞에 완전히 닦이지 않은 핏자국이 보였어요. 그때는 물감 얼룩인가 하고 씻어 냈습니다만, 당신의 원고를 읽고 먼 옛날의 기억이 연결됐어요."

"그랬군……."

소설가는 의자에 깊숙이 기댔다. 더 이상 뭘 말할 기력도 솟지 않는 듯했다.

"완패야. 자네의 승리야. 정확하게는 자네 사랑의 승리라고 해야 하려나."

"무슨 뜻이죠?"

"그녀를 사랑했잖아? 그러니까 나를 의심했고……. 그리고 복수를 위해 이런 일을 한 거지."

소설가가 말하자, 대표는 픕, 웃음을 터뜨렸다.

대표는 몸을 뒤로 젖히며 큰 소리로 웃었다. 뭔가 그의 안에서 터진 것 같았다. 조금 전까지도 침착하던 태도가 거짓말 같았다.

소설가의 얼굴은 순식간에 파랗게 질렸다.

"설마…… 설마 자네는 나를 죽일 작정인 건가?"

"뭐라고요?"

"흔히 있는 미스터리의 결말이야……. 탐정이 범인을 막다른 곳으로 몰고, 자살을 권하지. 권총을 손에 쥐여 주며…… 스스로 뒤처리하라고……."

"아니에요, 아니에요! 당신은 나를 완전히 오해하고 있네요. 게다가 저는 '체호프의 총'● 신봉자예요. 제1막에서 벽에 총이 걸려 있었다면, 그건 제2막에서 반드시 쏴야 해요. 제가 마지막에 갑자기 마법의 주머니에서 권총을 꺼내, 당신 손에 쥐여 주기라도 했나요? 아니에요! 오랜 기간 알고 지냈는데, 오해가 심하시네요. 당신과 같이 지저분한 살인자 같다고 생각하지 말아 주셨으면 해요."

"그럼 대체……."

"당신이 말한 대로, 이 연극에는 두 가지 버전이 존재합니다. 당신이 쓴 원작 그대로의 내용. 그리고 오늘 총연습에 공연된, 각

● 러시아 극작가 안톤 체호프의 문학 장치에 대한 의견. 이야기에 낭비되는 요소는 없어야 한다는 뜻.

색 버전. 극단원들은 이 두 가지 버전을 모두 연습했어요. 각색된 버전은 제가 조사한 후에 만든 것으로, 아직 극단원들도 이 각색에 익숙지 않아요. 거리두기 연장에 따라 공연이 실패하는 게 아닌가 하고, 솔직히 말하면 연습에도 진지하게 임하지 않아요. 실제로 거리두기 연장 때문에 공연이 또 연기되겠죠.

그러면 우리에겐 또 시간이 생기게 돼요. 그때, 각본을 각색 버전에서 원래대로 돌리는 건 충분히 가능합니다. 극단원들은 당신의 살인을 알아차리지 못했어요. 소문을 내는 사람이야 있지만, 기껏해야 그 정도예요. 하지만 각색 버전의 연극을 조만간 다가올 공연에서 공개한다면, 세간에서는 대체 어떻게 생각할까요?"

소설가의 입술이 떨렸다.

"자네…… 나를 협박하려는 거야?"

"누가 들으면 큰일 날 소리. 그냥, 당신이 슬쩍 뒤바꾼 두 개의 '밤'이 또 한 번 슬쩍 뒤바뀐 이야기일 뿐입니다. 그 결과 무대에서 일어난 대로, 다시 숨이 돌아온 아내를 당신이 무참히 살해했다고 믿는 사람도 있을지 모르지만요……. 아, 아뇨, 어디까지나 가능성을 얘기하는 겁니다."

대표가 쿡쿡 웃었다.

"저는 어디까지나, 이 각색 버전 각본을…… 사 주시지 않겠습니까, 하고 여쭙는 것뿐입니다."

"그런 걸 협박이라고 하는 거야."

소설가의 머릿속에서, 로비에서 극단원들이 하던 말이 울려 퍼졌다. 코로나에 의한 경영난. 이것도 언제까지 계속될 것인가. 이 상태로는 대표의 꿈을 바친 극장이 문을 닫게 된다……. 그러나 여기, 비밀을 간직한 소설가가 있다면 어떨까? 돈을 내줄 수 있는 소설가. 그것도 상당한 성공을 거둔 소설가. 그리고 대표의 손에는 최고의 형태로 소설가를 협박할 수 있는 재료가…… 그가 만든 극단이, 있다.

'체호프의 총'이라는 그의 말의 의미를 알았다. 책상 위에, 수표 책과 펜이 놓여 있다.

"자아, 선생님. 이 각본, 얼마에 사시겠습니까?"

소설가는 눈썹을 찌푸리며 펜을 집었다.

숨 막힐 듯한 긴장감이 흘렀다.

소설가가 펜을 거침없이 놀렸다. 수표를 찢어 대표의 손에 던지듯 전한다.

대표는 수표를 보고는 고개를 저었다.

"이걸로는 턱없이 부족합니다. 할 수 없군요. 역시 공연을……."

"그게 낼 수 있는 최고 한도야."

"당신의 자산 정도는 이미 조사했습니다. 꼴사나운 변명은 이 정도로……."

"하지만 이 정도면 향후 일 년간 극장을 유지하기에 충분하다고."

대표는 움직임을 멈췄다.

"……호오? 그게 무슨 말씀이죠?"

"오늘 자네에게 완패했어. 천재적인 수법이었어. 연극 무대라는 형태로 협박의 증거를 보여 줘서, 객석에 묶어 두고 나의 비밀이 폭로되는 순간을 끊임없이 생각하게 만들었지. 나는 객석에 앉아 있을 때, 몇 번이나 소리치고 싶었는지 몰라……. '그만해! 제발 그만 좀 해!'라고…… 어린애처럼 말이야."

"……뭘 말씀하고 싶으신 건지?"

대표는 의아한 눈빛으로 소설가를 바라봤다.

"그러니까…… 내게도, 이 일에 한몫 끼워 달라는 얘기야."

대표의 눈썹이 꿈틀했다.

"호오……."

"자네도 알다시피, 나는 여러 작가의 가십을 손에 쥐고 있어. 마침 아주 좋은 거리를 하나 갖고 있거든. 이번 일과 같은 수법으로, 원작을 제공해 달라고 요청해서, 내년 총연습에 그 작가로부터 돈을 뜯어내는 거야……."

흥, 하고 대표가 코웃음을 쳤다.

"저한테, 한 번 더 악당 짓을 하라는 말입니까?"

"한 번 더라고 할 것 없이, 원한다면 몇 번이라도. 물론 지금 상황으로는 일 년 후에 확실히 공연을 할지 알 수 없지만, 그 경우는 내가 추가로 자금을 대지. 성공 보수는 이 분의 일이면 족하고. 어떤가?"

대표는 소설가의 얼굴을 바라보며, 매섭게 노려봤다.

"……삼 분의 일. 내게는 지켜야 할 극장이 있어. 그건 빼앗길 수 없어. 그 이상은 안 돼."

소설가는 잠시 침묵했다. 마스크를 살짝 내리고, 글라스에 남아 있는 위스키를 들이켰다.

"……어쩔 수 없군. 그렇게 타협을 보지."

"설마, 당신이 이 정도로 악당일 줄은."

"자네만 하겠나."

소설가는 손을 내밀었다. 대표는 주뼛주뼛하며 그 손을 잡았다.

"앞으로 잘 부탁하네."

"네……."

대표가 웃었다.

"설마, 당신이 나와 공범이 되리라곤 생각 못 했습니다. 뒤통수 맞지 않도록 정신 차려야겠군요. 어쨌든 당신은 살인 경험도 있고. 당신 입장에서 보면 파멸할 만큼의 돈을 내놓지 않고도 해결된 셈이네요. 다음으로 방해가 될 사람은 저라는 얘기니까……."

소설가가 움직임을 멈췄다.

"하하…… 설마, 그런 짓은 안 해."

"후후후……."

"하하하……."

두 사람이 웃음소리 크기만큼 악수하는 손의 힘도 점점 세져서,

두 사람 손등의 핏줄이 도드라졌다.

방 안에 두 사람의 웃음소리만이 가득 채워져 갔다…….

암전

◆

영사실이 다시 밝아지기 전, 각본가는 뛰어오르듯 벌떡 일어났
다. 그는 분노를 숨기지 않고 거친 숨을 토하며 밖으로 나갔다.

그는 누구에게랄 것 없이 중얼거리기 시작했다.

"도대체 뭐라는 거야, 저 거지 같은 영화는. 〈마트료시카의 밤〉
2막 구성은 확실히 내가 생각한 줄거리야……. 하지만 그건 내 각
본과 전혀 달라. 적어도 세 군데, 크게 바뀐 부분이 있어……. 셋
다 내가 만든 수수께끼 풀이를 부정하는 거라고……."

그는 중얼중얼 지껄였다.

"지금 당장, 감독에게 따져야겠어……."

긴 긴 밤은, 아직 끝날 기미가 보이지 않는다…….

6명의 격앙된
마스크맨

"프로레슬링 경기는 한 편의 영화 같은 것.

예선에서부터 복선을 잔뜩 깔아 두고, 나중에 이를 수거한다."

야나기사와 다케시, 《2001년의 다나하시 히로시와 나카무라 신스케》에서

1

"오, 일찍 오셨네."

고개를 들자, 체격 좋은 남자 두 명이 함께 들어오고 있었다. 보라색 옷을 입은 남자와 짙은 회색 옷을 입은 남자다.

나는 점잖게 고개를 끄덕였다.

"잘 부탁해."

"어, 이번에는 T대학이었나. 일정 확정이랑 장소 확보 담당."

회색 옷이 말한다.

"아니, W대야."

내가 고개를 저으며 말했다.

"일찍 도착하는 바람에, 먼저 열쇠 받아서 들어왔어."

이 구민 회관 회의실을 두 시간 동안 예약했다. 예약 및 일정 안내장 발송은 각 대학이 돌아가면서 맡는데, 이번엔 W대 차례였다. 여섯 개 대학 동아리가 모이는 회의라 어느 대학의 부실을 사용하는 것도 마땅치 않아서, 늘 이곳을 이용하게 된다. 고풍스러운 단체라, 일정은 늘 우편으로 전달한다.

"지금 이 시국, 마스크를 벗을 수 없는 게 곤란하단 말이야. 갑갑하잖아."

보라색 옷이 말했다.

"어어, 맞아. 숨쉬기 힘들어 죽겠어."

내 말에 회색 옷이 반문했다.

"그래? 나는 전혀 힘든 느낌 없는데. 마스크야 늘 쓰는 거니까, 투덜투덜 불평할 정도는 아니야."

"야, 아무리 그래도 다르지. 코를 내놓으면 의미가 없다고, 엄마한테 맨날 잔소리 들어. 평소에 쓰는 마스크랑은 전혀 달라."

"뭐, 그건 그렇지."

회색 옷은 바로 수긍했다.

명패가 있는 위치에 둘이 앉자, '아아', 나는 그제야 이름을 알았다.

"뭐야 너."

새어 나간 내 목소리를 들었는지, 보라색 옷이 웃으며 말했다.

"설마 내 이름 잊어버렸던 건 아니겠지? 옷 색깔 보면 딱 알아야지. 난 캐릭터를 중요하게 생각한단 말이야."

"뭐, 무리도 아니지."

회색 옷이 웃으며 말했다.

"안 그래도 두 달에 한 번 개최인데, 코로나 때문에 일 년 이상 대면 모임을 못 했으니까. 원격 회의는 한 번 했지만, 서로 이름 정도는 잊어버려도 어쩔 수 없어."

"하긴. 나도 짠돌이 같은 네 맨얼굴 따위는 잊어버렸으니까."

"여전히 말이 많구먼."

회색 옷이 쓴웃음을 지었다.

"그런데, 이 방, 좀 춥지 않아?"

보라색 옷이 말했다.

"어, 최근에 기온이 부쩍 낮아져서. 난방이라도 켤까."

회색 옷이 이렇게 말하며 냉난방 조작 패널이 있는 곳으로 갔다. 그러고는 "어우!" 하고 소리쳤다.

"왜?"

내가 물었다.

"냉방 설정으로 돼 있었어. 환절기라서 바꿔 놓는 걸 잊었나 보네."

"아, 아아, 그랬구나. 미안."

내가 말했다.

"의외로 허당이네. 봐, 난방으로 바꿨다."

회색 옷이 말했다.

"어, 다들 벌써 와 계셨네요. 죄송합니다. 오늘 우리 주최인데, 먼저 문도 열어 놓으시고."

또 한 명이 방으로 들어왔다. 천진난만해 보이는 동안의 남자. W대학의 대표였다. 그는 이 모임, 더 나아가 W대학 동아리의 책임자이기도 해서 잘 기억하고 있다.

"수고 많으십니다."

내가 말했다.

"T대 님이야말로요. 거긴 어때요? 동아리 활동, 재개했나요?"

W대학의 그가 시원시원하게 말했다.

"이제 겨우 동아리 건물에 출입하는 게 허용됐어요. 각 부실 우편함이 넘쳐 쏟아질 정도고, 먼지투성이고……. 그래도 좋더라고. 작년은 전혀 움직이질 못해서 힘들었으니까."

"네, 맞아요. 이렇게 다들 만날 수 있는 게 기쁘네요."

그는 그런 말을 수줍어하지도 않고 쉽게 했다.

쾅, 하고 문을 때리듯 열며 다음 사람이 들어왔다. 이미 자기 마스크를 쓰고 있다. 덕분에 K대학 대표라는 걸 알 수 있었다.

"……늦었네."

K대학 대표는 냉랭하게 말하고는 털썩 소리를 내며 자리에 앉았다. 오늘 기분이 별로인가.

"엇, 뭐야 뭐야."

W대학 대표는 장난스럽게 K대학 대표에게 말을 걸었다.

"벌써 '전투 태세'인가요? 그러면, 저도……."

그렇게 말하며 그는 가방에서 자기 마스크를…… 복면을 꺼냈다.

눈과 입 부문만 뚫려 있는 복면으로, 불타는 듯한 빨간색을 바탕으로 한 디자인이다. 정수리에는 금발을 흉내 낸 털이 달려 있었다. 빨간색과 금발. 그렇다. 그 복면의 모티프는, 그 미국의 전 대통령인 것이다.

그의 링네임은 '즈루무케(ずる剝け, 발랑 까진) 마람프'이다.

"역시, 이렇게 하니 몸에 바짝 긴장이 들어가네요."

마람프는 시합 때와 같은 집중력을 되찾은 듯했다.

테이블에 둘러앉은 얼굴들이 각자의 복면을 썼다.

사나운 멧돼지를 모티프로 한 진보라색 복면.

교활한 늑대를 표현한 회색 복면.

매의 이미지로 만든 갈색과 노란색 복면은 조금 전 들어온 근육질 남자가 쓰고 있던 마스크다.

그리고 나는, 극장의 괴인을 모델로 한 하얀색 가면 비슷한 복면을 썼다.

"아직 두 명……. 셴론(神龍) 마스크와 사카타 씨가 오지 않았지만, 시간이 됐네요. 다들 복면도 쓰고 만반의 준비가 된 것 같으니, 먼저 시작할까요."

마람프가 입을 열었다.

"그러면, 전일본 학생 프로레슬링 연합의 제50회 총회를 시작하겠습니다."

2

전일본 학생 프로레슬링 연합이란, 간토 지방 여섯 개 대학의 프로레슬링 동호회가 모여 만든 단체의 이름이다. 줄여서 '학프연'이라고 한다.

201×년에 결성된 단체로, 당초에는 T대, W대, K대 이렇게 세 대학만으로 참여했으나, '신일본 프로레슬링'의 V자 회복과 더불어 세력을 확대해 왔다. 참고로 '왜 신일본이 아니고 전일본인가', '왜 간토 지방 학생밖에 없는데 전일본을 표방하는가' 하는 의문은 총회가 있을 때마다 나오지만, 왜 이 단체의 이름이 이렇게 되었는지는 아무도 모른다.[*]

나는 명패를 쓱 훑어봤다.

W대학 대표 즈루무케 마람프
A대학 대표 바이올렛 보아

---

[*] '전일본 프로레슬링', '신일본 프로레슬링', '프로레슬링 NOAH'는 일본 3대 메이저 프로레슬링 단체로 꼽힌다.

H대학 대표 울프 야마오카

K대학 대표 호크아이 다카기

제각각, 금색과 빨간색 복면, 멧돼지를 본뜬 보라색 복면, 늑대를 본뜬 회색 복면, 매를 본뜬 갈색과 노란색 복면을 쓰고 있다. 보라색 옷을 입은 건 바이올렛 보아, 회색 옷을 입은 건 울프 야마오카다. '캐릭터를 중요하게 여긴다.'는 발언의 의미를 잘 알겠다.

H대학, W대학의 복면은 손재주가 훌륭한 사람이 있는지 제대로 된 소재로 만들었지만, A대학, K대학 쪽은 아마추어 레슬링용 기성품을 개조한 것이라서 신축성이 떨어진다. 통기성도 나빠서 답답해 보인다. 시국이 시국이니만큼, 코로나 감염 예방을 위해 복면 위에 부직포 마스크로 코와 입도 덮고 있어서, 더욱더 힘들 것 같다. 프로레슬링 복면은 코와 입이 드러나는 디자인이어서 먼저 복면을 쓰고 그 위에 부직포 마스크를 써야 방역 수칙에 맞는다. 기묘한 강도단 같은 모습이었다.

그리고 내 앞에는.

T대학 대표 팬텀 더 그레이트

이렇게 쓰인 명패가 있다. 오페라 극장의 괴인 '팬텀'을 본뜬 하얀 가면이 '팬텀 더 그레이트'의 특징이다. 물론 가면이라지만 천

이외의 소재를 얼굴에 쓰면 시합할 때 위험하기에 '가면'처럼 보이는 가죽을 꿰매어 붙였다.

그리고, 아직 오지 않은 두 사람은.

S대학 대표 센론 마스크 49세
링 아나운서 사카타 다이스케

두 사람은 대체 무슨 일일까. 생각할 틈도 없이, 마람프가 나에게 물었다.

"어, 맞죠? 이번이 50회인 거."

나는 고개를 끄덕였다.

"격월이니까 일 년에 6회, 그런데 작년에는 코로나 영향으로 대면으로는 개최하지 못하고, 한 번 원격으로 개최한 게 49회였어요."

부직포 마스크 아래 복면까지 쓰고 있어서 내 목소리가 아닌 것 같다.

"아아, 그 원격 회의. 회선이 불안정해서 힘들었지. 다들 복면을 쓰고 참가했는데, 화면에 랙이 걸려서 웃겼어."

회색 옷을 입은 남자, 울프 야마오카가 웃으며 말했다. 교활한 전술을 특징으로 하는 레슬러이다. 참고로 대학 성적이 상당히 우수하다고 한다.

두 달에 한 번, 이렇게 각 대학 대표가 모여 활동 정보를 교환하거나 프로레슬링 대회 공동 개최에 대한 의견을 주고받는 게 전통이 되었다. 그렇다곤 하지만, 주당들만 모이면 날이 샐 때까지 마시느라 회의 기록이고 뭐고 남는 게 없는 경우도 흔한, 헐렁한 단체이다. 특히 제31회부터 36회까지는 회의록이 하나도 없었다. 그걸 보면 아무리 생각해도 무진장 퍼마셨다고 생각할 수밖에 없다. 어떤 말이 오갔는지, 당시의 상황을 전혀 알 수 없는, 어둠에 싸인 일 년이어서 이를 '암흑의 201×년'이라고 부른다. 회의록이 남아 있지 않은 탓에 제대로 인수인계도 되지 않아 후배들의 원성이 자자한 해였다.

현재 멤버는 열정적이고 성실한 사람들만 모여서 매회 충실한 논의가 이루어지고 있다.

"그건 그렇고."

마람프가 침착한 목소리로 말문을 열었다.

"올해는 인수인계가 아예 없이, 결국 고참들끼리 모이게 됐네요. 이제 다들 임기 삼 년차잖아요? 보통 일 년이나 이 년이면 교체되는데."

즈루무케 마람프는 학생 프로레슬링에서 흔히 볼 수 있는 야릇한 링네임을 갖고 있지만, 언제나 진지하게 동아리와 프로레슬링의 미래를 생각하고 있다. 참고로 술은 좋아하지만 무척 약해서, 취하면 바로 음담패설 제조기가 된다고 한다. 포경수술을 떠올리게 하는 그 링네임도 잔뜩 취했을 때 지은 거라는 소문이 있다.

"어쩔 수 없잖아, 후배를 못 키웠는데."

보라색 복면을 쓴 남자, 바이올렛 보아가 고개를 저으며 말을 이었다.

"그렇긴 해도, 여기 있는 사람들은 대부분 4학년 아니면 그 이상……. 노친네 냄새 폴폴 풍기지 말자고."

도발적인 언동에서도 알 수 있듯이, 바이올렛 보아는 링에서는 악역(heel, 힐)으로 관객의 야유 세례를 받는다. 하지만 그런 악역 캐릭터는 철저한 연구로 유지되는 것이어서, 날이 선 그의 언동을 볼 때마다 '연구 열심히 했네.'하며, 나는 마음 깊이 감탄한다.

그런 가운데, 호크아이 다카기는 침묵을 지키고 있다. 보통은 이렇게 말 없는 스타일이 아닌데. 대체 무슨 일이지?

그의 마스크는 매를 본뜬 갈색과 노란색 디자인으로 매가 사냥감을 잡으려고 날아드는 듯한 '하이 플라이 플로(High Fly Flow)'●가 주특기이다. 참고로 바이올렛 보아가 말하는 '4학년 그 이상'은 그를 가리키는 말로, 호크아이 다카기는 유급을 되풀이하여 이미 8학년이라고 한다.

"하지만 뭐."

마람프가 말을 이었다.

"올해는 코로나 때문에 신입생을 제대로 받지 못했으니까요. 대

● 신일본 프로레슬링의 다나하시 히로시의 기술

회 개최라도 제대로 해서, 이렇게, 활동을 어필해야 동아리가 지속될 수 있습니다."

"우리가 너무 무서워서 병아리들이 도망가 버린 거 아냐."

바이올렛의 말이다.

"아니 아니. 평소처럼 신입생 환영회를 못 해서겠지."

울프가 웃으며 말했다.

"그렇기 때문에, 다음 대회가 중요한 거야. 우리 중 어느 학교 축제에서, 화려하게 대회를 여는 거지. 합동 링 말이야. 그래서 올해 신입생들에게 어필하는 거야."

내가 말했다.

"그렇게 잘되려나?"

바이올렛이 말했다.

"올해는 문화제, 학원제 개최 여부도 학교마다 다를 것 같더라. 작년이랑 똑같이 온라인으로만 개최하는 곳도 많은 것 같고, 작년과 비교하면 진정됐다고 판단해서 현장 개최를 하는 곳도 있을지 모르겠고. 각 대학 나름이겠지."

울프가 말했다.

"우리로서는 현장에서 개최하는 대학의 무대를 집중 공략하게 되겠네요."

마람프가 말했다.

학프연의 '대회'는 '게릴라 공연'을 표방하며 각 대학을 대표하는 복면 레슬러들이 맞붙는 걸 보여 주지만, 실제로는 게릴라도 뭣도 아니고, 사전에 대학 측 및 무대 책임자와 꼼꼼하게 얘기를 나눈 뒤에 이루어진다. 프로레슬링을 사랑하는 젊은이들이 어떤 절차도 거치지 않고 게릴라 공연을 하다가 위험한 행동이라도 하게되면, 그건 프로레슬링이라는 세계에 폐를 끼치는 일이 된다. 아마추어가 모였기 때문에라도, 남보다 갑절이나 프로레슬링에 경의를 표하고, 부끄럽지 않은 행동거지를 보여야 함을 늘 명심하고있다.

"……호크아이네 학교는 학원제 어떻게 한대?"

"응? 아…… 온라인이라고 했다. 그러고 보니."

나는 호크아이를 대화에 끌어들이려고 말을 걸었지만, 무뚝뚝하게 대답하고는 역시나 다시 입을 다물어 버렸다.

"대회 말인데. '주간 학생 프로레슬링' 놈들은 어떡할까?"

바이올렛이 말했다.

"늘 하던 대로 취재 거부해야죠. 그 녀석들은 수법이 난폭하고, 너무 지저분해요."

마람프가 대답했다.

"뭐, 거부해도 멋대로 오겠지만."

울프가 쓴웃음을 지었다.

'주간 학생 프로레슬링'이란, 그 이름에서 알 수 있듯이 왕년의 〈주간 프로레슬링〉에 대한 동경을 품은 사람들이 결성한 동아리 이름이다. T대학에 소속된 조직이지만, 다른 대학의 연습이나 대회도 함부로 멋대로 기사화하고 있다. 정식으로 허가를 얻은 조직도 아닌데, 매번 게릴라처럼 달려들어 기사를 썼다. 자신들 경기가 진짜처럼 기사가 나서 좋아하는 사람도 있지만, 멋대로 사진까지 싣고 거기다 사적인 부분도 건드려 분노하는 사람도 있다.

"그건 그렇고…… 이 두 사람은 왜 아직도 안 오는 거지?"

내가 비어 있는 자리의 명패를 보며 말했다.

S대학 대표 셴론 마스크 49세
링 아나운서 사카타 다이스케

셴론 마스크는 초록색 용을 모티프로 한 복면을 쓰는 레슬러로, S대학 동아리에서 대대로 그 이름을 계승하여, 지금은 49세가 되었다. 초대 셴론 마스크는 타이거 마스크 시대(1981년~1983년)까지 거슬러 올라간다. 그렇다 해도 학생이다 보니 대부분 일 년 만에 이름이 옮겨 가고, 예전에는 이름을 걸고 시합을 열어서 한 해가 되기도 전에 이름을 빼앗기는 경우도 있었다. 그래서 숫자가 마구잡이로 붙게 됐다.

이름을 세습하는 제도는 프로레슬링이 쇠퇴한 시기에 잠시 사라졌었지만, 부실에서 낡은 노트가 발견되면서 201×년에 부활된 역사가 있다. 역사가 중요하긴 하지만, 그렇다고 복면 하나로 돌려쓰는 건 아니고 세대가 바뀔 때마다 선수의 얼굴에 맞춰 주문 제작한다고 한다.

'셴론 마스크 49세'라는 이름을 계승 중인 사람은 하자마 지로이다. 그는 종합 격투기 프로 선수로 입단한다는 소문도 있는, 우리 세대의 스타다. 학생 프로레슬링 동아리에는 경기 보는 걸 좋아하는 사람이나 관련 이야기를 하는 걸 좋아하는 사람도 많아서 애초에 프로를 지향하는 사람 자체가 몇 명 없는데, 그중에서도 하자마는 센스가 아주 뛰어난 선수였다. 호크아이 등 다른 멤버도 강한 피지컬을 갖고 있지만, 엄밀히 말하면 하자마는 '차원'이 다르다.

참고로, 팬텀 더 그레이트, 울프 야마오카는 이 셴론 마스크의 이름 세습제를 동경하여, 201×년 학프연이 결성된 이래 레슬러 네임의 세습제를 도입하고 있다. 학부 2학년 때 가장 강한 부원이 이름을 물려받고, 일 년간 활동하는 형태다. 그래서 이들의 이름 뒤에도 '○세'가 붙지만, 명패를 하나하나 새로 만드는 건 성가셔서, 생략하기로 했다. 셴론 마스크는 '○세'를 빼지 않고 표기하는데, 그만큼 셴론 마스크가 우리 중에서 특별한 존재이기 때문이다.

호크아이 다카기의 학교도 세습제였으나, 현 호크아이가 2학년 때 이름을 물려받은 이래 완강하게 이름을 내주지 않고, 빼앗으려는 후배는 힘으로 제압한다고 한다. 그 스타일을 동경하는 후배도 있지만 극도로 싫어하는 문하생도 있어서, 파벌 싸움도 심각하다고 한다. K대학 내에서는 이미 별도의 레슬러 네임을 세습하는 라인이 갖춰졌다. 참고로, 하자마가 등장하자 호크아이 다카기는 '하자마가 있는 동안은 나도 링에서 사라지지 않겠다.'고 공언했다. '너 또 유급하려고?', '호크아이를 모욕하는 거냐!'는 등 동아리가 둘로 나뉘어 분쟁이 일어났다던가.

바이올렛 보아는 세습제는 아니고, 하자마 데뷔와 같은 타이밍에 등장했다. 하자마 지로와 초등학교 동창으로, 대학 2학년 때 처음 등장하여 캐릭터에서 설정까지 모두 본인이 생각해 냈다.

즈루무케 마람프가 소속된 W대학에서는 시사 및 정치 개그에 성적인 농담이 섞인 링네임을 매회 붙이게 되어 있어, 유행하는 만화나 개그맨, 정치 등, 소재는 가지가지다. 마람프는 그 당시 미국 대통령을 비꼬아 2019년에 붙인 이름인데, 경기할 기회도 별로 얻지 못한 채 코로나 사태가 시작되는 바람에, 그 대통령의 임기가 끝나 버렸다. 그러나 수제 제작 마스크라서 이름을 바꾸지도 못하고 지금까지 이어지고 있다. 하자마와는 관계가 없어 보이지만, 하자마와 다카다노바바의 선술집에서 한잔하다가 생각난 이름이라고 하니, 그 자신도 하자마에게 영향을 받고 있는 것이다.

그렇다. 우리는 동시대의 스타인 셴론 마스크, 하자마 지로를 중심으로 돌아가고 있다고 해도 과언이 아니었다.

사카타 다이스케는 S대학 소속이지만, 링 아나운서로서 여섯 대학 모든 동아리를 드나들고 있다. 하자마는 제외하고, 보통 학생 프로레슬링에서는 기술이 깔끔하게 먹히는 일이 솔직히 드물다. 그러나 엔터테인먼트로서 성립시키지 않으면, 하는 쪽도 보는 쪽도 즐겁지 않다. 즐길 수 있는 경기가 되지 못하면, 한 사람의 팬으로서도 한심하게 느껴진다. 여기서 열쇠를 쥔 게 바로 이 사카타다. 선수의 겉과 속을 모두 아는 사카타가 독특한 말주변과 익살로 관객을 열광시킨다.

그의 명언으로 여전히 회자되는 것이, '자, 호크아이, 팔 년간의 집대성을 보여 줄 수 있겠는가! 대학 생활은 팔 년으로 완성한다던 호크아이, 지금 이곳에서, 유급으로 점철된 너의 팔 년을 되찾아라!'이다. 이 멘트에는 불같은 성격으로 알려진 호크아이도 링 위에서 웃었다고 전해진다. 참고로, 이렇게 말하는 사카타 자신도 '나는 모라토리엄* 시간을 연장시키는 일에 목숨을 걸고 있다.'고 큰소리치며, 휴학, 유급, 대학원 진학 등 온갖 수단을 동원하여 계속해서 상아탑에 적을 두고 있다. 셴론 마스크 42세 시대부터 대학에 있었다고 하니, 그 나이는 점점 더 알 수 없게 됐다.

"아…… 셴론 마스크…… 하자마는 시간에 엄격한 편이라 지각 자체를 안 하는데 이상하네요."

마람프가 말했다.

'셴론 마스크 49세=하자마 지로'라는 사실은 반쯤은 공공연한

---

* 이미 성인이 되었으나 어른으로서 사회 진출을 미루고 있다는 의미로 사용됨.

비밀이 되어 있고, 맨얼굴로 종합 격투기에 진출한다는 소문도 있어 (아직 〈주간 학생 프로레슬링〉과 학프연의 관계가 나빠지기 전에는 하자마 지로로서 인터뷰에 응한 적도 있다.) 그를 '하자마'라고 본명으로 부르는 건 당연한 일이었다.

"누구 애네들 연락처 알아?"

"내가 알아. 전화해 볼까?"

울프가 말했다.

"그러자. 혹시 일정을 잊고 있을지도……."

그 순간, 문이 열렸다.

"늦어서 미안."

목소리만으로 알 수 있었다. 사카타 다이스케의 목소리다. 언제나 귀에 익은, 그 링 아나운서의 목소리. 선수 한 사람 한 사람을 농담거리 삼았다가 부추겼다가 오락가락하지만 각 선수에 대한 애정을 느낄 수 있는, 그 힘찬 목소리.

모두 문이 있는 쪽으로 고개를 돌렸다.

그리고, 모두의 움직임이 멈췄다.

사카타가 셴론 마스크 49세의 복면을 쓰고 있었던 것이다.

하자마와 사카타는 체격이 전혀 다르다. 하자마의 목소리를 착각했을 리는 없다. 사카타가 셴론 마스크의 복면을 쓰고 있는 게 틀림없었다.

혼란스러움에 모두 그 자리에 얼어붙었다. 그건 하자마의 물건 아닌가. 어째서 사카타가 셴론 마스크를 쓰고 있는 거지?

셴론 마스크 49세의 복면 구멍으로 사카타의 예리한 눈빛이 보였다. 그의 눈이 앉아 있는 한 명 한 명을 빈틈없이 보고 있는 듯하여 나도 모르게 몸이 굳었다.

"너, 그거……."

처음 입을 연 건 울프였다.

그러나 사카타는 대답하지 않고, 'S대학 대표 셴론 마스크 49세' 명패가 있는 자리로 거침없이 걸어갔다. 그곳에 가방을 던지고, 가방에서 뭔가 귀중한 것을 다루듯이 조심스레 뭔가를 꺼냈다.

마람프가 헉, 하고 외마디 비명을 질렀다.

그건 셴론 마스크 49세의 마스크였다.

그러나 사카타가 쓰고 있는 것과 다른 점이 있었다.

그 마스크는 찢어져 있었던 것이다.

"이렇게 명예가 더럽혀졌다."

사카타는 듣는 사람을 끌어당기는 그 독특한 목소리로 말했다.

"뭐……?"

"목숨을 빼앗는 것으로 만족하지 못하고, 남자의 긍지를 훼손했다."

"야 사카타, 너 무슨 말을 하는."

사카타는 눈빛만으로 울프의 발언을 막았다.

"하자마 지로가 살해당했다."

270

"어?"

사카타가 말을 이었다.

"나는 여기 있는 사람 중에 범인이 있다고 생각해."

3

사카타의 폭탄 발언으로 실내는 어수선해졌다.

"하자마 지로가 살해당해? 야, 그게 대체 무슨 얘기야? 그런 얘
긴 어디서도……."

"아니, 잠깐만."

마람프가 바이올렛을 제지했다. 그는 자신의 스마트폰을 울프
에게 내밀었다.

"봐요……. 오늘 아침 뉴스 기사예요. 하천부지에서 남자 시체
가 발견됐다고. 지갑이 없는 걸로 봐서 강도 살인 같대요. 그리
고, 시체의 신원은……."

"하자마 지로, 22세…… ×발! 나는 안 믿어, 그런 말……!"

나는 고개를 저었다.

복면과 부직포 마스크 탓에 숨쉬기가 힘들고, 땀도 그칠 줄 몰
랐다. 게다가 의외의 사건까지. 나는 점점 기분이 나빠졌다.

"오늘 아침에 보도된 기사네. 전혀 몰랐어……. 설마…… 어떻

게 이런 일이…….”

마람프는 말문이 막혔다.

나도 오늘은 낮까지 잠을 자다 총회에 오려고 간신히 일어나서, TV로도 폰으로도 뉴스는 전혀 확인하지 않았다.

오히려 이 사실이 궁금했다. 사카타는 어떻게 이 뉴스를 알고 있는 걸까? 특별히 소식을 빨리 듣는 편인가?

“그 셴론 마스크 49세가, 어디서 온 말 뼈다귀인지 알 수도 없는 강도한테 당했다는 건가. 웃기고 있군.”

이렇게 말하는 바이올렛 보아의 목소리도 떨리고 있었다. 애써 강한 척하는 목소리였다. 악역 레슬러로서 셴론 마스크 49세와 대결해 온 것만으로도 틀림없이 유감일 것이다.

“바이올렛의 지적은 확실히 타당해. 그 하자마가 두 눈 멀쩡히 뜨고 살해당할 사람인가? 웬만한 불량배는 적수가 안 되는데.”

내가 말했다.

“……”

호크아이는 아직도 침묵을 지키고 있다.

사카타가 훗, 웃었다.

“그래서, 너희들이라고.”

“뭐?”

“팬텀 더 그레이트. 너의 지적은 옳다. 그 하자마가 평범한 불량배에게 당할 리가 없지. 그래. 웬만한 불량배라면 말이야.”

헉, 하고 바이올렛이 숨을 삼켰다.

"야…… 설마 너, 그래서 우리가 용의자라고?"

"아무래도 그렇지. 오늘따라 머리가 잘 돌아가네, 바이올렛. 국제법 학점이 모자라서 유급 직전인 네가 말이야."

"그 얘긴 하지 마."

바이올렛은 노골적으로 싫은 기색을 목소리에 드러냈다. 사카타는 이런 부끄러운 면까지 다 알고 있어서, 말싸움 상대로 좋지 않다.

그러나 그런 사카타가 바로 지금, 우리의 심판자가 되려 하고 있다. 설마 탐정 역할이라도 하겠다는 것인가?

사카타는 여유로운 태도로 이야기를 계속했다.

"바이올렛의 말대로야. 하자마는 분명 차원이 달라. 링에서 겨루면 패배하지 않을지도 모르지. 다만, 불시에 덮치면 승산은 있어. 그리고, 웬만한 불량배라면 그런 짓을 해도 되려 자기가 당하겠지만, 너희에겐 기량이 있으니까."

"그 정도로 범인 취급당하는 건 못 참지."

바이올렛이 혀를 찼다.

"그래서, 그 복면은 대체 어떻게 된 거야? 찢어져 있는데…… 왜 네가 그런 걸 갖고 있지? 게다가 네가 쓰고 있는 복면도 셴론 마스크 49세 거고. 어째서 똑같은 게 두 개 있지?"

내가 물었다. 사카타가 끄덕끄덕 수긍했다.

"좋은 질문이다, 팬텀 더 그레이트. 확실히 네 팬텀 가면은, 은혜와 원한을 동시에 표현한 이 마스크와 서로 끌어당기는 무언가가 있나 보군."

사카타는 흥분했는지, 말투가 완전히 연극 톤이었다.

"그러니까, 그게 무슨……."

눈치 없이 끼어든 바이올렛을 무시하고, 사카타가 말하기 시작했다.

"우선, 내가 쓰고 있는 건 셴론 마스크 49세의 복제 마스크다. 내가 하자마에게 푹 빠진 나머지 특별 제작한, 사적으로 만든 마스크. 살인 사건과는 조금도 관계가 없어.

셴론 마스크 49세, 하자마 지로의 시체가 하천부지에서 발견된 일, 지갑이 도난된 일은, 이미 뉴스 기사에서 본 그대로다. 그는 전두부를 2회 가격당해 뇌출혈을 일으켜 사망한 것으로 보인다. 흉기로 사용된 것은, 그의 시체 가까이 떨어져 있던 쇠 파이프일 것이고.

그러나, 발견 당시 그의 시체에는 묘한 점이 있었지. 그게 이 마스크다. 복면의 형태를 갖추지 못한 세로 방향으로 찢어진 마스크가 얼굴에 씌워진 상태로 발견된 것이다."

"마치 복면 레슬러의 마스크 벗기기 같네."

울프가 말했다.

마스크 벗기기로 유명한 것은, 역시 타이거 마스크의 복면을 벗기는 일에 집념을 불태웠던, 호랑이 헌터 고바야시 구니아키일 것이다. 링 위에서 마스크를 빼앗는 행위를 통해 상대의 명예를 더럽히는, 상대를 깎아내리는 모독 행위에 흥분을 느끼는 팬도 적지 않았다.

"하지만 그걸로 사람을 죽이는 건……."

마람프가 고개를 흔들며 말했다.

"바로 그거야."

사카타가 말을 이었다.

"만약 마스크 벗기기를 하고 싶었던 거라면, 링 위에서 했어야지……! 셴론 마스크 49세가 하자마 지로라는 건 공공연한 비밀. 악역으로 바이올렛 보아를 세워 마스크를 벗게 했다면, 얼마나 후끈 달아올랐겠는가……! 내가 실황중계하고 싶었다고……!"

"너, 논점에서 좀 벗어난 거 아냐?"

내가 지적하자, 사카타는 헛기침을 했다.

"아, 실례. 그러나, 범인에게 셴론 마스크를 모독할 의도가 있었다는 점은 틀림이 없을 것이다. 하자마의 집은 그 주변이니까, 하천부지에서 달리기나 트레이닝을 하고 있었다고 볼 수 있지만, 설마 거기서도 마스크를 쓸 리는 없으니까. 범인은 마스크를 찢고 나서, 그걸 시체에 씌운 것이다. 마스크 벗기기에 '비유'하기 위해서지."

"비유 살인……."

나는 고개를 갸우뚱했다. 그런 것까지 생각하나. 상당히 번거로운 수법으로 보인다.

"이상해."

울프가 작게 중얼거렸다.

"너도 그렇지? 비유 살인이라니, 누가 그런 생각을 해."

내가 말했다.

"아니, 그게 아니고. 그것도 신경 쓰이긴 하지만, 내가 이상하다는 건 그 부분이 아니야."

울프 야마오카는 천천히 일어나, 사카타의 자리로 다가갔다.

"네 이야기를 믿을 순 있어. 기사도 났고. 하자마 지로는 진짜로 살해당했어. 시체의 상황도, 네 말이 맞겠지.

그런데…… 너 어째서, 그 마스크를 갖고 있는 거야?"

꿀꺽, 침을 삼킨다.

말을 들으니 정말 그렇다.

"시체가 레슬러의 마스크를 쓰고 있었다면, 그런 특징이 뉴스에도 나오겠죠."

마람프가 말했다.

"범인밖에 모르는 비밀을 만들기 위해 굳이 밝히지 않을 수도 있지."

바이올렛이 콧소리로 말했다.

"뉴스에 나오지 않은 것만으로는 확실하게 단언하기 어렵지만……. 그래도 이 마스크가 여기 있을 리는 없잖아."

　복면은 얼굴에 썼을 때 목에 닿는 부분의 천이 세로로 두 갈래로, 위까지 쫙 찢어져 있었다. 예리한 칼로 찢은 느낌은 아니고, 절단면이 거칠었다. 손으로 무리하게 잡아 뜯은 거겠지. 마치 식당 입구의 포렴을 걷어 젖힌 듯한 모양이었다.

　울프는 손을 손수건으로 감싼 채 복면을 만졌다. 복면 안쪽을 구석까지 훌렁 뒤집어, 이마가 닿는 부분을 노출시켰다.

　거기에는 검붉은 피가 들러붙어 있었다.

　"으악."

　"이거, 진짜 피야?"

　"……."

　호크아이는 마스크를 뚫어져라 바라보고 있었다.

　"전두부에 2회랬지. 마스크 안쪽에 혈흔 두 개가 약간 거리를 두고 뚜렷하게 남아 있네. 네가 말한 시체의 상황과, 이 마스크의 혈흔은 완전히 부합해. 이건 진짜로, 살해당한 하자마 지로에게 씌워졌던 복면이야. 말하자면…… 살인 사건의 증거물이지."

　울프가 사카타를 날카로운 눈빛으로 노려봤다.

　"너는 왜…… 이런 걸 갖고 있는 거지?"

　"그래…… 그래!"

　바이올렛 보아가 격하게 외쳤다.

　"이런 걸 경찰이 갖고 있지 않은 게 이상하잖아! 이걸 갖고 있다는 건…… 네가 죽였다는 거 아니야?"

사카타는 한심하다는 듯 고개를 저었다.

"나도 참 우습게 보이는 놈이었나 보구먼. 설마 내가 셴론 마스크의 목숨을 빼앗았겠어? 조금만 생각하면 알 수 있는 거 아닌가. 나는 오히려, 셴론 마스크의 명예를 지키기 위해 이 마스크를 손에 넣은 거라고."

이 자식, 말하는 게 지리멸렬하다. 나는 경계를 강화했다.

하지만 울프의 반응은 달랐다.

"과연 그랬군."

울프는 모든 걸 예상했다는 듯한 표정으로 말했다.

"네가 첫 번째 발견자구나."

사카타는 훗, 하고 코웃음을 쳤다.

"예리한 통찰력이야. 다만 첫 번째 발견자는 공식적으로 '익명의 신고자'로 되어 있지만."

"울프! 어떻게 그런 걸 아는 거죠?"

마람프가 묻자 울프는 고개를 끄덕였다.

"얘네 집이 현장인 하천부지 맞은편에 있거든. 같이 술 마신 적 있는데, 그때 흠뻑 취한 이 녀석을 데려다줘서 알고 있지. 그래서…… 아마도, 하천부지에서의 사건을 목격했지 않았을까. 그리고 무참한 꼴이 된 하자마 지로를 봤고. 그때 마스크를 시신에서 벗긴 거야. 하자마 지로, 셴론 마스크 49세의 명예를 지키기 위해."

4

"에에……?"

나는 기가 막혀서 소리를 냈다. 사카타 자식, 탐정 흉내를 내려는 건가 했더니, 멋대로 범죄에 손을 댔잖아.

"글쎄 그렇다니까!"

사카타는 큰 소리로 말을 이었다.

"죽는 건 피할 수 없어. 링 위에서 쓰러지는 일도 그렇고. 하지만 명예도 긍지도 빼앗긴 모습으로 그 추운 데 방치하다니, 나는 도저히 그렇게 못 해! 그건 너무 잔혹하잖아! 나는 셴론 마스크 49세가 조용하게 죽음을 맞게 해 주고 싶었던 거라고……!"

"아직 초가을이라 그렇게까지 춥지는 않습니다."

마람프가 어이없어하며 말했다.

"그건 그렇고, 이번에 하신 일은 누가 봐도 범죄거든요? 이 마스크야말로 하자마에게 씌우려고 범인이 만졌을 텐데, 그렇게 중요한 증거물을……."

"시끄러워 마람프! 네 링네임이랑 지금 하는 말이랑 하나도 안 어울리잖아!"

"아."

사카타는 모두가 내심 생각하던 걸 끝내 입밖에 내고 말았다.

"저, 저저저저기, 이름이 무슨 상관이죠?"

"상관없긴 뭐가 없어! 너야말로, 술자리 농담 같은 이름이 이렇게까지 중요해질 줄 몰랐잖아! 자기가 말해 놓고도 까먹고 설마 동아리 멤버가 마스크를 디자인해서 만들어 올 줄 생각도 못 했잖아! 경기도 별로 못 뛰었는데, 그 대통령이 먼저 퇴임할 거라고 생각도 못 했잖아! 그걸 뭐라 말도 못 하고, 억지로 그 야리꾸리한 마스크를 써야 하는 것 때문에 혼자 속 끓이고 있잖아!"

"그만! 제발 그만해요! 링 위에서는 말하지 않기로 약속했잖아요!"

"여기는 링 위가 아니잖아!"

사카타는 완전히 흥분한 상태였다.

"다 이해해, 마람프. 울분이 쌓여서 그런 거야. 링 안팎에서의 울분이, 이번 사건으로 이어지고 만 거지. 안 그래?"

"음담패설 때문에 한을 품었다고 범인으로 몰리다니, 내가 가만있을 것 같습니까!"

즈루무케 마람프가 발끈했다.

"우리는 정도의 차이는 있지만, 각자 셴론 마스크 49세에게, 그 하자마 지로에게 동경을 품었죠. 링 위에서의 화려한 퍼포먼스와, 링 밖에서 보여 주는 상냥하고 시원한 내면, 그 갭(gap)과 압도적인 강함에 우리는 매료돼 왔어요. 그런 우리가 왜…… '신'을 죽이겠어요?"

"역시 즈루무케 마람프, 신앙심은 남다르군. 하지만 '신'이기에 죽여야 한다……. 그렇게 말할 수도 있잖아?"

"뭐라고?"

"하자마 지로는 종합 격투기 프로 진출 소문이 있었어. 특히 마람프, 너 어제 술자리에서 '왜 프로레슬링이 아니냐'며 지로에게 따지고 들었다면서."

마람프는 헉, 하고 숨을 삼켰다.

"……어떻게 그걸."

"단골집이잖아. 다카다노바바에 있는 '아카다루마'. 거기서 너희들이 말다툼하는 걸 친구가 봤다더라고. 걔한테 들었지."

쯧, 마람프가 혀를 찼다.

"……아, 그래요! 어제 녀석에게 한잔하자고 불렀습니다. 언제나처럼 바바의 아카다루마에서 7시부터요. 그러곤…… 곤드레만드레 취할 때까지 마시고…… 2차로 하자마네 집으로 갔어요. 가게에서 나온 시간은 기억나지 않지만……."

"이것도 그 친구가 준 정보인데, 10시쯤에 너희들이 가게에서 나갔다고 했어."

사카타가 말했다.

"그런가. 잘도 봤네요……."

"어, 걔 형이랑 부모님 집에서 살지 않았던가."

울프가 말했다.

"하자마 가즈토시 씨 말이죠? 가즈토시 씨는 편찮으신 부모님이 걱정돼 아직 본가에 같이 산다던데, 지로는 올해 집에서 나왔어요. 종합 격투기에 스카우트돼서 곧 프로에 입단하면 생활이 확 달라질 거라, 부모님에게 부담 드리지 않으려고 집에서 나왔다고 했어요."

마람프는 안타깝다는 듯 고개를 저었다.

"하자마네 집에 갔더니, 마실 게 거의 없었거든요. 전부 저한테 따라 주면서, '부족하면 근처에 늦은 밤까지 영업하는 가게가 있으니 데려갈게.'라고 말했어요. 친구에게만 보여 주는 모습인데, 아주 술꾼이었죠."

"그 가게엔 결국 안 간 거야?"

울프가 추궁했다.

마람프는 고개를 끄덕이며, "아마, 안 간 것 같은데……." 하고 애매하게 대답했다.

"어? 그리고 보니, 지로 녀석, 그날은 희한하게 술집 영수증을 깔끔하게 챙겨 두더라고요. 술 마신 다음 날 아침, 그러니까 오늘 아침, 걔네 집에서 눈 떴을 때 본 거지만……."

"엇, 걔 꽤나 얼렁뚱땅인데. 지갑에 들어 있었던 것도 아니고?"

바이올렛이 말했다.

"지갑에 넣어 뒀다면, 범인이 가져갔겠지. 도장 찍힌 경비 처리용 수기 영수증이었어? 일반 영수증 말고?"

울프가 캐물었다. 마람프는 고개를 끄덕인다.

"응. 가게 이름과 가격, 날짜, 담당자 도장도 있고, '식사 대금'

이라고 쓴 영수증요. 그걸 탁상시계 밑에 곱게 끼워 났더라고요. 어지간히 반반씩 부담하고 싶었나 봐요. 내가 일어나면 달라고 할 생각이었겠죠."

마람프가 가볍게 콧방귀를 뀌었다.

"그럼, 다음 가게에 갔었다면 그 영수증도 보관돼 있었을지도 모르겠네."

"음, 역시 안 간 건가."

마람프가 고개를 갸웃했다.

"아무튼…… 저, 눈 떴을 때 지로네 집에 있었는데, 걔는 어디에도 보이지 않았어요. 이상하다고 생각은 했지만 총회에 먼저 갔나 보다 했죠. 그래서 전에 들은 대로 우편함 속에 있는 여벌 열쇠로 문단속을 하고, 저도 집에서 나왔는데…… 설마 내가 자고 있는 사이에, 습격당해서 죽었다니. 조금도 생각 못 했어요. 저도 어떻게 해야 할지 모르겠습니다. 아무것도 기억나지 않고……."

사카타가 콧방귀를 뀌었다.

"거봐, 네 말대로야. 전혀 기억나지 않지. 대개 그렇듯 술자리에서 말다툼이 심해져서, 마람프의 성질과 화가 치솟으며 셴론 마스크의 정수리에 작렬! ……이런 식이었겠지?"

"야 인마!"

평소에는 예의 바른 태도에 가려져 있던 마람프의 거친 면모가 드러났다. 딱히 야한 의미로 하는 말은 아니다.

"아직도 자백하지 않는 거야? 자 그럼, 다른 사람을 추궁해 볼까. 넥스트 원 이즈…… 바이올렛 보아! 너다!"

"아우! 너, 나한테까지 시비 걸려고?"

갑작스럽게 소리를 외치며 바이올렛이 일어났다.

"범행 동기의 측면에서 넌 톱클래스야! 어릴 적부터 친구로서 울분과 패배감을 담아 두고 있었을 게 틀림없으니까!"

"뭐……!"

독설로는 대적할 자가 없는 바이올렛이, 간단히 말문이 막혀 버렸다.

이런 흐름은 곤란하다. 사카타는 사람의 빈틈을 쉽게 파고드는 성격으로, 많은 학생 레슬러가 그의 앞에서 자기 본심을 들켜 왔다. 이를 게걸스레 흡수하여 링 아나운서라는 일에 유용하게 써 왔던 그는, 지금 많은 사람의 비밀을 마음껏 악용하기 시작했다.

'이런 일을 당하면, 참을 수 없지……!'

나는 언제 내 차례가 올까 하고 조마조마한 마음으로 상황을 지켜봤다.

복면 안에서 이마에 흥건하게 땀이 흘렀다. 젠장, 아까부터 땀이 도무지 멈추지 않는다.

사카타는 폭로를 계속했다.

"소꿉친구로서 어릴 적부터 하자마 가족과 친하게 지내 온 너는, 지로뿐 아니라 한 살 위인 형, 가즈토시와도 친분이 깊다. 가즈토시는 덩치가 크고 소심한 형으로, 도무지 형 노릇을 못 하는 사람이었지만, 지로는 그 가즈토시 밑에서 무럭무럭 자라 어릴 때부터 스타성을 획득했어. 네가 하자마 지로에게 홀딱 반한 건, 초등학교 1학년 때, 괴롭히던 아이를 격퇴해 준 지로의 모습을 봤을 때다."

"……."

바이올렛은 입을 꾹 다물고 있었다. 얼굴은 가려져 있어 알 수 없지만, 바이올렛 보아의 마스크는 귀가 노출된 디자인이라, 새빨개진 귀가 보였다.

"너희는 형제가 다 함께 친하게 지내서, 대학에 들어가서도 해수욕에 함께 가고, 그 전에 수영복이나 밀짚모자 같은 걸 사러 쇼핑도 같이 다녔다던데."

"……그만큼 친했으니까. 그게 뭐? 가즈토시 형도 소심하지만 나쁜 사람은 아니라고. 오히려 정이 많아서, 내가 좋아하는 스타일이야. 본인도 나름대로 몸을 단련했는지 손바닥이 두툼하다고. 한 번도 나이가 많다고 느낀 적도 없어. 원래대로라면 올해 취직했겠지만, 학점이 모자라 유급하게 돼서 지금도 4학년이라 지로한테 위로받기나 하고. 한심한 형이지, 진짜."

바이올렛은 악역답게, 어깨를 들썩이며 웃어 보였다.

"그러나, 그렇기 때문에 쌓이는 것도 있겠지."

"뭐?"

"너는 예전부터, 지로의 빛나는 모습을 눈부시게 바라보며 자라 왔어. 중학교, 고등학교도 같은 학교에 진학해서 하자마를 쫓아다니고, 고등학교 때부터는 하자마와 함께 훈련하여 대학에서 레슬러가 되기로 결의. 하지만 넌 하자마와 같은 대학에 합격하지 못했어."

"……시끄러워!"

바이올렛이 고함을 질렀다. 사카타는 흥, 하고 코웃음을 쳤다.

"이거 봐, 역시나 쌓인 게 있는 거지. 네가 그 뒤 악역 레슬러로서 훈련을 거듭하여, 셴론 마스크 앞을 가로막는 모습을 보여 준 것도, 결국 그 울분의 발로 아닌가?"

"너 이 자식……."

바이올렛이 자리에서 일어났다.

"잘한다, 바이올렛! 해치워 버려!"

마람프가 부추겼다.

바이올렛은 콧김을 거칠게 뿜으며 사카타에게 달려들었다. 그러고는 어물어물 사카타의 몸을 들어 올려 바닥에 쓰러뜨리고, 엎어진 사카타 위에 살살 올라타고는 조심조심 힘을 조절하며 카멜 클러치*를 걸었다.

"으랴아아앗!"

● 프로레슬링에서, 엎드려 있는 상대의 등에 올라타 두 손으로 깍지를 낀 채 상대의 목을 뒤로 잡아당기는 기술

"이것은 바이올렛 보아가 혼신의 힘을 쏟은 카멜 클러치! 고작 일주일 연습한 기술로, 사카타의 입을 닥치게 할 수 있을 것인가!"

사카타는 기술에 걸렸지만, 고통이라곤 조금도 느껴지지 않는 목소리로 말했다.

"이 자식! 왜 그런 것까지 알고 있는 거야!"

바이올렛 보아가 자세를 고쳐 잡고 사카타의 양어깨를 바닥에 대는 순간, 마람프가 옆에 무릎을 꿇고 앉더니, 바닥을 두드리며 쓰리 카운트를 시작했다. 앙심이 깊어 보인다.

"원! 투!"

"야 잠깐, 너네 그렇게 떠들면……!"

울프가 소리친 순간, 쾅, 쾅! 하고 문을 두드리는 소리가 났다.

울프가 문으로 곧장 달려가, "네…… 네…… 죄송합니다." 하고 굽신굽신 머리를 조아렸다.

문을 닫고, 울프는 하아, 한숨을 쉬었다.

"너무 시끄럽게 하지 말라고 구민 회관 직원분한테 한마디 들었어. 너희들, 여기를 공짜로 쓸 수 있는 게 얼마나 감사한 일인지 알기나 해? 여기서 쫓겨나면 이제 회비를 걷어서 노래방 같은 데다 방을 잡는 수밖에 없다고. 앞뒤 분간 좀 해."

"죄송합니다……."

마람프가 말했다.

"미안……."

바이올렛이 말했다.

"나는 피해자인데……."

사카타가 투덜댔다.

"피해자아? 따지고 보면 네가……!"

바이올렛 보아가 목소리를 거칠게 내지른 순간, 울프가 헛기침을 했다. 바이올렛은 바로 풀이 죽었다.

"뭐, 어쨌든……."

사카타는 기를 쓰고 하던 얘기를 계속했다.

"그렇게 울분을 품고 있던 너라면, 하자마를 죽일 만하다는, 그런 얘기다."

바이올렛은 잠시 입을 다물었다가, 이윽고 어깨를 부르르 떨기 시작했다.

화났구나 했는데 웬걸, 그 눈꼬리에 눈물이 맺혀 반짝인다. 나는 흠칫했다.

"바, 바이올렛?"

나는 일어나서 그의 어깨에 손을 얹었다. 그러자 내 손에 자기 손을 살짝 포개고는 흐느껴 울며 응, 으응, 하며 고개를 끄덕인다. 어떻게 된 거야. 이게 무슨 악역이냐고.

"틀렸어……. 절대 그렇지 않아. 나는…… 나는 셴론 마스크를 원망하지 않아. 하자마와 같은 대학에 응시한 것도 좋은 곳에 지원해서 부모님을 안심시키기 위해서였어……. 처음부터 난 같은 대학에 갈 생각이 없었어. 이 학프연에 대해서도, 합동 대회에 대해서도 알고 있었으니까."

"……그 말은, 곧?"

사카타가 물었다.

"나는 처음부터, 힐을 맡을 생각이었어."

사카타의 목울대가 올라갔다 내려왔다.

"알겠어? 하자마 지로는 빛이야. 그가 S대학에 합격했을 때부터, 그가 셴론 마스크의 이름을 물려받으리라는 것도 알고 있었어. 셴론 마스크 49세는 스타야. 빛이라고. 하지만 그 빛은 어둠이 있기에 더 밝게 빛나지. 나는 그 역할을 자처한 거야. 그래서 바이올렛 보아라는 레슬러의 설정도…… 마스크도…… 직접 만들고…… 그렇게 하는 게…… 그 역할에 몸을 던지는 것이 나의 행복이었어……."

나는 부직포 마스크 속에서 입을 떡 벌렸다. 설마 바이올렛 보아가 그런 생각을 하고 있었다니.

"바이올렛…… 너, 왜 이제야 그 애길."

사카타가 말한 순간, 바이올렛 보아가 고개를 들었다.

"말할 리가 없잖아! 이런 얘기……! 이제 이런 거 신앙일 뿐이야……. 난 악역도 무엇도 아니고, 하자마 지로의 신봉자…… 열광적인 팬에 지나지 않아. 그걸 인정해 버리면, 난 더 이상 '바이올렛 보아'가 될 수 없어. 사카타, 난 너한테 약해. 확실히 너한텐 여러 가지 얘기를 편하게 할 수 있어. 하지만 가슴속에 있는 이것만은 털어놓을 수가 없었어."

사카타는 부르르 몸을 떨다가, 이내 벌떡 몸을 일으키고는 "우옷!" 하고 우렁차게 외쳤다. 그러더니 바이올렛 보아를 꼭 껴안고 말했다.

"감동이야!"

"엥?"

나는 어이가 없었다.

"너의 마음이 내 가슴을 울렸어……. 네가 셴론 마스크를 죽였을 리가 없다!"

"사……사카타 형님!"

바이올렛 보아와 사카타는 서로를 와락 껴안았다.

딱 벌린 내 입은 더 벌어져서 턱이 빠질 정도였다. 이제 사카타는 안 되겠어. 근본적으로 탐정 역할에 적합하지 않아.

하지만 사카타는 그걸로 만족하지 않았다.

"그러면…… 그렇다면, 말이야. 남은 용의자는…… 살해 동기를 가질 만한 가능성이 '농후한' 용의자는, 이제 한 명뿐이네."

사카타는 바이올렛 보아에게서 떨어져, 이번엔 호크아이 다카기를 가리켰다.

"범인은 너다. 호크아이 다카기."

"……."

호크아이의 입은 여전히 무겁다. 범인 취급당하면서도, 쉽게 입을 열려고 하지 않았다.

"즈루무케 마람프는 술친구, 바이올렛 보아는 소꿉친구로서 셴론 마스크와 어울려 왔다면, 너는 최대의 라이벌로서 대치해 왔어. 물론 악역으로서 바이올렛 보아도 볼거리가 있지만, 체급과 기술이 서로 대등하다는 점에서 압도적으로 네가 유리하잖아."

"……."

"너의 동기는 지극히 단순해. 하자마 지로는 종합 격투기에 진출하려 하고 있었어. 너도 연습과 단련, 경기에 대한 열심을 보면, 프로레슬링 선수를 지망하고 있다는 걸 알 수 있지. 내 앞에서는 철저하게 숨겨 왔지만."

"……."

"너와 하자마의 전적은 8승 9패. 네가 진 횟수가 더 많다. 어쨌든, 프로레슬러가 되려는 너에겐…… 종합 격투기에 진출하려는 하자마가 비겁하게 도망치는 것으로 보였겠지. 너는 그걸 용납할 수 없었어. 물론, 감정적인 충돌도 있었겠지. 그래서 그 하천부지에서 최후의 대결을 청한 거야."

"사카타, 아무리 그래도 비약이 심해. 혹시 그렇다 쳐도, 기습해서 쇠 파이프로 때리고, 그렇게 얻은 승리가 무슨 의미가 있어?"

내가 말했다.

"의미가 있고 없고는, 호크아이가 결정할 일이야."

뭔 개소리야, 하고 나는 마음속으로 욕을 퍼부었다.

"……."

호크아이는 여전히 침묵했다.

"호크아이, 뭐라도 말을 하는 게 어때?"

바이올렛의 말에, 그는 '후우' 하고 긴 한숨을 내쉬었다. 평소에는 이렇게 신중하고 답답하게 말하는 스타일이 아닌데.

"……나는, 그의 힘에 끌렸어. 내 힘을 발산하기에 어울리는 상대라고 느꼈지. 어느 날 합동 연습에서 나와 붙었을 때, 그놈이 왼쪽 발목을 삐었어. 그다음 날 시합에서는 고통 따위 느껴지지 않을 정도의 몸놀림으로 나를 압도했지. 질투가 났어. 반드시 이 놈을 무너뜨려 주겠다고 생각했다……."

이 발언에서 나는 왠지 기묘한 위화감을 느끼고 고개를 갸웃했다. 처음 듣는 게 분명한데, 분명 어디선가 들은 적이 있는 것 같은, 이 위화감은 뭐지?

그 순간, 바이올렛 보아가 일어섰다.

"너……."

"왜 그래요, 바이올렛?"

마람프가 물었지만, 바이올렛 보아에게는 들리지 않는 것 같았다.

"뭐야, 너. 대체 뭐냐고. 소름 끼치게. 어떻게 이럴 수가 있는 거지?"

호크아이가 혀를 찼다.

"바이올렛 너, 지금 뭔가 알아낸 거야?"

울프가 묻자, 그제야 바이올렛이 울프의 얼굴을 봤다. 그는 곤혹스러운 듯 고개를 끄덕이며 말했다.

"이 자식, 호크아이가 아니야."

"에?"

"어?"

"뭐?"

나와 마람프와 사카타가 3인 3색으로 얼빠진 소리를 냈다.

"이 자식, 호크아이 다카기의 마스크를 쓰고 있는 다른 사람이야."

바이올렛은 부르르 떨었다.

"전혀 모르는 놈이라고."

5

"자, 자, 잠깐, 잠깐, 잠깐. 대체 그걸 어떻게 안 거야? 확실히 오늘 호크아이 다카기의 모습이 이상하긴 했어. 평소에는 훨씬 혈기 왕성한데, 말을 전혀 하지 않는 것도⋯⋯. 하지만 그것만 보고 딴 사람이라고 하기엔 좀."

내가 말했다.

대관절 이 방 안에서 무슨 일이 일어나고 있는 걸까? 땀이 멈추지 않는다. 마치 몇 백 미터나 전력 질주한 것처럼 땀이 솟아나고 있었다.

"전혀 다른 사람인데 눈치채지 못하는 경우도 있나요? 우리 모두 호크아이 얼굴을 아는데."

마람프가 말했다.

울프가 고개를 저었다.

"우리는 지금 다들 부직포 마스크에 복면까지 썼어. 목소리는 분명치 않아서 잘 안 들리고, 링 위에서와는 달리 옷도 다르게 입어서, 보형물 같은 걸로 체형을 눈속임할 수 있을지도 몰라. 실제로, 팬텀이 말한 것처럼 오늘 호크아이는 말수가 적었어⋯⋯."

"근거라면 있지. 아까 들켜 버렸으니, 이제 뭘 감추겠어. 난 학생 프로 레슬링의 열렬한 팬이라서. 이 단체에 들어와서부터는 그 수법은 맘에 들지 않게 됐지만, 〈주간 학생 프로레슬링〉도 전 호를 다 갖고 있을 만큼 팬이야."

바이올렛이 말했다.

"아이구⋯⋯."

나는 여기까지 말하고는 말을 삼켰다.

"아니, 뭐라고 해도 좋아. 나는 그 문체가 꽤 맘에 들거든. 옛날 그대로랄까, 선동적이랄까⋯⋯. 뭐 어쨌든, 그 〈주간 학생 프로레슬링〉 속에 근거가 있어."

이렇게 말하며 바이올렛 보아는 자기 가방에서 태블릿을 꺼냈다.

"그건?"

마람프가 말했다.

"〈주간 학생 프로레슬링〉은 종이로 들고 다니면 짐스러우니까, 내 맘대로 파일로 만들어서 갖고 있거든. 당연히 공개도 하지 않고, 영리적인 목적도 아니지만……."

"대박…… 대단하네."

나는 꿀꺽 침을 삼켰다.

"부끄럽네. ……찾았다. 이 기사야."

바이올렛 보아가 내민 태블릿을 모두가 돌려 가며 기사를 읽었다.

(전략)

편집부 | 같은 세대인 셴론 마스크 49세에 대해서는 어떻게 생각하십니까?

다카기 나는, 그의 힘에 끌렸었어. 내 힘을 발산하기에 어울리는 상대라고 느꼈지. 어느 날 합동 연습에서 나와 붙었을 때, 그놈이 오른쪽 발목을 삐었어. 그다음 날 시합에서는 고통 따위 느껴지지 않을 정도의 몸놀림으로 나를 압도했지. 질투가 났어. 반드시 이놈을 무너뜨려 주겠다고 생각했다.

(후략)

"이, 이건……."

나는 신음을 냈다. 확실히 조금 전 발언 그대로 아닌가. 조금 전

'호크아이 다카기'의 말은, 이 기사의 내용을 암송한 것뿐이었다.

바이올렛 보아가 말했다.

"이 자식도 이 자식대로, 호크아이 다카기의 열광적인 팬인지도 몰라. 토씨 하나까지 다 기억할 정도니까 말이야. 경위는 모르겠지만, 어쨌든 호크아이 다카기의 마스크를 손에 넣어서 이곳에 들어왔어. 일그러진 팬심으로 우리 총회를 엿보고 싶었는지도 모르지. 이 녀석은 총회 도중에 되도록 말을 하지 않을 작정이었지만 용의자 취급을 받고는 어쩔 수 없이 기사 내용을 이용해 말을 한 거지."

"그게 무슨……."

나는 기가 막혔지만, 바이올렛 보아의 추측은 틀림없어 보였다. 어쨌든 이 정도로 문장이 일치하고 있으니까.

"아니, 잠깐만."

울프가 날카로운 목소리로 말했다.

"저 자식, 반드시 관계없다고 단언할 순 없지."

"무슨 말이지, 울프?"

"아까 그 기사를 한 번 더 봐 봐. 사실은 아까 가짜가 한 말과 그 기사는, 딱 한 군데 다른 부분이 있어."

'뭐?'라고 생각하며 태블릿을 받아 들려는 순간, 마람프가 말했다.

"역시 그런가요. 제가 잘못 들은 건가 했는데, 아니었네요. 기사에서 빼었다고 한 건 '오른쪽' 발목인데, 가짜는 '왼쪽' 발목이라고 했죠."

"그게 뭐. 그냥 실수 아니야?"

"다른 부분은 완벽한데도?"

울프가 고개를 저으며 말을 이었다.

"뭐, 그런 가능성을 부정할 순 없지. 하지만, 내가 생각한 건 다른 이유야. 이 녀석은 분명, 셴론 마스크 49세가 '왼쪽' 발목을 삔 장면을 본 적이 있어."

"다른 계기로 부상을 입었을 때를 얘기하는 거야?"

"아니. 호크아이 다카기는 셴론 마스크 49세가 '오른쪽' 발목을 다친 걸 정확하게 파악하고 있다고 가정하고…… 이 가짜는 셴론 마스크 49세가 '왼쪽' 발목을 다친 걸로 알고 있었던 거지."

"뭐?"

"그런 착각이 왜 일어났을까. 혹시, 기사를 읽고 처음 알았다면, 그런 실수는 일어나지 않아. 하지만 만약 셴론 마스크 49세와 호크아이 다카기가 맞붙어서…… 실전 형식으로 진행되는 합동 연습을, 호크아이 다카기의 뒤쪽에서 직접 봤다고 한다면, 어때?"

'헛' 하고 마람프가 고개를 들었다.

"셴론이 오른쪽 다리를 다쳤을 때, 그걸 맞은 편에서 보고 있는 사람에겐 왼쪽이 된다."

"그거야. 그래서 오른쪽과 왼쪽이 뒤바뀌어 버린 거지. 그렇다면, 그는 그 합동 연습 때 호크아이 다카기의 뒤쪽에 있던 사람.

최소 관계자, 조금 더 상상을 밀고 나간다면…… 호크아이의 세컨
드라는 얘기가 돼."

호크아이 다카기, 아니 가짜가 '하아', 하고 깊은 한숨을 쉬었다.

"울프 야마오카…… 너의 눈은 속일 수가 없군."

그렇게 생각하고 들어 보니, 그의 목소리는 호크아이 다카기와
전혀 달랐다.

그가 부직포 마스크를 벗고 복면도 벗었다. 겉옷을 벗자, 그 안
에 솜 같은 충전재가 보였다. 충전재를 걷어 내자, 호크아이 다카
기와는 조금도 닮지 않은 빈약한 몸이 드러났다.

"……보는 대로다. 웃고 싶으면 웃……."

"아, 죄송한데, 부직포 마스크는 벗지 마세요. 이런 시국이라."

마람프가 신경질적으로 말했다. 짐짓 나쁜 남자인 척하려던 가
짜 호크아이의 말은 그대로 공중에 흩어져 버렸다.

"……나는 네 말대로, 호크아이 다카기의 세컨드다. 그 사람을
가장 많이 본다는 이유로 여기 보내졌지만, 어쩐지 긴장해서 말을
못 하게 돼서. 인터뷰에서 했던 말을 그대로 했더니 한 방에 들켜
버렸군."

"진짜는 지금 어디 있어?"

울프가 따져 묻자, 가짜는 말하기 곤란한 표정을 지었다.

"……우리 부실에서…… 그…… 보관 중이야."

"응?"

"그…… 우리가 사실은, 하자마의 뉴스를 아침 일찍 알게 돼서, 부실에 갔더니…… 호크아이가 '그놈은 죽어도 싼 놈이야.', '하천 부지는 그의 연습 장소였어.'라는 둥, 알 수 없는 얘기를 반복하다가…… 과음했는지 그대로 잠들어 버려서. 우리는 호크아이 다카기의 성질이 사나운 걸 아니까…… 그, 결국 일을 저지른 건가 싶어서……."

"싶어서……?"

"그러니까…… 그렇잖아? 혹시 저지른 걸 안다면, 호크아이 반대파에게는 호크아이를 끌어내리기 딱 좋은 소재가 돼……. 그래서……."

돌아가는 상황이 괴이해졌다. 아까 '보관 중'이라고 한 건, 설마.

"그…… 의자에 꽉 묶어 놓고, 잠에서 깨면 얘기를 들어 보려고 기다리고 있어."

"그, 그건 꼭……."

"가, 감……!"

'감금이잖아!' 하고 말하려는데 가로막혔다.

"아니요! 절대로! 절대 아닙니다! 그럼요! 깨어나서 얘기만 해 주면 당장……!"

그때 가짜 호크아이의 스마트폰이 울렸다.

"앗, 죄송합니다. 후배 전화예요."

우리에게 양해를 구한 뒤, 그가 전화를 받았다.

"어, 어어. 여긴 대충…… 어엉? 큰일이네……. 그랬구나. 또 뭔일 있음 전화하고."

그는 전화를 끊고는 머리를 감싸 쥐고 한숨을 쉬기 시작했다.

"아, 이제 끝장이야, 다 끝났어요. 깨어나긴 했는데, '나는 아무것도 말하지 않겠다.'고만 하고, 조개처럼 입을 꾹 다물고 있나 봐요. 진짜 죽였나 봐~ 이건 진짜 저지른 거예요~ 아~ 큰일 났네."

아무리 그래도 후배에게 이토록 신뢰를 못 받다니. 호크아이 다카기가 안쓰러워졌다.

하지만, 이걸로 단서는 끊겨 버렸다. 이걸로 사카타의 추궁도 끝. 결국, 진상은 알아내지 못한 채 끝나는 건가?

그때, 울프 야마오카가 말했다.

"질문 세 가지만 해도 돼?"

6

"너 뭔가 알아낸 거야?"

울프 야마오카가 고개를 끄덕였다.

"알아냈는데, 조금 확인하고 싶은 게 있어서."

그는 살짝 고개를 숙이고, 결심했다는 듯 말했다.

"우선, 모두에게 물어볼게. 지금부터 할 일, 나는 남의 비밀을 폭로하는 거라서 하기 싫어. 하지만, 이대로는 사카타도 납득할 수 없을 거고, 이렇게 혼란스러운 상태로 총회가 끝나면, 더는 서로 만나는 게 거북해져서 학프연이 공중분해 될지도 몰라. 그래서 적어도 진실만은 밝혀내고 싶은 거야. 다만 그 진실이라는 게, 알고 싶지 않은 것일 수도 있어. 그래도 괜찮겠어?"

우리는 당황해서 서로 마주 보다가 (정확히 말하면, 가짜 호크아이 말고는 보이는 눈은 없지만) 이윽고 한 사람씩 고개를 끄덕였다.

"고마워. 그러면, 질문을 시작하기 전에…… 우선은 한 가지 더, 마스크에 대한 검토가 필요해."

"마스크?"

"피해자인 하자마 지로가 쓰고 있던, 찢어진 셴론 마스크 49세의 복면 말이야."

테이블 위에 놓인 그것에 모두의 시선이 쏠렸다.

울프는 그 앞으로 가서 손수건으로 감싼 손으로 찢어진 부분을 잡았다.

"먼저 확인해 두려고. 이 중에서라면, 사카타 아니면 바이올렛이 이미 확인했겠지만, 이 마스크가 셴론 마스크 49세의 맞춤 제작 제품이라는 것은 틀림없어? 예를 들면 사카타가 쓰고 있는 개인용 복제품 같은 건 아니고?"

"그 점은 확실해."

바이올렛이 힘을 주어 말했다.

"제작을 의뢰하는 회사는 정해져 있고, 마스크에서 목덜미가 닿는 부분에 로고가 각인돼 있어. 그 로고가 있는 게 맞춤 제품이고, 없는 게 복제품이야. 확인해 봐."

울프는 손수건을 겹쳐 쥐고 마스크를 뒤집어, 로고 부분을 집어 올렸다. 덩달아 사카타도 자기 마스크 뒤쪽을 보여 줬다.

"확실히, 사카타의 마스크에는 로고가 없네. 즉 이건 진짜로 센론 마스크 49세의 얼굴에 맞춰 제작한 오더 메이드 마스크야.

그럼 다음으로, 왜 범인은 이 마스크를 찢으려고 한 걸까?"

"어?"

나도 모르게 목소리가 새어 나갔다.

"그런 건…… 고민해 볼 것도 없다고 생각했는데. 복면 레슬러의 마스크를 찢었다는 건, 마스크 벗기기라는 굴욕적인 행위를 나타내는 거잖아. 말하자면, 센론 마스크 49세의 힘의 상징 그 자체를 훼손하는 행위지. 범인은 하자마에 대한 원한을 풀기 위해 이런 짓을 저지른 게 아닐까?"

"정말 그럴듯한 설명이지만, 과연 그럴까. 이 마스크는 분명 손으로 찢었어. 어쩌면, 범인은 뒤로 자빠진 피해자의 얼굴을 붙잡고, 목덜미에서 마스크 안으로 손가락을 집어넣어, 쭈욱 잡아당겨 찢어 버린 게 아닐까 싶어."

"그러면 마스크가 찢어진 모양이랑 들어맞네."

울프는 내 얼굴을 가리키며 "바로 그거야."라고 말했다. 그리고 더 이상의 설명은 없었다. 내 발언을 이끌어 내는 것이 그의 목적이었나 보다.

"그러면, 하나 더. 왜 범인은, 일단 마스크를 씌운 다음에 찢은 걸까?"

"에?"

"그러니까 그거 아냐? 하자마 지로가 하천부지에서 연습할 때 자발적으로 마스크를 쓰고 있었다고는 보기 어려워. 밤이거나 이른 아침 야외잖아. 그런 걸 쓰고 연습하고 있다가는 딱 수상한 사람 같지. 그럼 하자마 지로는 먼저 살해된 뒤에 마스크가 씌워지고, 그다음 마스크가 찢겼다고 볼 수밖에 없어. 그럼 어째서, 찢은 다음에 마스크를 얼굴에 씌우지 않았을까? 그렇게 하는 게 찢을 때 힘을 주기도 쉽고, 시체에 자기 흔적을 남기는 리스크도 줄일 수 있잖아."

"하긴 그러네……."

마람프가 중얼거렸다.

"그래도 그건 역시 '마스크 벗기기'의 상태에 더욱 가깝게 하기 위해서 아닐까? 찢은 뒤에 얼굴에 올려놓으면 임팩트가 떨어지니까. 역시 범인은 얼굴에 씌운 후에 찢고 싶었던 거예요."

"그러고 싶어서 그랬다. 마람프의 얘기는 극단적으로 말하면 이런 거네. 하지만 내 의견은 달라. 애초부터 이 생각에는 커다란 모순이 있거든."

"모순? 대체 뭔데, 그게?"

바이올렛이 콧김도 거칠게 말했다.

"만약, 가격당한 뒤에 마스크가 씌워지고, 찢겼다고 한다면, 혈흔은 안쪽에서 번져 있어야 해."

"앗······."

나도 모르게 외쳤다. 정말 그렇다. 울프가 마스크 안감을 뒤집었을 때, 마스크에는 혈흔이 두 군데밖에 없었다. 하자마 지로의 전두부에 닿는 위치, 딱 두 군데뿐. 게다가, 그 자국은 또렷하게 남아서, 뭉개지거나 번지지 않았다.

하지만 만약, 범인이 가격한 뒤에 마스크를 씌웠다면, 아무리 조심스럽게 했더라도 혈흔은 마스크에 쓸려서 번졌을 거다. 아무래도 맞춤이라, 하자마의 얼굴에 딱 맞으니까.

"그렇다면······."

내가 입을 열자, 울프가 내 말을 막듯 말했다.

"자, 지금부터 세 가지, 순서대로 질문할게.

첫째. 마람프에게 묻고 싶어. 최근 다카다노바바의 아카다루마에서는 터치 패드식 주문 방식이 도입되지 않았어?"

"그 질문에 무슨 의미가······?"

마람프가 그렇게 물었지만, 울프에게는 설명할 생각이 없어 보인다. 마람프는 포기한 듯 대답했다.

"······확실히 그랬어요. 코로나 영향도 있고, 구두로 주문받지 않아도 되도록, 상당한 비용을 들여 설치했다더라고요. '점원을 부르지 않아도 되니 편하네.'라면서 하자마가 패드를 사용하던 게 기억나네요."

"점원이 음료를 가지고 올 때, 하자마가 뭔가 말하지 않았어? ……이러면 질문이 네 개로 늘어나네."

"아, 그러고 보니, 제가 주문한 걸 하나하나 알려 준 것 같아요. '유자 사와는 이쪽으로' 이런 식으로."

"잘 알았어."

울프는 별다른 설명도 없이 그렇게 말했다.

"두 번째. 바이올렛에게 물을게. 어릴 적 친구인 하자마 형제와 해수욕장에 갔을 때, 밀짚모자를 사러 갔댔지. 두 사람의 사이즈 기억해?"

"음…… 정확히는 모르겠지만, 지로가 써 봤던 밀짚모자를 가즈토시가 '나도 써 볼래.'라고 하면서 써 보니 완전 헐렁헐렁해서 눈 가까지 가려졌던, 그런 적이 있었어. 그러면 적어도 지로가 사이즈는 컸던 것 같네."

"잘 알았어. 마지막 질문은, 여기 없는 사람…… 호크아이 다카기에게 묻고 싶어."

"호크아이한테?"

"응. 호크아이가 침묵하고 있는 이유를 알아낸 것 같아."

울프가 말했다. 모두의 시선이 그에게 쏠렸다.

"진짜?"

"호크아이는, 자기가 범인이라서 입을 다물고 있는 게 아니야……. 범인을 알아 버렸기 때문에 침묵하는 거지."

"말도 안 돼! 그 자식이 아는데, 내가 모를 리가 없잖아……!"

바이올렛 보아가 거친 목소리로 외쳤다.

"호크아이를 너무 무시하는 거 아냐? 뭐, 바이올렛이 지적한 게 방향성은 맞아. 호크아이가 지적인 편은 아니니, 현장도 보지 않고 범인을 밝혀냈다고 생각하는 데는 무리가 있어. 그렇다는 건, 뭔가 아는 게 있기 때문에 단번에 진상을 알아차렸다는 거지."

가짜 호크아이는 빈틈없는 시선으로 울프를 지그시 바라봤다.

"저기, 진짜 호크아이랑 통화 연결해 줄 수 있어?"

"……어어."

가짜는 별다른 이의를 제기하지 않고, 스마트폰을 탭하여 통화 연결을 했다.

"나야……. 응, 아무래도, 다카기 선배가 범인은 아닌 것 같아……. 응, 선배 좀 바꿔 줄래? ……수고하십니다, 다카기 선배. 이번 일은 저의 불찰로 이렇게 돼 버려서, 죄송합니다."

그렇게 말하고, 가짜는 스피커폰으로 설정을 바꿨다. 테이블 위에 스마트폰을 놓았다.

"얘기하시죠."

울프는 헛기침을 하고는 말했다.

"호크아이 다카기지?"

"울프 목소리잖아. 역시 너야? 사건의 진상을 간파한 게."

갈라진 목소리가 고함치듯 말했다. 전화라서 한층 더 갈라진 느낌이다. 한번 들으니, 아아, 이게 호크아이의 목소리였지, 하고 한 방에 기억이 났다. 아무리 부직포 마스크로 가려져 분명치 않게 들렸다고 해도, 가짜의 목소리를 착각하다니, 말도 안 되는 실수였다.

"호크아이, 한 가지 물어보고 싶은 게 있어."

"내가 반드시 대답할 거라곤 할 수 없지."

"하지만, 그러면 사카타가 납득하지 않을 거야. 너의 기분은 알겠지만, 하자마뿐만이 아니라 사카타도 네 친구잖아. 그 점은 헤아려 줘."

전화 저편에서 '후' 하는 한숨 소리가 났다.

"……그래서, 뭐가 묻고 싶은데?"

울프는 숨을 고르고, 결정적인 한마디를 내놓았다.

"셴론 마스크 49세의 정체는 하자마 가즈토시였어. 맞지?"

"엉?"

"에?"

"뭐?"

모두가 이해하지 못하고 소리쳤다.

다만, 전화기 너머 목소리만은 침착했다.

"……잘도 거기까지 알아냈군."

호크아이가 전화기 너머에서 가라앉은 목소리로 말했다.

"그래, 맞아. 그리고, 하자마 지로를 살해한 건, 가즈토시가 틀림없다."

7

"너, 너, 그런 얘길, 받아들일 것 같아?"

바이올렛이 전화기 너머에 있는 호크아이에게 사납게 덤벼들었다.

"아무리 그래도, 그렇게 고인의 명예를 더럽히는 얘기를…… 아무 증거도 없이 그런 얘기를 하면 안 되잖아! 이건 모독이야!"

"그래서 어쩔 건데? 나를 쓰러뜨릴 건가?"

"전화로 비겁하게! 그렇다면, 네 대역을 공격하겠다!"

"에?"

가짜 호크아이는 당황한 기색이 역력했고, 바이올렛에게서 도망치려고 방 안을 뛰어다니기 시작했다.

"오늘의 특집 이벤트! 숙적 호크아이 다카기를 사칭하며 숨어든 이 수상쩍은 가짜를, 바이올렛 보아가 사정없이 사냥한다! 사냥! 사냥! 상대가 초심자여도 바이올렛 보아는 가차 없이 목을 조르는 기술을 끝까지 선보일 것이다!"

"살려 줘어!"

가짜는 허둥지둥 밖으로 뛰어나갔다.

"링 아웃이다!"

바이올렛이 외쳤다.

"원! 투!"

마람프가 20카운트를 세기 시작했다.

그 순간, 가짜가 휙 나는 듯이 회의실 안으로 다시 들어왔다. 마치 보이지 않는 힘에 부딪혀 튕겨 온 것처럼.

"……대표자……!"

문밖에서 호통 소리가 들렸다. 나도 모르게 몸이 떨렸는데, 울프 혼자 침착하게 "나, 다녀올게." 하고는 나가서, 한참을 호되게 혼이 났다.

초췌해진 모습으로 돌아온 울프가 어두운 표정으로 말했다.

"한 번만 더 시끄럽게 하면 출입 금지시키겠다고, 꽤 세게 말씀하셨어. 이제부턴 다들 차분하게 얘기 들어 줘."

"어…… 우리가 잠깐, 예상 밖의 얘기가 나와서 이성을 잃었었다. 미안."

바이올렛 보아가 독기를 뽑아낸 듯한 목소리로 말했다.

호크아이 다카기는 어지간히 기가 질렸는지, 이미 전화는 끊어져 있었다. 정나미 없는 녀석이다.

내가 물었다.

"울프, 얘기 좀 해 줘. 넌 어떻게 진상을 알게 된 거야?"

울프는 살짝 끄덕이며 우리에게 이야기하기 시작했다.

"처음에 의문이 든 건, 왜 마스크를 찢었을까, 하는 거였어."

혼란이 극에 달한 학프연 멤버들을 향해, 그는 천천히 이야기를 시작했다.

"아까 지적한 대로, 마스크에 묻은 혈흔의 상태에는 모순이 있어. 만약 나중에 마스크를 씌웠다면 핏자국은 번져 있어야 해. 하지만 가격당한 전두부에 딱 두 군데만 묻어 있었지. 그렇다는 건, 피해자가 살해당한 시점에서 이미 마스크를 쓰고 있었다는 얘기가 돼.

하지만 이 발상만으로는 아직 진상을 알 수 없어. 극단적으로 말하면, 사카타가 가짜 호크아이에게 말했던 '최후의 대결' 같은, 목숨을 건 결투를 신청하고, 그 분위기를 만들기 위해 마스크를 쓰고 있었다고 생각할 수도 있으니까. 한 걸음 더 나아가 생각하려면, 마스크를 찢은 방법에 주목할 필요가 있었지."

"찢은 방법?"

"응. 예를 들어, 몇 번이나 얘기가 나온 '마스크 벗기기'를 보여주고 싶은 거라면, 눈이나 입에 뚫린 구멍으로 손가락을 넣어서 좌우로 잡아당겨 찢어 버릴 수도 있고, 좀 더 노골적이고 악취미적인 방법, 쉽게 찢을 수 있는 방법은 얼마든지 있어.

그런데, 실제로 마스크는 목 부근에서 세로로 일직선…… 마치 술집의 포렴을 젖힌 듯한 모양으로 찢어져 있지. 확실히 굴욕적이 긴 하겠지만, 좀 어정쩡한 모습이잖아."

"그래서, 거기에 달리 무슨 의미가 있다는 거야?"

사카타가 기세 좋게 물었다.

"난 그렇게 마스크가 찢어진 걸 봤을 때…… 사람이 쓰고 있는 마스크의 목 부분에 손가락을 집어넣어, 마스크를 벗기려고 한 게 아닐까, 하는 생각이 들었어."

"앗……."

듣고 보니, 이것만큼 간단한 해답도 없다.

"다시 말해, 범인은 마스크를 쓰고 있는 게 누구인지 확인하려 고 마스크를 벗기려 한 거야. 마스크가 찢어지게 된 건, 그 결과 일 뿐인 거지."

"잠깐만요."

마람프가 끼어들었다.

"그렇지만 셴론 마스크 49세가 하자마 지로인 건 다 아는 사실. 마스크를 벗길 필요도 없어요. 이게 사카타의 마스크처럼 복제품 이라면 다른 사람일 가능성도 생기지만, 로고와 디자인을 보면 주 문 제작 제품이라는 건 단번에 알아볼 수 있으니까. 그러니 굳이 무리해서 벗기려고 하지 않아도……."

"범인으로서는 그렇지 않았어. 왜냐하면 그에게 있어서 '셴론 마스크 49세=하자마 지로'가 아니었으니까."

"그게 무슨…….."

바이올렛 보아가 머리를 흔들었다.

"그래서 하자마 가즈토시가 셴론 마스크 49세였다고? 아무리
그래도 비약이 너무 심하잖아."

"이제부터 그 주장의 근거를 채워 나가려는 참이야. 어쨌든 이
상하지 않아? 셴론 마스크 49세의 마스크는 주문 제작 제품. 기
성품 마스크를 개조한 호크아이나 바이올렛과는 달리, 조금은 신
축성도 있어. 통기성도 좋아. 그런데 하자마 지로에게 씌워진 셴
론 마스크 49세의 복면은, 벗기려고 잡아당긴 것만으로 찢어져
버릴 정도였어. 이건 소재의 문제가 아니야. 강한 힘으로 잡아당
겨야 할 정도로, 복면이 꽉 끼었던 거야."

"그래서 아까 밀짚모자에 대해 물어본 거였군!"

바이올렛이 무릎을 치며 말을 이었다.

"가즈토시가 지로보다도 머리가 작아. 만약 가즈토시가 진짜 셴
론 마스크였다 치고…… 그의 머리에 맞게 주문 제작했다면……
지로에게는 사이즈가 작아지겠지. 그 복면을 무리하게 썼으니,
꽉 끼어 버렸고. 불길한 쪽으로 앞뒤가 딱딱 맞아떨어지네."

"그러게. 그러면 다음 의문으로 넘어가자. 지로는 왜 어젯밤 셴
론 마스크 49세의 마스크를 쓰고 있었던 걸까? 자기 형 것을 빼
앗아서 쓴 거니까, 그 의문이 떠오르는 게 당연해.

여기에는 상상이 좀 들어가지만, 가즈토시 씨는 원래 덩치가 컸다는 얘기가 나왔고, 몸을 단련했는지 손바닥이 두꺼웠다는 증언도 있었잖아. 그렇다면, 가즈토시 씨도 격투에 대한 센스는 있었어. 하지만 소심하고, 수줍음이 많아서, 민낯으로는 링에 설 수 없었지. 여기서 생각할 수 있는 게, 가즈토시 씨가 복면 레슬러로서 무대에 서고, 표면적으로는 지로가 셴론 마스크 49세인 것으로 하는 시스템이야. 이렇게 함으로써 가즈토시 씨도 지로도 자기가 얻고 싶은 걸 손에 넣는 게 가능해져. 가즈토시 씨는 레슬러로서 싸우는 흥분을, 지로는 레슬러로서의 명성을."

"머리 사이즈를 제외하면, 확실히 체격은 비슷해……."

바이올렛 보아가 중얼거렸다.

"하지만, 이 시스템은 와해되게 되었어. 지로에게, 셴론 마스크 49세에게, 종합 격투기 프로 입단 제의가 들어왔기 때문이지. 물론, 그들이 본 건 링 위에서 재기가 넘치는 가즈토시 씨였겠지만, 스카우트를 받은 건 겉으로 드러나 있는 지로였겠지. 지로 역시 격투기 세계에 욕심이 없을 리는 없어. 이 제안을 받아들이기로 했지. 프로가 돼서 한층 더 명성을 얻기 위해서. 하지만 그러려면 비밀을 아는 존재가 방해가 되지."

"아…… 그런 거였구나."

사카타가 고개를 끄덕였다.

"반대였어. 셴론 마스크 49세가 피해자가 아니야. 셴론 마스크

49세의 마스크를 쓴 지로가, 가즈토시를 죽이려고 했던 거였어."

"맞아. 마스크를 쓴 건, 하천부지 건너편에 사는 사카타의 눈에 띌까 봐서였어. 어둠침침한 곳이라 복면 디자인까지는 보이지 않겠지만, 민낯을 보면 저건 지로다, 하고 알아볼지도 모르니까."

"그런 거였어……. 그래서 지로는 가즈토시를 불시에 공격해 살해하려고 했지만, 죽이지 못하고 반격을 당해, 반대로 죽어 버렸다. 이런 구도였군."

"하천부지 아래는, 하자마 가즈토시 씨가 늘 연습하던 장소였겠지. 표면적으로는 관계가 없으니까 숨어서 연습할 수밖에 없었어. 가즈토시 씨는 하천부지 건너편에 사카타가 살고 있는 걸 모르니까, 아무도 못 볼 거라 생각하고 거기서 연습한 거지.

참고로 호크아이가 두 사람의 역할 분담을 알고 있었다는 건 확실한 것 같아. 부원 앞에서 잔뜩 취했을 때 '그놈은 죽어도 싼 놈이야.', '하천부지는 그의 연습 장소였어.'라는 말을 입밖에 냈는데, 여기서 '그놈', '그'라고 호칭이 나뉘어 있는 게 포인트야. 그놈이 지로, 그가 가즈토시 씨. 연습 장소까지 알고 있었으니, 비밀을 상당 부분 털어놓았던 게 분명해. 지로가 제 입으로 고민을 털어놓았을 리는 없으니, 가즈토시 씨에게 들은 거겠지."

울프 야마오카의 추론은 세세한 점까지 꼼꼼하게 회수하여, 의문의 여지가 없었다.

"왜 나한테는 얘기해 주지 않은 거야……."

바이올렛이 말했다.

"소꿉친구니까, 더 이야기하기 힘들었을 거야. 네가 지로를 동경하는 걸 알고 있었을 테니."

바이올렛이 고개를 숙였다.

"가즈토시 씨는 셴론 마스크 49세의 마스크를 쓴 지로에게 공격을 받고, 어떻게든 흉기를 빼앗아 필사적으로 반격했어. 그 결과, 상대를 죽이고 말았지. 가즈토시 씨는 자기를 덮친 상대가 누구인지 어렴풋 눈치채고 있었겠지. 그래도 그걸 믿고 싶지 않은 기분도 있었어. 그래서, 얼굴을 직접 확인하려고 했을 거야. 그래서 마스크를 벗기려고 힘을 주다 찢고 말았어. 마스크 속에 있던 건 과연 지로의 얼굴이었고, 가즈토시 씨의 충격은 헤아릴 수 없을 거야. 그리고 그다음 등장한 게 사카타. 사카타에게는, 가즈토시 씨가 얼굴을 확인하려고 한 행위의 결과가 굴욕적인 '마스크 벗기기'로 보였지. 그래서 찢어진 마스크를 가져가 버린 거야. 이렇게 해서 상황이 점점 더 복잡해진 거겠지. 참고로 가즈토시 씨도 마스크가 애매하게 찢어진 모습이 마스크 벗기기로 보일 거라는 걸 알았을지도 모르지만, 친동생에게 배신당했다는 충격이 너무 커서, 그런 데 신경 쓸 기력도 없었을 거고."

"자, 잠깐만요. 우리가 아는 지로가 사람을 죽이려고 했다니, 상상도 안 돼요. 첫째, 어제는 나랑 함께 술을 마셨고……."

마람프가 말했다.

"너는 알리바이를 만들려고 이용할 작정이었던 거야. 오히려 너랑 술 마시러 간 것이야말로, 지로가 살해를 계획하고 있었다는 최대의 증거라고."

"에?"

"들어 봐. 하자마는 주문용 터치 패드를 독차지하고, 음료가 나왔을 때 네가 주문한 것만 점원에게 알려 주고, 일반 영수증이 아닌 수기 영수증을 발급받았어. 이 세 가지는 모두 같은 목적을 의미해. 뭔지 알겠어?"

나는 숨을 들이켰다.

"……자기가 뭘 마셨는지 모르게 하기 위해서."

"정답이야, 팬텀. 아마 지로는 우롱차나 레몬스쿼시처럼, 아무 말 하지 않으면 우롱하이나 레몬사와 같은 주류로 보이는 소프트드링크만 주문한 게 틀림없어. 자리에서 점원에게 마람프가 주문한 걸 미리 알려준 건, '우롱차 주문하신 분'이라고 점원이 물어볼까 봐 그랬겠지. 그리고 일반 영수증에는 주문 내역이 나오지만, 수기 영수증은 금액만 표시돼. 평소에는 얼렁뚱땅인 지로가 그날은 영수증을 탁상시계 밑에 놔두고 깔끔하게 보관한 것도 가게에 갔던 기록을 남겨 두려는 의식의 발로야."

"그 말은, 그때 그 녀석, 하나도 취하지 않았다는 거……?"

"발군의 격투 센스를 자랑하는 가즈토시를 습격할 계획이었으니까. 술 따위는 한 방울도 마시면 안 되지. 하지만, 알리바이는 확보하고 싶고. 그래서 지로는 이 계략을 밀고 나갔어.

마람프가 자기 링네임을 떠올렸을 때, 아니 '떠올려 버리고 말았을' 때의 에피소드를 들어서, 지로는 마람프가 술에 약하다는 걸 알고 있었어. 그래서 마람프를 알리바이 공작에 이용하기로 결정한 거지. 첫 번째 가게에서 뻗게 만들어서 시간 감각을 모호하게 만든 뒤, 일단 집에 데려가서 조금 재워. 그사이에 하천부지에 가서 살인을 하고, 돌아올 계획이었지. 그리고 아까 얘기한 '늦은 밤까지 영업하는' 세 번째 가게에는 살인을 마치고 돌아오면 가려 했던 거고."

"모든 게 계획과는 다른 방향으로 흘러가 버린 거군……."

이윽고 침묵이 깔렸다.

울프의 세 가지 질문의 의미도 말끔히 이해됐고……. 이제, 모든 수수께끼는 해명됐다. 다만 가즈토시와 지로 형제가 어긋나 버린 일이, 가슴을 무겁게 짓눌렀다.

"어떻게 그럴 수가…… 지로…… 나한테…… 나한테 의논했더라면……."

사카타는 이렇게 몇 번이나 중얼거리며 망연자실해 있었다.

그때 전화벨이 울렸다.

바이올렛 보아의 스마트폰이다.

"미안, 전화 좀 받을게."

그는 잠시 놀란 목소리를 통화를 한 뒤, 침통한 표정으로 우리를 보며 말했다.

"······하자마네 어머니께 온 전화야. 가즈토시가 경찰에 출두했대. 뜻밖의 일에 휘말려 그렇게 되긴 했지만, 어쨌든 동생을 죽였어. 그 죄의 중함을 견딜 수 없었겠지."

어릴 적 친구에게 알려야 할 정도로, 하자마의 모친은 곤경에 처한 것이다. 이리하여 모든 진상이 드러났다.

곧, 이 회의실의 예약 시간인 두 시간이 다 된다.

"······오늘 회의록, 어떻게 할까."

"안 써도 되지 않을까."

바이올렛 보아가 제안했다.

"참담한 얘기만 잔뜩이었잖아. 가즈토시랑 지로 이야기 같은 건 모르는 편이 낫지. 경찰이 벌써 가즈토시의 신병을 확보했어. 우리가 어떻게 한다고 한들, 이제 우리 소관이 아니야."

경찰에 연락하면, 사카타도 현장을 훼손한 이유로 곤란해질 것이다. 셴론 마스크의 비밀에 큰 타격을 입은 사카타를 이 이상 밀어붙이는 건, 바이올렛을 비롯한 우리로서는 못 할 일이다.

"그럼, 회의 기록은 어둠 속에 묻는 걸로?"

"이의 없음."

"이의 없음."

"이의 없음."

"이의 없음."

"너도, 호크아이 대리로서 대답해 줘."

가짜에게 그렇게 말하자, "엣, 아앗." 하며 당황하다가, "네, 다카기 선배도 이의 없을 겁니다." 하고 말했다.

무거운 분위기 속에서 제50회 총회가 폐회했다.

"그러면."

마람프가 입을 열었다.

"시국이 시국이라, 가볍게 한잔하러 갈 수도 없고, 여기서 해산하시죠. 문단속은 제가……."

"아, 됐어, 됐어. 열쇠 빌린 것도 나니까, 내가 닫고 갈게."

내가 말했다.

"그러실래요? 제가 당번인데, 죄송하지만 그럼……."

다섯 명이 방을 나가고 나서, 나는 긴 한숨을 뱉었다. 이의 없음, 인가.

즉 우리는, 모든 진실을 밝혀낸 뒤, 그 진실을 포기하는 것을 택했다.

하지만 나는…… 그럴 수 없다.

"무슨 생각 해?"

문 쪽을 돌아보니, 울프 야마오카가, 회색 옷을 입은 남자가 서 있었다.

"……울프, 이제 가도 된다고 했잖……."

"너 왜, 아직도 마스크를 쓰고 있는 거지?"

나는 움직임을 멈췄다.

확실히 나는 아직도 팬텀 더 그레이트의 복면을 벗지 않고 있었다.

"가짜 호크아이를 알아차렸을 때도 놀랐는데, 설마, 한 명 더 숨어들었을 줄이야. 생각도 못 했네."

울프는 내 마스크의 정수리 부분에 손을 얹더니, 확 벗겼다. 마스크는 헐렁헐렁해서 쉽게 벗겨졌다.

"앗……!"

얼굴을 가릴 틈도 없었다.

"저기요, 〈주간 학생 프로레슬링〉 기자님."

8

"당신 말이야, 가짜 호크아이 입에서 주간 학생 프로레슬링 기사 내용이 나왔을 때, 한 명만 반응이 이상했어. 바이올렛 보아가 알아차린 것보다도 먼저, 살짝 고개를 갸웃했지. 그때, 당신은 바이올렛보다도 먼저, 가짜 호크아이의 발언이 기사 내용이라는 걸 알아차렸던 거야. 아까는 기자님이라고 했지만, 좀 더 구체적으로 말할까요? 네? 편집부 I 씨."

"저, 저기 잠깐……."

정확히 말하면, 나는 그땐 조금도 알아채지 못했다. 다만, 어디

선가 들은 적 있는데, 하고 생각한 것뿐이었다. 설마, 내가 작성한 기사 내용이 사용될 거라고는 생각해 본 적도 없었다.

"당신은 T대학 프로레슬링 동아리에 우편으로 보내져 온 총회 출석표와 일정 안내를 모종의 수단을 통해 가로챘겠지. 최근, 학생 동아리 건물이 개방됐다, 각 부실의 우편함이 가득 차 넘칠 정도였다, 그렇게 말했죠. 코로나 때문에 아직 동아리 건물에 선뜻 찾아오는 사람이 별로 없을 테니, 그걸 노리고 훔쳤나요? 일정 안내를 훔치면, 나중에 진짜 팬텀이 와서 당황할 염려도 없어지니까."

울프의 추측은 완벽하게 적중했다.

"생각해 보니까."

즈루무케 마람프, 빨간 옷을 입은 남자가 들어왔다.

"당신, 바이올렛 보아가 '주간 학생 프로레슬링을 전 호 갖고 있을 정도로 팬이다.'라고 했을 때도, '아이구······'라고 말하다 말았죠. 그건 '감사합니다'라는 말이라도 반사적으로 나올 뻔한 거 아닌가요?"

"으······."

"그러고 보니."

바이올렛 보아, 보라색 옷을 입은 남자가 들어왔다.

"내가 디지털 잡지 파일을 보여 줬을 때 너, '대박'이랬던가, 그러면서 군침을 삼켰지? 내 컬렉션이 부러워서 그런 줄 알았는데, 사실은 직업인으로서의 흥미였던 거네?"

"아, 아니……."

"아, 맞다."

이번에는 가짜 호크아이도 들어왔다.

"이 방에 모였을 때, 바이올렛이나 마람프는 민낯으로 와서 자리에 앉은 다음에 복면을 썼는데, 나는 가짜라는 걸 들키지 않으려고 처음부터 복면을 쓰고 방에 들어왔어. 방금 방을 나가다가 마람프에게 들었는데, 너도 처음부터 복면을 쓰고 있었다는 거야. 가짜인 나와 같은 행동을 취하다니 잠입 취재가 너무 허술하잖아, 이 스파이야."

그 순간, 울프가 내 재킷의 지퍼를 잡아 내렸다. 놀라울 정도로 재빠른 솜씨였다.

"앗."

내 재킷은 안쪽에 기모가 있고, 충전물도 잔뜩 들어 있었다. 그것들이 뚝뚝 테이블 위로 떨어져, 나의 가냘픈 체형이 드러나 버렸다.

"헉, 이런 걸 달고 있었으면, 더워서 힘들었을 게 뻔한데. 복면 속은 땀 범벅이었겠네?"

"그러고 보니, 우리 들어왔을 때, 냉방이 켜져 있었지. 그건 설정을 바꾸는 걸 잊어버린 게 아니고, 이 녀석이 의도적으로 냉방으로 해 놓은 거였어."

"저, 저기."

"문제는."

사카타가 셴론 마스크 49세의 마스크를 꽉 쥔 채 들어왔다.

"이 자식의 처분을 어떻게 할까, 하는 거지."

다섯 명은 일제히 나를 바라보고는, 이윽고 서로를 마주 보더니, 모두 복면을 쓰기 시작했다.

"기, 기다려. 대화, 대화를 하자. 나도 사카타 씨 의견에 동의해요. 사카타 씨가 찢어진 마스크를 가져간 이유에, 나도 공감한다고. 이곳엔 지켜야 할 명예가 있어. 나는 오늘 이야기를 단 한 글자도 기사로 쓸 생각이 없어."

"정말이야?"

"정말이야!"

"믿어도 되는 거야?"

"당연하지!"

마람프가 뒤에서 내 겨드랑이 밑으로 양팔을 넣고는 목 뒤로 꽉 죄었다.

"뭐, 뭐 하는 거야!"

그사이에 바이올렛이 내 주머니를 뒤져, 휴대용 녹음기를 꺼냈다.

"그럼 이건?"

"스, 스위치 끄는 걸 잊었을 뿐이야."

바이올렛은 녹음기를 던져 버리고는 몸을 굽혔다 폈다 하며 몸을 풀기 시작했다.

다섯 명의 격앙된 마스크맨이 손가락을 튕기고, 단단히 쥔 주먹을 자기 손바닥에 탁탁 치기도 하며, 각자 나름대로 위협적인 행동을 취하고 있었다. 그들이 덤벼들면, 격투 경험이 없는 나 같은 사람은 잠시도 버티지 못한다.

"하, 하지 마. 하지 마, 제발. 기사 안 쓸 거야! 기사 안 쓴다고오!"

"닥쳐! 저번에 내가 마마보이라느니 있는 일 없는 일 마구 써 갈긴 걸 본 뒤로, 네놈을 한 대 쳐야 직성이 풀릴 것 같았다고!"

"가즈토시와 지로 때문이 아니고?"

"그것도 이유지만, 그건 두 번째얏!"

이렇게 해서 나는 온갖 미숙한 프로레슬링 기술을 당했고, 링아나운서 사카타는 열광적으로 분위기를 고조시켰다.

그때, 쾅쾅쾅! 하고 세차게 문 두드리는 소리가 들렸다.

누군가 나를 구하러 온 거다! 히어로 등장! 나는 희망으로 온몸이 떨렸다. 이 난리법석에 끝을 고하는 저 노크 소리.

"도, 도와주……."

그 노크에 아무도 대답하지 않자, 문이 벌컥 열렸다. 부직포 마스크를 쓴, 구민 회관 직원이었다.

나를 에워싸는, 여섯 번째 남자.

그 역시 숨을 거칠게 쉬며, 정말로 격앙돼 있었다.

"이 자식들아! 너희는 이제 출입 금지야!"

이리하여 202×년 제50회 총회는, 공식 기록이 일체 남지 않은, 전설의 총회가 되었다. 사람들은 이를 두고, '학프연, 암흑의 202×년'이라고 부른다.

【참고 작품 · 문헌】

· 린유더 저, 미우라 유코 역, 《링사이드》 (쇼가쿠칸)

· 유메마쿠라 바쿠 엮음 · 해설, 《투인열전 — 격투 소설 · 만화 앤솔러지》

　(후타바신서)

· 야나기사와 다케시, 《2011년의 다나하시 히로시와 나카무라 신스케》

　(분슌문고)

· 야나기사와 다케시, 《원본 1976년의 안토니오 이노키》 (분슌문고)

· 다자키 겐타, 《진설 · 사야마 사토루 – 타이거 마스크라 불린 남자》

　(슈에이샤문고)

· 고지마 가즈히로, 《나의 주간 프로레스 청춘기 – 90년대 프로레슬링

　전성기와, 그 진실》 (아사히문고)

· 조시 그로스 저, 다나하시 시코 역, 야나기사와 다케시 감수, 《알리 대

　이노키 · 미국에서 본 세계 격투사의 특이점》 (아키쇼보)

· 별책 다카라지마 편집부 엮음, 《신일본 프로레슬링 봉인된 10대 사건》

　(다카라지마SUGOI문고)

· 타이거 핫토리, 《신일본 프로레슬링의 명심판이 밝히는 동서고금 프로

　레슬러 전설》 (베이스볼매거진)

· 신일본 프로레슬링 감수, 《신일본 프로레슬링 V자 회복의 비밀》 (가도카와)

작가의 말

처음 뵙겠습니다. 그게 아니라면 오랜만이고요. 아쓰카와 다쓰미입니다. 두 번째 단편집이 완성되었네요.

첫 단편집 《투명인간은 밀실에 숨는다》에 호평을 보내 주신 덕분에, 고분샤의 〈자로ジャ−ロ〉 지면에 계속해서 연작이 아닌 단편을 발표할 수 있었습니다. 기본적인 방침은 첫 단편집 작업 때와 달라지지 않았습니다. 여기에 다시 소개하자면,

- 시리즈가 아닌 작품을 지향하되, 다양한 형식으로 구성할 것
- 어떤 형식이 되든, 내용은 본격 미스터리일 것
- 한 편으로 완결 짓는다는 생각으로 무대와 캐릭터의 매력을 최대한 끌어낼 것

여기에 더해, 이번 작품에서는

• 전체 작품 네 편을 통해 지금 우리가 사는 세계가 처한 상황을 기록하되, 너무 딱딱하게 그리지는 말 것

이런 공통의 방향성을 추가해 보았습니다. 저 역시, 이번 코로나 사태로 상당히 시달렸고 개인적으로 힘들었던 시간도 있어서, 지금의 상황을 한번 작품으로 승화하지 않을 수 없었습니다. 각 작품에는 코미디 성격이 강한 부분도 있지만, 이 사태를 희화화하려는 의도는 조금도 없습니다.

이제 각 단편에 대하여, 관련된 작품과 뒷이야기 등을 조금 적어 보고자 합니다. 잠시만 더 함께해 주세요.

〈위험한 도박 – 사립 탐정 와카쓰키 하루미〉(〈자로〉 No.73, 2020년 9월)

하드보일드에 대한 동경이 있습니다. 좋은 하드보일드 작품을 쓰려면 제 자신이 더욱 성숙해져야 한다고 생각합니다만, 이번은 하드보일드의 기법을 살려 써 보려고 도전한 작품입니다.

제가 좋아하는 것은 마이클 Z. 르윈의 '앨버트 샘슨 시리즈', 로스 맥도널드의 '루 아처 시리즈' 그리고 와카타케 나나미의 '하

무라 아키라 시리즈', 미야베 미유키의 '스기무라 사부로 시리즈'…… 등등인데, 최근에는 조셉 녹스, 에이드리언 매킨티 등 해외 작가들의 흥미로운 하드보일드 작품이 자꾸 나와 주어 즐거워하는 중입니다. 지금까지 예로 든 작가들은 모두 수수께끼 풀이로서의 색이 강한데, 그 밖에 하세 세이슈, 이쿠시마 지로, 고노 덴세이 등도 아주 좋아합니다. 소겐 추리 문고의 '일본 하드보일드 전집'은 정말 훌륭하죠.

작품 속에 등장하는 하드보일드 작가 유가미 유즈루와 그의 작품 '마미야 시리즈'의 이미지는, 쇼와 미스터리 작가 유키 쇼지의 '마키 시리즈'에서 가져왔습니다. 유키 쇼지의 작품은 학교 동창인 친구의 열렬한 권유로 읽기 시작했는데, 제 마음에 들었던 건 범죄 소설인《백주당당白昼堂々》, 단편집《죽은 새벽에死んだ夜明けに》,《범죄 묘지犯罪墓地》등입니다. 최근 복간된 작품 가운데 고분샤 문고의《도리마通り魔》등은 유키 쇼지의 단편 중에서도 손꼽히는 작품이 모여 있어 추천드립니다.

또한, 와카타케 나나미의 하무라 아키라를 향한 오마주를 넣고, 비블리오 미스터리와 고서점 미스터리 요소도 접목시켜 보았습니다. 제가 좋아하는 헌책방의 특징을 조합해 만든 세 군데 헌책방의 묘사도 재미있게 봐 주시면 좋겠네요. 작중에 등장하는 작품들은 모두 저의 추천작들인데, 특히《병든 대형견들의 밤La nuit des grands chiens malades》은 한번 읽으면 잊지 못할 괴작이라 할 수 있습니다.

이 작품은 〈자로〉에 실렸다가 단행본이 되면서 내용이 가장 많이 바뀐 작품입니다. 그 이유는, 본 단편집에 수록하게 되면서 코로나 사태를 배경으로 한 이야기로 재구성했기 때문입니다. 마스크, 좌석 띄어 앉기 등이 등장함으로써 플롯이 더 잘 살아난다는 걸 깨닫기도 했고요.

그뿐 아니라 결말은 이번에 수정하느라 고민이 많았던 부분입니다. 〈자로〉에 실렸던 단편의 결말을 본 편집자님에게 "아쓰카와 치고는 너무 깔끔하네."라는 지적을 받고 '내가 작가로서 대체 어떤 이미지이길래⋯⋯?' 하고 생각했으나, 역시 단행본 작업을 하며 다시 읽어 보니 결말이 딱 와닿지 않더라고요. 지금과 같이 고쳐 써 보니⋯⋯ 과연, 확실히 저다운 탐정의 이미지가 된 것 같습니다. 궁금하신 분은 〈자로〉 게재 버전에서 '아쓰카와 치고는 깔끔'한 부분을 한번 찾아보세요.

〈'2021년도 입시'라는 제목의 추리소설〉 (〈자로〉 No.74, 2021년 1월)

발상의 근원이 된 것은 첫머리에 인용구로 삽입된 시미즈 요시노리의 〈국어 입시 문제 필승법〉이라는 단편이었습니다. (딱 이 단편을 완성했을 때인 2020년 12월에 《국어 입시 문제 필승법》이 새로운 디자인으로 복간 출간되어 깜짝 놀랐습니다.) 국어 입시 선다형 문제에는 정답을 고르는 필승법이 있다며, 이를 지키면 합격할 수 있다고 큰소리치는 과외 선생이 등장하는, 요즘으로 치면 '수상한《꼴찌, 동경대 가다!》' 비슷한 소설이지만 굉장히 웃긴답니다.

본격 미스터리로도 비슷한 걸 만들 수 없을까, 하고 생각하던 중 떠오른 것이 '범인 맞히기 입시'라는 설정이었습니다. 발상 자체는 대학교 때 입시 학원 아르바이트를 하면서 처음 싹이 텄고, 언젠가 구체화시켜 보려고 고분샤의 담당 편집자와 얘기해 오던 것입니다. 다만 '범인 맞히기 입시' 같은 이상한 판타지를 쓰려면, 이 시험에 농락당하는 수험생의 시점뿐 아니라 대학 전체를 더 끌어들여서 파스(farce, 익살극)로 만들어야 하지 않을까 하던 참이었습니다. 그때 코로나 방역 수칙에 따르느라 고생하는 대학들의 사정이 눈에 들어왔고, '현실에 따라잡혔다'고 초조해하며 서둘러 완성했습니다.

제목은 쓰즈키 미치오의 《괴기 소설이라는 제목의 괴기 소설怪奇小説という題名の怪奇小説》을 살짝 비튼 것입니다. 레몽 크노의 《문체 연습》, 노리즈키 린타로의 《도전자들挑戦者たち》을 본떠 '여러 사람이 쓴 문서를 모아 브리콜라주만으로 전체를 구성하는' 기획은 예전부터 품고 있던 것이어서, 그 시기의 주간지나 대학 입시 정보지를 잔뜩 사서 쭉 읽어 봤습니다. 이와 같이 문서만으로 구성되면서 장대한 구상을 풀어내는 SF 미스터리로 프랑스 작가 장 미셸 트뤼옹의 미스터리 걸작 《금단의 클론 인간Reproduction interdite》이 있는데, 이 작품도 상당 부분 참고하였습니다. 미스터리 소설을 소개하는 블로그는, 존경하고 사랑하는 선배가 운영 중인 블로그를 참고하였습니다. 선배, 고마워요.

범인 맞히기라는 테마 자체는 첫 단편집 《투명인간은 밀실에 숨는다》 중 〈도청당한 살인〉에서도 도전했던 것입니다만, 이번엔 '범인 맞히기'의 패러디로 만들어 봤다고 하면 될까요. 아무쪼록 너무 진지하게 풀어 보지는 마시길.

참고로 '입시 직전이라 불안감이 가득하고, 코로나도 앞으로 어찌 될지 예상할 수 없다. 이런 상황 때문인지도 모르지만, 모든 게 속 시원하게 풀리며 해결되는 미스터리 세계가 마음이 편안해져서 어쩔 수가 없다.'라고 본문에 쓴 것은 입시 당시 저의 심정과 겹치는 부분이라고 생각합니다. 저는 입시 직전, 미스터리를 읽고 싶은 걸 참기 위해 '공부하면, 자기 전에 브라운 신부 또는 쓰즈키 미치오의 모래 그림砂絵 시리즈를 딱 한 편 읽어도 된다'는 규칙을 정해 두었습니다. 덕분에 끝까지 해낼 수 있었고요. 좋아하는 작가의 신간이 나왔을 땐 참지 못하고 읽고 말았지만…….

〈마트료시카의 밤〉 (《자로》 No.79, 2021년 11월, 원제 '이레코 세공의 밤')

연극 미스터리를 소재로 사용해 본 작품입니다. 원래부터 애거사 크리스티의 희곡을 좋아하기도 하고(《쥐덫》, 《검찰 측의 증인》 같은 유명한 작품은 물론이고, 《거미줄Spider's Web》, 《해변의 오후Afternoon at the Seaside》도 추천), 만화 《최애의 아이》의 '2.5차원 무대 편'에 꽂히기도 해서……. 이러한 흥미에 더해, 예전부터 구체화하고 싶었던 어느 작품을 향한 오마주가 합쳐진 것입니다.

글에서 언급되어 있는 〈발자국〉이라는 영화가 그것입니다. 미스터리 작가 앤드루 와이크가 미용사이자 아내의 불륜 상대인 밀로 틴들을 자기 집으로 불러들이면서 시작되는 이야기죠. 불륜 문제로 따지려는가 싶었는데 뜻밖에도 보험금 사기를 목적으로 보석 절도의 공범이 되어 달라는 제안을 한다는, 기묘한 심리전의 묘사가 핵심인 영화입니다. 영화는 이때부터 반전에 반전을 거듭해, 국면이 거듭 바뀌며 관객을 매혹시킵니다.

누가 만든 말인지 모르지만, 이런 구조의 작품을 '양파형'이라고 부르죠. 벗겨도, 벗겨도 새로운 게 나온다는 의미로요. 유명한 것으로는 《죽음의 키스》를 쓴 아이라 레빈의 희곡을 원작으로 한 영화 〈죽음의 게임Deathtrap〉, 미타니 고키가 영화 〈발자국〉을 오마주한 연극 〈마트료시카〉 등이 있습니다. (마쓰모토 고시로와 이치카와 소메고로의 연기가 최고이니 꼭 보세요. 두 사람 모두 드라마 〈후루하타 닌자부로〉의 '모두 각하의 소행', '도련님의 범죄' 편에서 각각 범인으로 등장했을 때 연기도 굉장했죠!)

이러한 작품의 특징을 꼽아 보면, '2인+α로 제한된 인물로 그린 심리전', '공격과 수비가 계속해서 바뀌는 게임성', '모든 작품에서 나타나는 연기(演技)라는 모티프' 등일 것입니다. 좀 더 얘기하자면, '각 부분의 페이스 전환(change of pace)이 훌륭한 서스펜스'라고도 할 수 있습니다. 아이라 레빈의 《죽음의 키스》 등이 바로 그런 작품이고, 연극 〈마트료시카〉도 장면이 나뉠 때마다 페이스의 변화가 정말 볼 만합니다.

단편 〈마트료시카의 밤〉에서는 이러한 특징을 가득 담는 한편, 다중적인 반전을 소설로서 적용하기 위해 각 부분마다 머리를 짜냈습니다. 특히, 왜 그렇게 꾸밀 필요가 있는가 하는 필연성에 대해서는 상당히 신경을 썼습니다. 영화라면 배우의 매력으로 충분히 채울 부분을, 빨리 감기 하듯 동일한 단서를 사용해 분주히 판세를 뒤엎는 것은, 그러한 고민의 발로이기도 합니다.

이러한 '〈발자국〉 형(形)'을 오마주한 본격 미스터리 걸작으로, 가스미 류이치가 영화 〈발자국〉과 〈아타미 살인 사건〉을 오마주하여 쓴《플라이 플레이! 감관관 살인 사건フライプレイ！監棺館殺人事件》이 이미 있습니다. 단편 사이즈만으로도 복잡한 구성 때문에 머리가 아팠는데, 장편으로 만들었다니, 생각만으로도 머리가 터질 것 같네요.

〈발자국〉을 처음 본 것은 대학교 2학년 때로, 당시 제가 영화를 볼 수 있었던 건 그 옛날 시부야 쓰타야(TSUTAYA)에서 비디오 플레이어 및 명작 VHS 테이프 대여 서비스를 했던 덕분입니다.(지금도 하나요?) 비디오 기계와 테이프를 끌어안은 모습으로 도쿄대

고마바 캠퍼스에 있는 문예 동아리 '신월 다과회' 부실에 나타나서는, TV에 연결해서 보기 시작한 것이죠. 그때 모임은 필연적으로 〈발자국〉 감상회가 되었습니다. 각자 카드 게임을 하거나 마작을 하고 있던 사람들이 어느새 다들 화면을 보며 한마디씩 참견을 하다가, 반전이 나오면 "오오!" 소리를 질렀다가 하면서, 평소 미스터리에 관심 없던 멤버도 함께 어울려 보던 게 기억에 남습니다. 좋은 추억이 되었죠.

더구나 〈발자국〉은 리메이크판도 있는데, 소품과 세트, 배우의 매력 등에서 볼 때 역시 오리지널을 추천드립니다. 그렇지만 오리지널판은 일본어 더빙이 있는 게 VHS 버전뿐이고, 그것도 고가에 판매되는 형편이랍니다. 제가 소장하고 있는 것도 북미판 DVD여서, 이 글을 읽은 어느 훌륭한 분이 일본판 블루레이를 내주시지 않을지 기대를…….

참고로, 제목의 이미지는 구로다 겐지의 《유리 세공 마트료시카》에서 가져왔습니다. 이 책도 기분 좋은 반전이 있는 고단샤 노벨 시리즈 작품으로, 더불어 추천합니다.

〈6명의 격앙된 마스크맨〉 (〈자로〉 No.80, 2022년 1월)

두 번째로 실린 〈'2021년도 입시'라는 제목의 추리소설〉이 미스터리와 관련 없는 소재(대학 입시)를 끌어와 좋은 예감을 느끼며

썼으므로, 네 번째 작품도 마찬가지로 미스터리와는 본래 관련 없는 소재를 가져오려고 찾아보게 되었습니다. 무엇보다도, 애정을 가지고 쓸 수 있는 소재를요.

그때, 담당 편집자와 논의 중에 나온 게 《모오타*의 증언 ~그들이 열광하던 시절~》이라는 책이었습니다. 당시 모닝구무스메를 만나고 인생이 달라진 열다섯 명을 유명 인터뷰어 요시다 고가 인터뷰하는 내용으로, 이걸 읽고 나니 프로레슬링 오타쿠와 아이돌 오타쿠가 꽤 비슷하다는 걸 깨달을 수 있었습니다. 그런 경위로 저의 작품 〈6명의 열광하는 일본인들〉과 연결점이 생긴 것이죠.

그렇다곤 하지만, 프로레슬링 소설을 쓴다는 게 두렵기도 하고, 역시나 큰 도전이라 담당 편집자와 의논하고 고민하던 중에 《2001년의 다나하시 히로시와 나카무라 신스케》를 읽었습니다. 제 연령대에서는 프로레슬링 하면 아무래도 다나하시 히로시이고, 〈가면 라이더〉의 기억과도 얽혀 있다 보니……. 마지막으로 용기를 북돋아 준 것은 그 책에 담긴 니시 가나코의 해설**이었습니다. 최고의 명문장이니, 부디 읽어 보시기 바랍니다.

이와 같은 경위로 집필을 결심하긴 했지만, 뭔가 기믹을 넣지 않으면 글을 써 나가지 못할 것 같아서, 좀 더 익숙한 소재인 학생 프로레슬링과 대학 연합 동아리라는 설정으로 정리하고, 더불

● 1990년대 후반~2000년대 초반 인기를 끈 걸그룹 모닝구무스메의 팬을 부르는 말.
●● 프로레슬링을 좋아하는 마음이 중요하다. 각자 자기만의 프로레슬링이 있다는 내용이다.

어 〈6명의 열광하는 일본인들〉을 셀프 패러디하기로 했습니다. 두 작품을 비교하며 읽어 보면, 단서 하나하나 소홀히 하지 않고 사용 방법을 달리한 고심의 흔적이 보일 겁니다.

작품을 쓸 때 크게 참고가 된 데다가 가장 재미있었던 것은, 유메마쿠라 바쿠 엮음·해설, 《투인열전 — 격투 소설·만화 앤솔러지》입니다. 후나도 요이치, 나카지마 라모, 곤노 빈 등과 같은 작가들의 명작에서부터, 이타가키 게이스케의 《슈토 슛》, 지바 데쓰야의 《텐 카운트》 등 명작 만화까지 담긴, 대단히 호화로운 작품집이죠. 그리고, 최근 소설 중 프로레슬링을 다룬 명작으로 린 유더의 《링사이드》는 꼭 거론하고 싶습니다. 대만 케이블 TV에서 옛날 경기를 수도 없이 방영하는 바람에, 그걸 보고 프로레슬링에 빠진 사람들, 구체적으로 말하면 미사와 미쓰하루에게 빠진 사람들을 그린 연작 단편집으로, 프로레슬링을 사랑하는 사람들과 그들의 인생을 생생히 그려낸 향수 어린 걸작입니다. 이번에 지식이 부족한 부분을 보완하기 위해 많은 자료를 읽고 영상을 봤으나, 프로레슬링을 향한 '애틋한 마음'에 대한 부분을 보완해 준 것은 《링사이드》였다고 생각합니다.

그런데, 이 작품이 편집자에게는 '6명 시리즈'로 불리고 있어요. 〈6명의 열광하는 일본인들〉은 이전 단편집뿐 아니라, 앤솔러지에도 두 번이나 실릴 정도로 호평을 받기도 해서, 등장인물이 전혀 겹치지 않는데도 '6명 시리즈'가 태어나게 되었습니다. 조만간 이런 걸 두 편, 세 편 더 쓰게 되려나요……? 생각만 해도 보통 일이 아닙니다만, 이것도 어떤 반응을 얻느냐에 달렸겠지요.

이상의 네 편, 즉 묘한 설정의 작품을 모은 단편집을 전해 드렸습니다.

마지막으로, 데뷔부터 변함없이 저의 작품을 단련해 주고 계신 고분샤의 스즈키 가즈토 씨, '아쓰카와 다쓰미. 독서 일기'라는 버거운 연재를 관리함과 동시에, 〈자로〉에 실리는 단편과도 함께 달려 주고 계신 고분샤의 호리우치 다케시 씨, 첫 담당부터 설정이 과한 단편집을 담당하게 돼 버리신 고분샤의 나가시마 히로시 씨, 《투명인간은 밀실에 숨는다》, 《성영사의 기억星詠師の記憶》 문고판에 이어 이번에도 황홀한 표지 일러스트를 제공해 주신 아오이 아오 씨, 언제나 지지해 주는 친구들에게 이 자리를 빌어 감사의 말씀 올립니다. 그리고, 지금까지 읽어 주신 독자 여러분께 최대한의 감사를.

그럼, 조만간 어딘가에서 또 만납시다.

2022년 2월
아쓰카와 다쓰미

마트료시카의 밤

1판 1쇄 발행 2024년 1월 11일
1판 2쇄 발행 2024년 6월 14일
지은이 아쓰카와 다쓰미 | **옮긴이** 이재원 | **펴낸이** 최원영
편집부장 윤영천 | **편집부** 김서연 이지윤 | **북디자인** 소요 이경란
본문조판 양우연 | **국제업무** 박진해 남궁명일 | **마케팅** 김민원 조은걸
펴낸곳 (주)디앤씨미디어 | **출판등록** 2002년 4월 25일 제20-260호
주소 서울시 구로구 디지털로 32길 30 코오롱디지털타워빌란트 1301-1308호
전화번호 02.333.2513 | **팩스** 02.333.2514

ISBN 979-11-92738-22-2 03830

정가 16,800원